Knaur

Prickelnde Kurzgeschichten von Susanna Calaverno finden Sie im
Knaur Taschenbuch Verlag in den erotischen Lesebüchern

Zungenküsse
Love for Sale
Nimm mich hier und nimm mich jetzt

Weitere erotische Highlights
finden Sie im Anhang dieses Buchs.

Über die Autorin:
Susanna Calaverno, Jahrgang 1955, lebt in der Nähe des Bodensees.
Verborgene Blüten ist ihr erster Roman; derzeit arbeitet sie an ihrem
zweiten Werk, *Das Erwachen der Tigerin*.

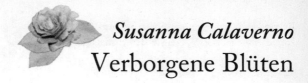

Susanna Calaverno
Verborgene Blüten

Ein erotischer Roman

Knaur

Besuchen Sie uns im Internet:
www.droemer-knaur.de

Sagen Sie uns Ihre Meinung zu diesem Buch:
leidenschaft@droemer-knaur.de

Originalausgabe 2003
Copyright © 2003 Knaur Taschenbuch. Ein Unternehmen der
Droemerschen Verlagsanstalt Th. Knaur Nachf. GmbH & Co. KG,
München
Alle Rechte vorbehalten. Das Werk darf – auch teilweise – nur mit
Genehmigung des Verlags wiedergegeben werden.
Redaktion: Angela Troni
Umschlaggestaltung: ZERO Werbeagentur, München
Umschlagabbildung: The Imagebank, München
Satz: Ventura Publisher im Verlag
Druck und Bindung: Clausen & Bosse, Leck
Printed in Germany
ISBN 3-426-62242-4

5 4 3 2 1

Unkraut und andere Unannehmlichkeiten

Es gibt absolut bezaubernde Darstellungen von hauchzarten Brombeerblüten und anmutigen Ranken voller dunkel schimmernder Beeren. Ich bezweifle allerdings ernsthaft, dass die Künstler zu ihren Objekten persönlich Kontakt aufnahmen und sich so die sensiblen Künstlerhände ruinierten. Vermutlich fiel der profane Teil in die Zuständigkeit des Gärtners, was es doch sehr erleichtert haben muss, die pure, reine Optik zu genießen.

Leider habe ich keinen Gärtner und mein Mann Rüdiger ist mit der Rasenpflege vollständig ausgelastet.

So zerrte ich, im Schweiße meines Angesichts, weiter an der widerlich unnachgiebigen Wurzel, die sich bereits vor Jahren in dieser Wegritze angesiedelt hatte und der einfach nicht beizukommen war. Je sorgfältiger ich vorging, desto größer war meine Chance, für dieses Jahr von weiteren hinterhältigen Dornenranken im Staudenbeet verschont zu bleiben. Raffiniert versteckt zwischen meinem französischen Estragon und dem Bergbohnenkraut hatte sie mich gestern schmerzhaft gezeichnet. In Eile und deshalb unvorsichtig, hatte ich nur schnell eine Hand voll Bohnenkraut holen wollen und mir prompt einen Kratzer den ganzen Unterarm entlang geholt, für den sich eine wütende Katze nicht hätte schämen müssen. Es gibt Gärtner, die der Zaunwinde den ersten Platz bei *The World's Worst Weeds* zusprechen. Für mich gibt es nichts Verhassteres als Brombeeren und Brennnesseln. Zugestanden, die Winden können arg lästig werden, wenn sie sich um alles schlingen wie kleine Schlangen. Aber man kann sie unten abschneiden – nichts kratzt oder brennt. Die unfreiwilligen Gastgeber sind relativ komplikationslos zu befreien. Und die Wurzeln! Der oberflächennahe Wuchs und die Vorliebe für lockeren Boden machen es fast zu einem Vergnügen, die spröden, fleischigen Wurzeln auszuheben. Man stößt behutsam die Grabgabel senkrecht in den Boden, hebt an – und schon kann man reiche Beute machen. Es ist ungeheuer befriedigend, das Gefühl, wenn die fingerdicken, verzweigten Wurzelstücke sich aus dem Erdreich lösen und saubere, unkrautfreie Erde bereit ist für die Frühlingszwiebeln. Vielleicht der Genugtuung ähnlich, die viele Mitmenschen empfinden, wenn sie, allen guten Ratschlägen zum Trotz, erfolgreich einen Pickel ausgedrückt haben.

Dieses Wohlgefühl bleibt einem bei Brombeeren versagt. Sie wurzeln einfach zu tief. Wohl oder übel wird man also an den Punkt stoßen, wo der Griff der Wurzel tief unten im Boden gegen den Gärtner siegt und er mit dem letzten Stück, das er dem Gegner abringen kann, rückwärts taumelt. Auch ich wurde wieder überrascht, wie beim Tauziehen, wenn die andere Gruppe plötzlich loslässt. Ich konnte mich gerade noch so drehen, dass ich mich in die kretische Melisse und nicht in die zartrosa Dahlie setzte, die ich aus rein gestalterischen Gesichtspunkten in die Kräuterecke gepflanzt hatte.

Etwas außer Puste blieb ich sitzen und betrachtete meine Beute. Resigniert warf ich sie in Richtung des Unkrauteimers und wischte mir mit dem Unterarm den Schweiß von der Stirn, der begonnen hatte, sich einen Weg über die Schläfen zu suchen. Ich blies nach oben, um meinen Pony etwas von der Stirn zu lösen und lockerte mein T-Shirt, das an mir klebte, als sei ich damit gerade aus dem Wasser gestiegen. Meine Nachbarin Frau Stegmaier, eine erfahrenere Gärtnerin, sieht man nachmittags nie im Garten – jedenfalls nicht während der heißen Monate. Ich muss zugeben, das ist mit ein Grund, weshalb ich gerade diese Tageszeit vorziehe. Natürlich ist es vormittags noch nicht so schweißtreibend, dafür aber vom nächtlichen Tau so nass, dass alles trieft. Da ist mir die trockene Hitze lieber. Frau Stegmaier ist ziemlich beleibt. Es ist also verständlich, dass sie leicht »überhitzt«, wie sie es ausdrückt.

Träge ließ ich meinen Blick wandern. Die zerdrückten Blätter unter mir dufteten warm und würzig, weckten Bilder von metallisch dunkelblauem Himmel, hellen Felsen und gleißender Sonne auf endlos scheinender Wasserfläche. Vielleicht ziehe ich sie deshalb der Zitronenmelisse, ihrer nordeuropäischen Schwester, vor. Deren Duft assoziiere ich eher mit Jugendherberge, Besuch bei den Tanten auf dem Lande und Naturkostladen.

Im Sommer lebe ich ein eigenes, ganz privates Leben. Kein Mensch bemerkt es. Höchstens, dass man den Kopf über mich schüttelt, aber es gibt schlimmere Marotten als Gärtnern. Es ist immer noch nett angepasst und gesellschaftskonform. Es beginnt mit den duftenden Frühjahrsblühern. Sobald sie in den Gartencentern und Baumärkten angeboten werden, mutiere ich zum Dauergast. Von Hyazinthen und Tazetten kann ich gar nicht genug bekommen. Natürlich kommen sie in den Treibhäusern besser zur Geltung als im Garten. Da geht es mit Flieder und Apfelbäumen los! Als Kind liebte ich es, wenn ich nachts aufwachte, heimlich in die Obstplantagen zu schleichen und ganz allein im Mondlicht zu rennen. Manchmal zog ich dazu sogar mein Nachthemd aus, weil ich dann den Windhauch besser auf der Haut spüren konnte und mir einbildete, es sei der Duft der Apfelblüten. Das getraue ich mich nicht mehr, aber das Aroma von Apfelblüten lässt mich immer noch unruhig werden.

Wenn bald darauf die Symphonie der Päonien in die der Rosen übergeht, sich überschneidet und zu einer überwältigenden Duftwelt verbindet, ist für mich die schönste Zeit des Jahres. Ich verstehe die Leute nicht, die sich zufrieden geben mit einer roten, gelben oder rosafarbenen Rose. Jede von ihnen ist einzigartig: *La Reine Victoria*, *Rose von Resht*, *Fantin Latour*, *Madame Hardy*. Schon die Namen klingen wie aus einem alten Roman und rascheln wie Spitzenunterröcke.

Am liebsten sind mir die so genannten »Alten Rosen«. Haben sie auch keine perfekte Teerosenblüte, die für mich sowieso irgendwie gekünstelt aussieht, so machen sie das mehr als wett mit ihren Düften, die aus den üppig gekräuselten Blüten strömen. Eine Rose ohne Duft ist nicht besser als eine Papierblume. Besonders abstoßend finde ich die perversen, langstieligen *Baccaras*, die man für teures Geld aus Mittelamerika einfliegt und die man eigentlich als Sondermüll entsorgen müsste – so voller Pestizide und Chemikalien werden sie gepumpt. Im Juni ist das ganze Haus getränkt mit Rosenduft. Ich stelle die Schalen mit den Blüten überall auf, sogar im Schlafzimmer. Leider ist diese Zeit kaum länger als ein paar Wochen. Aber vielleicht ist sie ja gerade deshalb so besonders. Hätte man die Rosen immer, wäre man ihrer wahrscheinlich bald überdrüssig, würde sie sogar als aufdringlich empfinden. Aber solange die Rosenzeit währt, genieße ich sie in vollen Zügen.

In jenem Jahr konnte man die Rosen schon die Gefährten meiner Tage nennen. Hatten noch im vergangenen Jahr die Kinder den Löwenanteil meiner Zeit eingefordert, so waren sie über die Wintermonate plötzlich selbstständig geworden. Meine Mutterrolle bestand aus Wecken, zum Frühstück überreden, Mittagessen herrichten, hier und da Taxidienst spielen und die abendliche *Deadline* überwachen. Die Freunde gaben den Lebensstil vor, Eltern waren auf einmal peinlich. Ehrlicherweise muss ich zugeben, dass ich hauptsächlich erleichtert war. Ich war nie eine Vollblutmutter gewesen. Die Bastelstunden im Kindergarten jagen mir, in der Erinnerung an unübersehbare Massen kreischender Kleinkinder und betulicher Mamas, noch immer kalte Schauder über den Rücken. Ich tat, was getan werden musste, aber jeden Entwicklungsschritt begrüßte ich mit echter

Freude. Die Geisteshaltung: »*Ach, wie schade, dass sie so schnell groß werden!*« befremdete mich.

Die neue Freiheit erwies sich, zumindest momentan, größer als nötig. Auch Rüdiger, der Museumsleiter ist, war seit Monaten kaum noch ansprechbar. Die neue Ausstellung, eine Retrospektive über die Maler der Region, sollte das Highlight der Saison werden. So saßen ihm nicht nur diverse Bürgermeister, Fremdenverkehrsamtschefs, Sponsoren und sonstige Amtspersonen im Nacken – auch er selber setzte sich massiv unter Druck. Geduldig bis zur Selbstaufgabe hatte ich diese kritische Zeit abgewartet. Für heute stand endlich die Ausstellungseröffnung auf dem Spielplan und ich hoffte, vom Ende der Stressphase und dem Hochgefühl des Erfolgs zu profitieren. Für heute Abend hatte ich deshalb gewisse Pläne …

»Annette!«

Ich schreckte hoch. Meine Güte, war es schon so spät? Die Gartenhandschuhe, die zu tragen ich mir schwer genug angewöhnt hatte, verdeckten die schmale silberne Uhr, die ich von meiner Großmutter zur Konfirmation geschenkt bekommen hatte und die einfach nicht kaputt gehen wollte.

»Mein Gott, was machst du da auf dem Boden? Hast du mal auf die Uhr gesehen? Ich dachte, du bist fertig.«

Rüdigers vorwurfsvoller Blick blieb anklagend an meinem alles andere als »gerichteten« Outfit hängen. In früheren Jahren hätte es eher geheißen: »Hast du dir wehgetan?«

Seufzend rappelte ich mich aus meiner kretischen Melisse hoch, streifte die verkrusteten Handschuhe ab und klopfte die Pflanzenreste von meiner Hinterpartie.

»Tut mir Leid, ich habe nicht auf die Zeit geachtet.«

Rüdiger schnaubte viel sagend durch die Nase und schüttelte resigniert sein Haupt mit dem modischen Ultrakurzschnitt.

»Ist es wirklich zu viel verlangt, dass du zu einem festgelegten Zeitpunkt fertig bist? Ich hetze wie ein Blöder, um dich abzuholen und du hockst seelenruhig im Garten. Deine Nerven möchte ich haben!«

Ich verkniff mir eine spitze Antwort, weil er tatsächlich mit den Nerven herunter war. Die dunklen Schatten unter seinen Augen und deren müder Ausdruck sprachen eine deutliche Sprache.

»Nimm dir doch ein Eis und leg dich für ein paar Minuten in den Liegestuhl unterm Kirschbaum. Es wird dir gut tun. Ich bin wirklich sofort fertig.«

Damit raste ich ins Haus und versuchte, mein Versprechen zu halten.

Cuisine française

Natürlich lief alles glatt. Der Landrat schaffte es sogar, zwischen Lobeshymnen auf die eigene Person und Partei, Rüdigers Leistung nicht ganz unter den Tisch fallen zu lassen. Die Kollegen zeigten Reaktionen zwischen Bewunderung und Neid und die Bürgermeister konnten alle ihre und der Gemeinderäte Weitsicht angemessen herausstellen. Festreden sind eine Art Vorhölle. Man hat den Eindruck, jeder, der auch nur eine Spur kurzweilig wirken könnte, wird davon ausgeschlossen, eine zu halten. Reden scheinen vor allem dazu da zu sein, sich selbst und alle die zu loben, bei denen man sich einschmeicheln will. Für diesen Kreis mag das ja ganz unterhaltsam sein, für alle anderen ist es eine Tortur.

Auch diese Prüfung ging vorüber. Ein kleiner Kreis kam in den Genuss der allerersten Führung und nun saß man entspannt beim gemeinsamen Abendessen. Ich blickte kurz zu Rüdiger am anderen Tischende herüber, der gelöst, geradezu übermütig, die Dame Hasenfratz hofierte – Gattin des Sparkassendirektors, unseres größten Sponsors. Er kann ungeheuer charmant sein, wenn er will.

Plötzlich erstarrte ich. Ich musste mich getäuscht haben. Oder es war schlicht und einfach ein Versehen, dass das Knie meines Tischnachbarn sanft, aber beharrlich an meinem Oberschenkel entlangstrich. Ich schluckte und beugte mich in vorgetäuschter Konzentration über das Rückgrat der ausgezeichneten Seeforelle auf meinem Teller. Bisher hatte sich meine Begeisterung über das für alle bestellte Fischgericht stark in Grenzen gehalten und ich hatte in Gedanken einige bissige Bemerkungen an den Urheber gerichtet. So geschickt kann man überhaupt nicht sein, um nicht doch die eine oder andere Gräte zu übersehen. Anstandshalber nimmt man Abstand von dem Reflex, das piksige Relikt so lange mit der Zunge herumzuschieben, bis man es zwischen zwei Fingerspitzen greifen kann. Stattdessen stopft man Kartoffel oder Salat nach, hofft auf die umhüllende Schutzwirkung und schluckt schließlich heroisch den gesamten Batzen herunter. Diese Unannehmlichkeiten können gesteigert werden durch den jeweiligen Nebenmann, in meinem Fall durch eine Nebenfrau. Als Frau des Gastgebers war an mir der »Schrecken der Kulturschaffenden« hängen geblieben. Die Gattin des Herrn Kreisrats, eine gutbürgerliche Berufsstudentin, liebte den anregenden Umgang mit jungen Künstlern. Kein Wunder, wenn man den Herrn Gemahl näher betrachtete ...

Schamlos sämtliche vorhandenen Beziehungen ausnutzend, hatte sie es geschafft, sich in der Mehrzahl der tonangebenden Gremien zu etablieren. Keine Feier ohne Meier! Da ich weder männlichen Geschlechts noch künstlerisch tätig war, hatte sie mich den halben Salat hindurch ignoriert. Was mir Gelegenheit gab, dem faszinierenden Gespräch schräg gegenüber zu folgen. Ungläubig und direkt mitleidig lauschte ich den aktuellen Sorgen und Nöten eines Erfolg versprechenden Jungkünstlers.

»Die nächsten Jahre werde ich vollauf damit beschäftigt sein, mein Boot zu malen.«

»Ist denn das auf Dauer künstlerisch befriedigend, immer dasselbe Motiv?«

»Was heißt hier befriedigend? Glaubst du, ich mache so einen Scheiß wie die Russen, die immer nur Impressionisten kopieren? Wenn ich später eine Retrospektiv-Ausstellung möchte, muss ich mindestens zweihundert Bilder verkauft haben. Davon fünfzig in die Ausstellung – das ist das Mindeste. Die kleinen Bilder habe ich früher einzeln verkauft. Das mach ich nicht mehr. Nur noch Gruppen ab fünfhundert Euro. Sonst wird das ja alles zerfleddert. Das kriegt man nie wieder zusammen.«

»Und klappt das so, finanziell?«

»Am Anfang war es ein bisschen schwierig, aber jetzt gehen sie ganz gut, vor allem in die Schweiz.«

Leider fand meine Nebenfrau doch noch eine Verwendung für mich. Meinem – ihrer Einschätzung nach – geistigen Niveau entsprechend, beglückte sie mich mit Schilderungen ihres letzten Urlaubs. Für jemand derart Kunstbeflissenen legte sie erstaunlich großes Gewicht auf Zimmerausstattung und Anzahl vorhandener Liegestühle. Die Fischgerichte auf Zypern waren selbstverständlich mit den hiesigen nicht zu vergleichen und die Preise ...

Trotz der Routine, die sie im Urlaub gewonnen hatte, verstummte sie schließlich und widmete sich verbissen der Aufgabe des Sezierens. Daraufhin blieben mir wenigstens die, in regelmäßigen Abständen notwendigen, Urlaute des aktiven Zuhörens erspart. Und nun das!

So etwas passiert einem vielleicht im Film – aber doch nicht in Wirklichkeit. Plötzlich war ich erleichtert, einen Vorwand oder besser eine Galgenfrist vor mir liegen zu haben. Der Fisch glotzte aus seinem weißen Auge an mir vorbei und ich glotzte vermutlich genauso ratlos. Vorsichtig zog ich mein rechtes Bein eine Spur von dem beharrlichen Knie weg. Nicht so weit, dass es als Zurückweisung anzusehen war – nur als Test. Tatsächlich, das Knie hielt seinen zarten Druck aufrecht. Zusätzlich nahm ein Fuß Kontakt zu meinem auf. Ich zählte bis drei, holte tief Luft und schaute dann zögernd, aber entschlossen nach rechts oben. Sein schiefes, träges Lächeln war unverhohlen unanständig. Nicht nur der Mund lächelte – ein sinnliches Lächeln, das weiße Eckzähne aufblitzen ließ. Auch die grauen Augen, die bei der Vorstellung vorhin absolut nichts sagend durch mich hindurchgesehen hatten, brannten sich geradezu in meinen verwirrten Blick. Ich vergaß mein unverbindliches Gesellschaftslächeln. Das Silber der Iris verschmälerte sich ringförmig um die schwarzen Pupillen. Dunkle Linsen, in denen ich mich spiegelte.

Die Lider senkten sich schwer und beschatteten mit dichten Wimpern den unverhohlenen Schlafzimmerblick. Netterweise beendete mein Nebensitzer die hypnotische Kontaktaufnahme, bevor die anderen mein ungewöhnliches Benehmen bemerkten. Sein bedächtiger Blick glitt über meinen Mund, den Hals hinunter und blieb schließlich an der Dekolleteespitze zwischen meinen Brüsten hängen. Ich spürte ihn so deutlich, als hätte er einen Finger dorthin gelegt. Meine Brustwarzen stellten sich auf, drückten sich gegen die schwarze Spitze meiner Korsage, die ich in einem Anflug von Leichtsinn bei *Ars Amandi* erstanden hatte. Unbewusst hob ich meine Hände, um die Nippel mit der Handfläche zu massieren, wie ich es zu Hause tue, wenn sie so unerträglich prickeln. Ein Mundwinkel zuckte sardonisch.

»Fisch rächt sich auf seine Weise. Trinken Sie ordentlich nach!«

Mein Gott, was hätte ich eben um ein Haar für ein Schauspiel geboten! Zutiefst dankbar für das Kerzenlicht, das die aufsteigende Röte an Hals und Wangen – hoffentlich – verbergen würde, riss ich mich zusammen. Woher hatte er gewusst, was in mir vorging? Verlegen nahm ich einen kräftigen Schluck von dem ausgezeichneten Kerner. Zu kräftig, denn fast hätte ich mich auch noch verschluckt. Sei nicht albern, ermahnte ich mich, das war schlicht und einfach Zufall. Niemand hat etwas von der kleinen Episode am Rande mitbekommen. Also benimm dich gefälligst, als sei nichts gewesen.

Gegenüber demonstrierte der junge Künstler temperamentvoll mit dem Fischmesser seinen Pinselduktus. Meine Nachbarin kaute langsam, wobei sie ihn berechnend beobachtete.

Worüber wurde weiter oben gesprochen? Aha, die neue Ausstellung im Landesmuseum. Rüdiger brillierte noch immer mit seinen Schilderungen diverser Katastrophen, die zu Ausstellungsvorbereitungen offenbar gehören wie das Warten zu Weihnachten. Unbewusst registrierte ich, dass seine neue Seidenkrawatte schon einen hässlichen Fettfleck genau in der Mitte abbekommen hatte. Krampfhaft durchforstete ich mein Gedächtnis: Wie hieß der Mensch neben mir und wie kam er in diese Gruppe? Die anderen kannte ich zumindest vom Sehen – Honoratioren und die üblichen kunstbeflissenen Wohlstandsbürger mit mehr Geld als Geschmack. Das kommt davon, wenn man nicht aufpasst. Vielleicht wäre es klüger, die Sache auf sich beruhen zu lassen. Ich hatte ihn noch niemals vorher getroffen. Es konnte durchaus sein, dass unsere Wege sich auch in Zukunft nicht mehr kreuzten. Diese Aussicht war beruhigend und enttäuschend zugleich. Die Vernunft unterlag, weil die Neugier sich vehement auf die Seite der gefährlichen Anziehungskraft stellte. Es würde mir nichts anderes übrig bleiben, als den Stier bei den Hörnern zu packen. So nonchalant wie möglich griff ich nach meinem gefährlich grazilen Weinglas, nippte alibimäßig daran und wandte mich mit klopfendem Herzen meinem faszinierenden Nachbarn zu. Offenbar hatte er mich beobachtet, denn er grinste mich an, diesmal ohne wölfischen Ausdruck im Blick.

»Sie fragen sich gerade, wo Sie mich einordnen sollen, stimmt's? Nein, ich gehöre nicht zu dieser Ansammlung von Wohlanständigkeit.«

»Das habe ich gemerkt.«

Er lachte, ehrlich amüsiert und doch schon wieder mit einem Anflug von Schlafzimmerblick. Der wurde intensiver, als er sich näher zu mir neigte und mit leicht heiserer Stimme, für unsere Nachbarn unhörbar, raunte:

»Und Sie? Seien Sie ehrlich, mit sich und mir.«

Sein Aftershave überflutete mein Kleinhirn und löste dort in Sekundenbruchteilen eine atavistische Reaktion aus. Ich bin überaus empfänglich für Gerüche. Manche lassen meine Knie weich werden und manche verwandeln mich in einen knurrenden Hund. Dieser Geruch, warm, dezent animalisch und *sehr* maskulin, wirkte auf mich, wie es fantasievolle Werbetexter gerne andeuten. In mir platzte ein Knoten, eine heiße Welle lief durch Bauch und Unterleib und ich spürte Feuchtigkeit zwischen meinen Schenkeln entstehen. Ich trug keinen Slip, der meine Schamlippen züchtig bedeckt und keine Einlage, die sie viktorianisch trocken gehalten hätte. Sie entfalteten sich wie die Papierblumen aus den Muscheln, die wir als Kinder oft geschenkt bekommen hatten. Das Schamhaar begann an der Innenseite der Oberschenkel zu kitzeln, als sie weiter und weiter anschwollen. Irritiert presste ich die Schenkel zusammen, weil ich plötzlich Angst bekam, so nass zu werden, dass es auf den Sitz des hellgelb bezogenen Stuhls durchfeuchtete. Meine Reaktion war dem Mann neben mir scheinbar nicht entgangen, denn sein Lächeln vertiefte sich. Ohne meine Augen loszulassen, schob er seinen Stuhl ein wenig zurück und beugte sich beiläufig unter den Tisch, um seine heruntergefallene Serviette aufzuheben. So musste es jedenfalls für alle anderen aussehen. Ich konnte nur hoffen, dass man mich nicht weiter beachtete und bemühte mich krampfhaft um eine möglichst gelassene Miene. Was nicht so einfach war, denn ich spürte seinen heißen Mund an meinem Schenkel, kurz oberhalb des Knies. Seine Zunge malte kleine quälende Kreise auf den hauchdünnen, schwarzen Strümpfen. Sein warmer Atem strich bis in meine Kniekehle. Gut, dass ich saß. Eine feste Hand packte meine Knie und drückte mir die Beine auseinander. Unwillkürlich keuchte ich leise auf und umklammerte mein Weinglas fester, gab aber nach und spreizte die Schenkel so weit, wie es unter diesen Umständen möglich war. Harte, herrische Finger bahnten sich einen Weg in mich, in mein glitschiges, nachgiebiges Fleisch. Ich biss mir auf die Lippen, um nicht zu stöhnen. Stocksteif saß ich da, an die Rückenlehne gepresst, um nicht diesen dreisten Fingern entgegenzurutschen. Sie zogen sich langsam und zögernd aus mir zurück, wobei sie leicht und wie unabsichtlich meine Klitoris streiften. Nein, mehr halte ich nicht aus, dachte ich gerade, als ich steifen, trockenen Stoff an meiner Nässe entlangstreifen fühlte. Nicht, dass es mich ernüchtert hätte, aber es bewahrte mir zumindest einen Rest Fassung.

Neben mir tauchte der Teufel aus der Versenkung auf und tupfte sich lässig die Lippen mit der Serviette ab, die er eben an mein Geschlecht gedrückt hatte. Seine Nasenflügel verengten sich und ich wusste: Er atmete meinen hitzigen Geruch ein. Wie ein Wolf, der sich vergewissert, dass seine Auserwählte heiß ist. Das Tierische dieser Geste schockierte mich und gleichzeitig erregte es mich auf eine Art, die mir nicht ganz geheuer war. Herausfordernd lächelte er mir ins Gesicht und strich sich dann gedankenverloren mit dem Zeigefinger über seine sinnliche Unterlippe. Ich verschluckte mich fast, als seine Zungenspitze der Spur folgte. Er schmeckte mich! Mein Anflug von Prüderie schien ihn zu erheitern, denn er ließ für den Augenblick von mir ab und wandte sich seiner anderen Seite zu. Ich konzentrierte mich wieder auf meine inzwischen erkaltete Forelle und stocherte lustlos zwischen Haut und Gräten herum. Ich hatte einfach keinen Appetit mehr. Vielleicht half etwas mehr Wein, obwohl ich mir da gar nicht so sicher war. Man konnte es drehen und wenden, wie man wollte: Ich war einfach nicht auf so etwas vorbereitet.

Wer kennt nicht die Allgemeinplätze über die unzufriedenen, unausgefüllten Gattinnen der wohlsituierten Mittelschicht in der Provinz. Bisher hatte auch ich darüber gelästert und die eigene wachsende Unzufriedenheit ignoriert. Schließlich hatte ich ja meinen Garten! Wir waren jetzt achtzehn Jahre glücklich verheiratet, die Kinder aus dem Gröbsten heraus, wie man so schön sagt und wir verstanden uns immer noch prächtig. Rüdiger ging mehr oder weniger in seinem Museum auf, konzipierte stets hoch gelobte Ausstellungen und glänzte, wie jetzt auch, gerne bei gesellschaftlichen Anlässen. Ich hatte langsam, aber sicher alle Dinge übernommen, die ihn nicht so interessierten. Zu

Hause würde er vermutlich keinen Scheck finden, geschweige denn Versicherungsunterlagen oder ähnlich Banales. Vielleicht dachte er, ich fühlte mich wichtiger, wenn ich von ihm gebraucht würde. Egal, es machte mir nichts aus, ihm solche Dinge abzunehmen. Was mir in den letzten Jahren eher zu schaffen gemacht hatte, war die Eintönigkeit. Er schien sexuell völlig zufrieden zu sein, während ich Tage hatte, an denen die berühmte Katze auf dem heißen Blechdach ein Papiertiger gegen mich war! Ehrlicherweise musste ich mir selber eingestehen, dass es wohl an den Hormonen lag. Solange ich die Pille genommen hatte, war alles in Ordnung gewesen. Wir liefen in Parallelspuren. So traf uns die Fülle meiner Hormone völlig unvorbereitet, als ich aus Altersgründen zur Spirale wechselte. Anfangs war er begeistert von meiner neuen Wollüstigkeit und sexuellen Gier. Ich verkniff mir die Erinnerung an seine strikte Ablehnung der Sterilisation, die uns diese sexuelle Intensität bereits sehr viel früher hätte ermöglichen können. Dann aber kam irgendwann ein Punkt, an dem unsere Spuren sich trennten, unmerklich. Wir schliefen mehr oder weniger regelmäßig zusammen, aber es ließ mich nicht so befriedigt zurück wie ihn. Es war automatisiert. Er wusste genau, welche Knöpfe er bei mir drücken musste und tat das mit der Virtuosität eines langjährigen Experten. Aber es gab keine Neuerungen mehr. Besonders zärtlich war er nie gewesen. Nicht grob, aber solche Dinge wie »zweckfreie« Liebkosungen hatte es nie gegeben. In der letzten Zeit beschränkte sich das Vorspiel auf die Frage – im Bad oder bereits unter der Decke liegend: »Wollen wir heute?«

Ich hatte schon oft mit dem Gedanken gespielt, abzulehnen, wenn ich nicht auf jede Gelegenheit angewiesen gewesen wäre. Was mich abhielt, war die Angst, er könnte dann noch seltener fragen. Und meine Lust war drängender als seine. Deswegen hatte ich heute meine neue Korsage an und keinen Slip. Die letzten zwei Monate hatte er einzig und allein für seine Ausstellung gelebt. Morgens hatte er das Haus als Erster verlassen und abends hatte ich manches Mal schon geschlafen, wenn er kam. Ziemlich frustriert hatte ich Zuflucht zu meinem Vibrator genommen und man konnte sagen, dass ich mehr Zeit mit ihm verbrachte als mit Rüdiger.

Nur, leider, ist der beste Vibrator nichts als ein Ersatz. Der garantierte, schnelle Orgasmus erscheint steril. Man ist zwar aus technischer Sicht befriedigt, es bleibt aber zäh das enttäuschende Gefühl, mit Astronautennahrung abgespeist worden zu sein – wo man doch Lust auf ein Menü mit vier Gängen gehabt hätte.

Die höfliche Frage des Kellners hinter meinem linken Ohr: »Darf ich abräumen?« brachte mich umgehend in die Gegenwart zurück. Offensichtlich suchte ich schon nach Entschuldigungen für meine heftige Reaktion auf den Wolf. Der wandte sich gerade wieder mir zu. Er schien beschlossen zu haben, dass meine Atempause vorüber war. War ich einem erneuten Angriff gewachsen? Lieber kein Risiko eingehen. Ich kam ihm zuvor, lächelte unverbindlich in Richtung seiner Brusttasche und bat, mich einen Moment zu entschuldigen. Glücklicherweise schaffte ich es, ohne meinen Stuhl umzuwerfen oder auf der Treppe zu stolpern.

Ich strebte den Toiletten zu wie eine Ertrinkende dem rettenden Strand. Dort lockte eine ruhige Kabine und ich würde mir schnell etwas »Erleichterung« verschaffen. Hoffentlich herrschte nicht gerade Hochbetrieb. Doch genau das war der Fall: Eine ganze Herde aufgedonnerter Amerikanerinnen unbestimmbaren Alters hatte das Terrain besetzt – im wahrsten Sinne des Wortes. Mir blieb nichts anderes übrig, als die Invasion abzuwarten. Ich verließ den Waschraum und stellte mich draußen, im Flur, zwischen Damen- und Herrentoilette an ein hohes, schmales Fenster. Es stand weit offen und die weiche Bodenseeluft, mit ihrem Unterton von Algen, Schlick und dem Hauch Diesel der Bootsmotoren, strich wohltuend über meine vor

Erregung schweißnasse Haut. Ich hob die Arme und umfasste die obere Querstange des Gitters, um die Brise unter meine Arme, in die Achselhöhlen wehen zu lassen. Plötzlich lagen zwei Hände auf meinen Hüften und ein muskulöser Körper schmiegte sich an meine Rückseite.

»Für so feige hätte ich dich nicht gehalten, meine Schöne«, knurrte der Wolf in mein rechtes Ohr und biss leicht in den unteren Rand neben den Goldkreolen. »Du wirst mir doch nicht die Ernte vorenthalten wollen, die ich gesät habe?«
Erstarrt, wie ich war, blieb ich für Momente absolut bewegungslos. Dann schoss die Welle nur so durch meinen Körper. Seine Zunge fuhr den Rand meiner Ohrmuschel entlang – ganz langsam und aufreizend. Die Hände schoben sich von meinen Hüften nach vorne, die Finger in meiner Leistenbeuge und an meinen Hintern drückte etwas ziemlich Großes und Hartes. Instinktiv wollten meine Hände seine wegstoßen, aber er war schneller.

»Nein, meine Schöne, behalte sie oben. Halte dich weiter an der Stange fest und beweg dich nicht.«
Normalerweise bin ich nicht gerade fügsam. Aber ich umklammerte die Eisenstange fester, sobald mir bewusst wurde, dass ich mich auf meine Beine momentan nicht verlassen konnte. Er stand hinter mir und schirmte uns vor neugierigen Blicken ab. Glücklicherweise sind die meisten Menschen zu dezent, um mehr zu tun, als einen kurzen Blick zu riskieren. Die Hände strichen zielsicher über meinen Bauch nach oben. Er umfasste die Brüste wie Schalen und sein Daumen suchte in kreisenden Bewegungen meine Brustwarzen. Die Korsage war aus festem, schwarzem Satin, hinten mit einer Reihe Haken geschlossen. Meine Brüste lagen wie auf einem Präsentierteller, kaum verhüllt von schwarzer Spitze. Durch die Spitze hindurch fühlte ich den suchenden Daumen und reagierte auf ihn mit einem unbeherrschten Aufstöhnen. Die Brustwarzen richteten sich auf und

begannen wieder zu prickeln und zu jucken, als ob sie gegen ihr Gefängnis rebellierten. Unwillkürlich drängte ich mich seinen Händen entgegen und versuchte, mich an ihnen zu reiben, um den Juckreiz zu lindern. Er lachte leise an meinem Hals und nahm die aufgerichteten Spitzen zwischen Daumen und Zeigefinger. Obwohl er nur ganz leicht zudrückte, musste ich den Mund in der zarten Haut meines Oberarms vergraben, um unbotmäßige Geräusche zu unterdrücken. Langsam steigerte er die Intensität des Drucks. Ehe es schmerzhaft wurde, ging er dazu über, die Nippel zwischen den Fingern zu rollen, als prüfe er Konsistenz und Festigkeit. Meine Brüste fühlten sich so gespannt und prall an, als würden sie jeden Moment platzen. Jeder Zentimeter der Haut schrie nach mehr.

Als wüsste er es, schob sich seine rechte Hand tief in meinen Ausschnitt und umfing sanft meine linke, übererregte Brust. Zufrieden seufzte ich auf. Das tat gut! Seine Hände waren die eines Künstlers, an ihnen war nichts rau oder gar kratzig. Und sie bewegten sich mit diabolischer Raffinesse ...

Seine Zunge glitt an meinem Hals entlang, als male er mir ein unsichtbares Collier. Zwischendurch biss er sanft in mein Ohrläppchen und zog daran. Überraschend glitten seine Hände plötzlich zielgerichtet über meine Hüften und schoben langsam, sehr langsam den Rocksaum höher. Ich trug ein körperbetontes, schwarzes Nickikleid, das so kurz war, dass ich die Strapse der Korsage fast entfernt hätte, weil ich nicht sicher war, den Strumpfrand hoch genug halten zu können. So saßen die Strümpfe nicht, wie üblich, ziemlich tief am Oberschenkel, sondern ließen nur einen schmalen Streifen Haut frei. Da ich keinen Slip trug, blieb auch ein beachtlicher Teil meines Hinterteils unbedeckt. Darauf ließ er einen Moment seine Hände ruhen und raunte mir ins Ohr:

»Du hast einen tollen Hintern, weißt du das?«

Normalerweise hätte ein solches Kompliment mir überaus

geschmeichelt. Ich trage Kleidergröße 42 und das entspricht ja nicht gerade der gängigen Schönheitsnorm der dürren Hungerhaken. Doch im Augenblick gab es Wichtigeres. Ich drückte den tollen Hintern gegen seine Handflächen, um ihn darauf hinzuweisen. Und er nahm den Wink auf. Er begann damit, meinen Po behutsam und doch fest zu kneten. Langsam arbeitete er sich so auf meine Spalte zu. Dann packten seine Hände je eine Pobacke und zogen sie energisch auseinander. Es gab ein dezent schmatzendes Geräusch, als meine triefend nassen, aneinander klebenden Schamlippen geöffnet wurden. Die Akustik schien ihn etwas aus der Ruhe zu bringen, denn sein Atemrhythmus beschleunigte sich merklich. Der Griff um meine Pobacken löste sich und eine Hand presste sich auf mein Schambein, mitten auf das schwarze Kraushaar. In dem begann er zu wühlen, es zu durchkämmen und daran zu zupfen. Die andere Hand glitt zielsicher meine Spalte entlang und zwei oder drei Finger begannen, meine überreifen Lippen zu betasten. Behutsam suchte einer der Finger seinen Weg in mich hinein, nicht tief, nur so weit, dass er den Eingang in kreisenden Bewegungen weiten konnte. Ich dachte, ich würde mich gleich nicht mehr beherrschen können. Wenn er jetzt meine Klitoris gereizt hätte, wäre ich in Sekundenschnelle zerschmolzen. Das Gefühl ließ mich weich werden wie zerlaufende Schlagsahne. Ein zweiter Finger gesellte sich dazu und beide schoben sich gemeinsam tiefer hinein. Mit unwahrscheinlichem Geschick mied er meine Perle, obwohl ich mich wand und drehte, um seine Hand genau auf den Punkt zu bringen.

Abrupt zog er die Hände weg, packte mich unerwartet fest an den Armen und ehe ich wusste, wie mir geschah, hatte er mich in die Herrentoilette gezogen, in die äußerste Kabine hinein. Dort hob er mich auf das Brett des vergitterten Fensters. Es lag ziemlich hoch, etwa auf seiner Bauchhöhe. Der kalte, harte Marmor presste sich unnachgiebig an meine erhitzten Hinterbacken, als er meine Hände oben ans Gitter führte. Ich umklammerte die obere Querstange und wurde ganz an die Kante vorgezogen. Seine Hände gruben sich in meine Schenkel, als er begann, mit der Zunge Muster auf die Innenseite meiner Oberschenkel zu zeichnen. Das war ja ganz nett, aber ...

Auffordernd spreizte ich meine Beine, so weit es ging, spürte den leichten Windhauch auf der Feuchtigkeit und – endlich! – seine Zunge. Mit leichten Strichen kostete er die Nässe auf dem inzwischen purpurroten Fleisch. Fast zögernd zog er die Haut auseinander und legte die Klitoris frei. Als ich endlich seine Zungenspitze in einem federleichten Hauch auf ihr fühlte, konnte ich ein kehliges Stöhnen nicht mehr unterdrücken. Die Ermutigung ließ ihn nachdrücklicher werden. Seine Zunge umspielte das Zentrum meiner Lust, saugte sich fest, sog daran, massierte es. Ich wurde wild. Die Spannung, die sich in meinem Unterleib aufgebaut hatte, begann, unerträglich zu werden. Alles in mir fühlte sich hart und verknotet an. Zu meiner Erleichterung schien er genau das zu spüren. Wieder glitten lange Finger in mein Inneres, streichelten, drückten gegen die Vorderwand der Scheide. Der Rhythmus, in dem er die Klitoris reizte, wurde regelmäßig – wie die Meereswogen an einem ruhigen Tag. Ich spürte die großen Wellen kommen und ließ mich von ihnen tragen. Unaufhaltsam höher und höher. Atemlos glitt ich vom Scheitelpunkt einer finalen Welle in seichtes Wasser. Meine Beine zitterten noch von der Wucht der Spasmen und die letzten Nachzuckungen in meinem Unterleib ließen den überwältigenden Orgasmus langsam und warm ausebben. Ich fühlte mich wie eine Gummipuppe, der ein großer Teil ihrer Luftfüllung herausgelassen worden war.

Er löste seinen Mund, mit dem er die Wellen mitgeritten hatte, und schob sich mit einer lasziv-lässigen Schlängelbewegung an mir hoch. Noch bevor sich seine Lippen auf meine legten, roch ich meinen eigenen Moschusgeruch auf ihnen. Als seine Zunge meine Lippen öffnete und sich hineinschob, blieb ich träge-passiv. Leicht salzig schmeckte ich mich selber. Tiefe Zufriedenheit ließ mich fast unhörbar aufseufzen. Ich spürte sein Lächeln, als er neben meinem Mund flüsterte:

»Und ich? Schaffst du es noch, dich meiner zu erbarmen oder muss ich selber Hand anlegen? So kann ich nicht an den Tisch zurück.«

Natürlich. In dem Maße, in dem meine Wahrnehmungsfähigkeit wiederkehrte, wurde ich mir seiner Wahnsinns-Erektion bewusst. Steinhart und erschreckend umfangreich drückte sie gegen meinen Bauch. Sie machte mich neugierig. Ich ließ die Gitterstange los, rutschte vom Fensterbrett und platzierte den Wolf mit einer eleganten Drehung an meiner Stelle am Fenster. Er sagte nichts, zog nur die Augenbrauen hoch und griff nach der Stange, die bei ihm etwa auf Kopfhöhe lag. Ich musterte unauffällig seinen Gürtel. Glücklicherweise ein normales Modell. Die Entsprechung für diffizile Verschlüsse bei Damenunterwäsche, über die man sich in jedem besseren Ratgeber für Männer auslässt, sind Gürtel, deren Mechanismen von fantasievoll bis blödsinnig variieren.

Die Hose aus dunkelgrauem Stoff ließ ihre qualitativ hochwertige Herkunft am Faltenwurf erkennen, mit dem sie sich um seine leicht gespreizten Fußknöckel legte. Auch der Slip fand Gnade vor meinen Augen: ein schwarzes Calvin-Klein-Modell. Nichts Spießiges, aber auch nichts von der Art, die einen an seiner sexuellen Orientierung zweifeln ließe. Mutig schob ich sehr, sehr vorsichtig den Slip an den Seiten herunter, griff dann vorne hinein, wo das gute Stück schon stramm und aufrecht an den flachen Bauch gepresst stand und näherte mich, etwas misstrauisch, diesem Prachtexemplar. Über einem kräftig pulsierenden, geraden Schaft präsentierte sich eine seidig glänzende, leuchtend rote Eichel, an deren Spitze bereits ein Tropfen glitzerte. Ich umfasste mit Daumen und Zeigefinger der rechten

Hand den Schaft kurz unterhalb der Vorhaut und bewegte sie kurz und kräftig nach hinten. Ein leichtes Keuchen über meinem Kopf, und die Eichel stand nackt und schimmernd vor meinen Augen. Ich konnte nicht widerstehen und leckte zart entlang der kleinen Furche an der Spitze. Der Penis in meiner Hand zuckte sofort zur Antwort. Ich bemühte mich, möglichst fest herumzugreifen und bewegte die Hand auf und ab, wobei ich darauf achtete, nicht an die Eichel zu kommen. Meine linke Hand hatte seinen Hodensack als Spielgerät entdeckt. Ich hielt ihn locker und bewegte die Eier darin wie ein alter Grieche seine Handsteine. Als mein Mund sich über die Eichel schob und ich begann, mit der Zunge den Eichelrand zu umkreisen, spannten sich seine Oberschenkelmuskeln merklich an. Es war nicht so einfach, weil sein Schwanz ziemlich groß war. Ich malte Kreise, Achten, zwischendurch tupfte ich nur ganz leicht mit der Zunge den Schaft entlang und blies sanft auf die nasse Spitze. Mein Mund hatte sich nach einiger Zeit an seine Ausmaße gewöhnt. Ich versuchte, unterstützt von meiner Hand, die Spitze tiefer hineingleiten zu lassen, wieder herauszuziehen, wieder hinein, wieder heraus ...

Es gefiel ihm ausnehmend gut. Der Wolf begann, sich zu winden. Ich drückte noch einmal kräftig an der Peniswurzel zu und streckte dann den Mittelfinger meiner linken Hand, um den Damm zu massieren. Er flippte fast aus. Es war wohl an der Zeit, mir eine kleine Pause und ihm einen Moment zum Atemholen zu gönnen. Mit einem letzten Zungenschlag löste ich meinen Mund, hielt aber den Klammergriff um seinen Penis aufrecht. Ein paar gefühlvolle Auf und Abs – und das prachtvolle Stück legte tatsächlich noch an Umfang zu! Als Variation begann ich, zärtlich seinen Hodensack zu lecken und die kleinen Kugeln darin mit der Zunge anzustupsen. Dabei vergaß ich nicht, mit entsprechenden Pausen, seinen Schwanz zu bearbeiten. Der zuckte inzwischen frenetisch und die dicken Adern pulsierten geradezu gefährlich. Viel länger war es nicht hinauszuzögern. Mit der linken Hand umfasste ich behutsam, aber entschlossen seinen Hodensack und zog ihn nach unten. Mit rechts packte ich den Schaft und begann, ihn kräftig zu wichsen. Dabei nahm ich ihn wieder in den Mund. Da ich Angst hatte, ihn mit den Zähnen zu verletzen, verlagerte ich meine Finger ziemlich zum Eichelrand, wo ich darauf achtete, die Vorhaut ordentlich nach hinten zu ziehen und bei der Gegenbewegung mit leichter Drehbewegung wieder darüber zu schieben. Mein Spielraum für Zungenspiele war jetzt ziemlich beschränkt, deshalb begnügte ich mich mit einem einfachen Rein-Raus. Das reichte völlig aus. Innerhalb von Sekunden explodierte er förmlich. Sein Sperma spritzte mir bis hinten in den Rachen und rann mir die Kehle hinunter. Ich hielt die Spitze mit dem Mund fest umschlossen, bis das letzte Zucken auch den letzten Tropfen herausgepresst hatte, unterließ aber jede Art von Bewegung, um die Reizung nicht unangenehm werden zu lassen. Dann löste ich mich, schloss meinen überdehnten Mund und schluckte den Rest. Ich bin nicht verrückt darauf, aber es ist mir auch nicht so unangenehm, dass ich es zu vermeiden versuche. Ich habe schon ganz andere Dinge aus Höflichkeit zu mir genommen. Kaviar zum Beispiel. Und den finde ich wirklich widerlich.

Er zog mich hoch und sein Mund, kühl jetzt und entspannt, fuhr in einer zärtlichen Geste über meinen, ehe er die Zunge hineindrängte und seine Spuren suchte. Ein eher sanfter Kuss, der das Nachglühen unserer hemmungslosen Begegnung noch einmal kostete, ehe wir uns voneinander lösten. Er bückte sich, zog seine Hosen hoch und küsste mich auf die Nasenspitze.

»Ich hätte nicht gedacht, dass der heutige Abend solche Überraschungen für mich bereithält!«

Mein Kleid wurde zurechtgezupft, meine Halskette gerichtet. Sein Blick glitt prüfend über mein etwas derangiertes Äußeres.

»Nichts, was nicht mit Nachpudern und etwas frischem Lippenstift zu renovieren wäre. Möchtest du gleich zurück oder lieber ein wenig nach draußen – zum Abkühlen?«

Ich schwebte immer noch kurz über dem Erdboden. Es war unwahrscheinlich, dass ein längerer Aufenthalt in seiner nächsten Nähe mich wesentlich beruhigen würde. Also schlüpfte ich nur kurz in die Damentoilette und wir spazierten gelassen wieder zur Gesellschaft zurück. Rüdiger warf uns einen gut gelaunten Blick zu.

»Wart ihr draußen? Ihr wart so plötzlich verschwunden. Wenn ihr noch Dessert wollt, müsst ihr euch beeilen. Tiramisu ist schon nicht mehr zu haben.«

Do it yourself

Der Abend im Restaurant ging nicht mehr lange. Alle mussten am nächsten Morgen wieder früh heraus. Ich erwartete nicht, ihn wiederzusehen. Auf der Heimfahrt horchte ich Rüdiger vorsichtig aus. Mein Wolf hieß Markus B. Er hatte Medizin studiert, während seiner Zeit als Assistenzarzt eine überraschende Erbschaft gemacht und sich, für alle unerwartet, an der Kunsthochschule eingetragen. Sein Talent für Körperkompositionen hatte ihm die Bewunderung der Laien eingebracht und die Missachtung seiner Künstlerkollegen, die ihm zu große Gegenständlichkeit vorwarfen. Sein Schwerpunkt waren Plastiken, in denen er üppige – also unmoderne – Frauenkörper im Kontrast zu äußerst unansehnlichen, aber mächtigen Männern darstellte. Ich hatte sogar schon einige von ihnen gesehen. Die Frauen wirkten wie eine Kreuzung aus *Barbarella* und *Venus von Milo* mit mehr als einer Prise draller Rubenshaftigkeit. Die Männer boten den kompletten Querschnitt der männlichen Körperbild-Bigotterie: fette, dürre, krumme, Bierbauch mit Streichholzbeinchen, Fettnacken, wulstförmig, zahnloses, geiles Grinsen. Ich hatte mich schon gefragt, wieso er eine so offensichtliche Abneigung gegen seine Geschlechtsgenossen hegte. Die überzeugteste Feministin hätte sie nicht abstoßender darstellen können.

Am nächsten Mittag, beim Kartoffelnschälen, ließ ich meinen nicht benötigten Kopf anderweitig schweifen: Rüdiger hatte mich nach meiner Meinung zu Markus gefragt:

»Wie fandest du ihn? Du warst die Einzige, die sich länger mit ihm unterhalten hat.«

Ich hatte ausweichend geantwortet. Eine von Markus' Plastiken war für den Museumsvorplatz vorgesehen. Rüdiger hatte keine Probleme damit, wohl aber einige ältere Stiftungsräte und hier wahrscheinlich eher deren Gattinnen. Soviel ich verstanden hatte, gab es keine rechtlichen Probleme, weil der Vorplatz städtischer Grund und Boden war. Es handelte sich um reine Befindlichkeits-Bauchpinselei dieser zickigen Herrschaften. Daher war Markus auch zum Essen dazugeladen worden. Rüdiger hatte gehofft, die alten Fregatten mit dem Charme und jugendlichen Elan des Künstlers zu beeindrucken. Das hatte nicht ganz geklappt. Zwar war ich mir keiner Schuld bewusst – schließlich hatte ich es nicht darauf angelegt, neben ihm zu sitzen –, trotzdem hatte ich das fein gesponnene Netz gestört. An meiner Stelle hätte die Busenfreundin seiner rechten Tischdame sitzen sollen. Kein Wunder, dass er da nicht mitgespielt hatte. So würde Rüdiger sich etwas anderes ausdenken müssen, um die Frau Kreisrat a. D. günstig zu stimmen. Momentan schwankte er zwischen einem Sektfrühstück anlässlich der neuen Ausstellung und einem Abend mit Tanz. Letzteres war für ihn als Riesenopfer zu betrachten. Bis auf Ausnahmen scheint es ein Gesetz zu sein: Frauen tanzen für ihr Leben gerne – Männer hingegen scheuen vor keiner Ausrede zurück, um sich davor zu drücken. Bei diesem Thema kann man wirklich nur Loriot zitieren:

»*Männer und Frauen passen einfach nicht zusammen.*«

Das Klingeln der Haustür riss mich aus meinen Betrachtungen. Die Kinder hatten offenbar früher Schulschluss. Hitzefrei?

»Hi, Mama, was gibt's zu essen?«

»Kartoffeln mit Kräuterquark. Es dauert aber noch eine halbe Stunde. Ich habe nicht mit hitzefrei gerechnet. Wie war's?«

»Ganz gut. Mama, kannst du uns nachher ins Schwimmbad fahren? Du wolltest doch sowieso in die Bücherei, da kannst du uns an der Ecke absetzen. Bitte!«

Ich zögerte kurz, denn eigentlich gehe ich lieber vormittags. Dann hat man eher die Chance auf einen Arbeitstisch für sich allein – und keine pubertierenden Schüler üben ihre Balzrituale. Aber bei dem Wetter ...

»Na gut. Aber heimkommen müsst ihr mit dem Bus. Ich bleibe nicht den ganzen Nachmittag in der Stadt.«

In diesem Sommer hatte sich eine für hiesige Verhältnisse ungewöhnlich lang andauernde Schönwetterperiode entwickelt. Geradezu kolumbianisch. Hoffentlich würde sie lange genug anhalten, um den ekligen Schleimpilz auszutrocknen, der jedes Fleckchen Moos auf den Gartenwegen in eine Art glibberige Alge verwandelt hatte. Da ich mit dem Glibber nichts anfangen konnte, beglückte ich einen Nachbarn, der Biologielehrer am Gymnasium der Nachbarstadt ist, mit einer Probe. Geradezu glücklich, zur Abwechslung nicht nur Maronenröhrlinge oder Wiesenchampignons begutachten zu dürfen, hatte er sich in Fachliteratur vergraben und den unappetitlichen Organismus bestimmt. Ich bewunderte ihn gebührend und vergaß den unaussprechlichen Namen sofort wieder. Ich wollte das Zeug nur loswerden.

»Alles abkratzen und auf trockenes Wetter hoffen«, lautete des Lehrers Auskunft.

Ich zog einen kurzen Stretchrock und meine Lieblingsbluse aus weißem Baumwollcrinkle mit dem tiefen V-Ausschnitt an. Da meine Füße ein erfreulicher Anblick sind, trage ich gerne knallroten Nagellack und Riemchensandalen. Die Kinder saßen schon im Auto. Ehe ich sie aussteigen ließ, erinnerte ich sie noch daran, bis zum Abendessen um sieben zu Hause zu sein. Ich fragte nach den Telefon- und Eintrittskarten und konzentrierte mich dann auf die Parkplatzsuche.

Die Bücherei empfing mich mit stickiger Luft und gähnender Leere. Im Sommer versorgen sich die Stammgäste gleich morgens mit der nötigen Lektüre, so dass die schwitzenden Bibliothekarinnen den Rest des Tages nahezu unter sich bleiben. Meine Vorliebe für Wärme ist dann ein echter Vorteil. Als ich nach dem Abitur an der höheren Mädchenschule, auf das weitere Leben total unvorbereitet, in den verschiedensten Fachbereichen »herumstocherte«, gab die gut geheizte Bibliothek der Kunstgeschichtler den Ausschlag, mich diesem Fach intensiver zu widmen. Vielleicht war es auch Rüdiger. Er war welterfahren, in einem Internat aufgewachsen und lebenstüchtig. Er war ganz anders als ich: Mit einem Vater, der mehr für seine wechselnden Freundinnen und seine Anwaltskanzlei lebte, und einer Mutter, die in Sozialarbeit für Gefängnisinsassen aufging, war ich zwar materiell gut versorgt, aber zum größten Teil mir selbst überlassen. Immerhin erinnerten sich meine Eltern zu Weihnachten und an den jeweiligen Geburtstagen an uns Kinder und schickten Schecks, die in unseren Sturm-und-Drang-Zeiten manche Wünsche in den Bereich des Möglichen rückten.

Ich bewunderte Rüdiger. Ungläubig und geschmeichelt reagierte ich auf sein Interesse für meine Person. Nachdem mehrere Kommilitonen, für die ich mich heimlich begeistert hatte, nicht die geringste Notiz von mir genommen hatten, kam mir dies vor wie der Hauptgewinn.

Ich war rundherum glücklich. Zum ersten Mal hatte ich das Gefühl, dass sich jemand tatsächlich für mich und mein Innenleben interessierte. Unsere Beziehung entwickelte eine Art Eigendynamik. Rüdiger wurde zu meinem Fixpunkt. An ihn klammerte ich mich; er bot mir Orientierung. Und so war es nahezu eine Selbstverständlichkeit, dass wir heirateten, als er nach seiner Promotion schnellstens auf eine ausgezeichnete Position am angesehensten Kunstmuseum in der Heimatregion seines Doktorvaters berufen wurde. Von meiner Magisterarbeit war nicht mehr die Rede. Wir widmeten uns entschlossen dem Aufbau einer klassischen Familienidylle. Aber: Zu meinem Entsetzen stellte ich fest, dass ich als Mutter im direkten Vergleich zur örtlichen Kontrollgruppe bedenkliche Defizite aufwies. Nach den ersten turbulenten Jahren als Mama begann ich, unter der intellektuellen Magerkost zu leiden. So kam ich zwangsläufig in Kontakt mit dem örtlichen Volkshochschul-Stellenleiter. Alles Weitere ergab sich automatisch. Ich begann zu unterrichten. Die Vergütungssätze sind für Berufstätige absolut uninteressant. So bietet sich für die VHS die Zusammenarbeit mit geistig wenig ausgelasteten Hausfrauen der Bildungsbürgerschicht an. Auf diese Art kommt die Volkshochschule zu ihren Lehrkräften und die Frauen bekommen die Gelegenheit, den angerosteten Geist wieder ein wenig zu ölen.

Meine Lieblingsecke in der Bücherei war frei. Ich legte meine Schreibsachen auf den Tisch, schlüpfte aus den Sandalen und ging in das Labyrinth der Regale, um mir die Wälzer zu holen, die ich nicht mit nach Hause schleppen wollte. Zurzeit konzipierte ich eine Unterrichtsreihe über Arbeitsrecht. Ein Thema, das gut vorbereitet sein wollte. Die Bücher *Kommentar zum Kündigungsschutz*, *Abfindung und Steuerrecht* sowie *Kündigungsschutz für weibliche Arbeitnehmer* im Arm, ging ich an meinen Platz. Und hätte um ein Haar den ganzen Stapel fallen gelassen. Was, um Himmels willen, machte *der* denn hier? Mit demonstrativer Lässigkeit und einem Lächeln, das meine Reaktion befriedigend zu finden schien, rekelte sich auf dem Stuhl gegenüber Markus, der Wolf.

»Hallo, meine Schöne, wie geht es dir? Du bietest hier ja ein tolles Kontrastprogramm.«

Er nickte in Richtung der strohtrockenen Lektüre, dann auf meine nackten Füße und Beine. Sein Blick blieb in meinem Ausschnitt hängen.

»Was führt dich denn hierher?«, stammelte ich.

Ich widerstand dem Impuls, meinen Ausschnitt zu verkleinern, indem ich die Bluse hinten herunterzog, legte die Bücher zwischen uns auf den Tisch und setzte mich. Er griff nach den stoffgebundenen Bänden und las halblaut die Titel vor. Kopfschüttelnd.

»Du steckst ja voller Überraschungen. Das hätte ich nicht von dir erwartet.«

Er lachte. Plötzlich ärgerte ich mich. Für was hielt der mich?

»Was hättest du denn erwartet? Kochbücher, Handarbeitsmuster?«

»Entschuldige, das klang wohl wie eine Macho-Bemerkung. Nein, ich meinte das langweilige Thema. Du bist anscheinend eine Frau mit ein paar mehr als den üblichen Gesichtern.«

Seine Stimme klang heiser. Die grauen Augen verschleierten sich und ich wusste, woran er dachte. Wie hypnotisiert erwiderte ich seinen Blick. Er trug ein kurzärmliges Jeanshemd, gerade so weit geöffnet, dass dunkle Haare zu erahnen waren. Er hielt den Blickkontakt aufrecht, ließ mich nicht los, während er langsam das Hemd hochzog. O Gott, er würde sich hier doch nicht ausziehen! Das Hemd fiel jetzt locker über die Hose. Die Hände bewegten sich unter dem Hemd und ich wusste, dass sie seine Jeans öffneten. Was hatte er vor? Seine Zungenspitze fuhr sinnlich-träge über die Unterlippe. Ich schluckte. Plötzlich streckte er eine Hand unter den Tisch.

»Gib mir deinen Fuß!«

Gehorsam hob ich ein Bein an und legte meinen rechten Knöchel in seine wartende Hand. Als er meinen Fuß zwischen seine gespreizten Beine führte, wurde mir klar, was er vorhatte. Er war voll erregt. Heiß und hart. Ein äußerst seltsames Gefühl an der Fußsohle. Er drückte sich fester an mich und begann sein Becken in einer Art Wellenbewegung rotieren zu lassen. Versuchsweise bewegte ich meine Zehen. Es ging tatsächlich. Mutiger geworden, fing ich an, ihn mit dem Fuß zu liebkosen und zu kneten. Mit einem unterdrückten Stöhnen beugte er sich vor und stützte beide Arme auf. Für jeden uneingeweihten Betrachter boten wir eine völlig unverfängliche Situation.

Seine Lider senkten sich halb über die Augen. Mit abwesendem Blick, der signalisierte, dass er sich voll auf das Gefühl zwischen seinen Beinen konzentrierte, raunte er mir zu:

»Komm, mach deine Knöpfe auf. Zeige mir deinen tollen Busen!«

Realitätssinn und Bescheidenheit ließen mich kurz zögern. Meine Brüste sind zwar üppig, nach zwei Kindern aber keinesfalls mit den allgegenwärtigen knackigen Jungmädchenbrüsten zu vergleichen. Egal. Ich erwiderte seinen Blick und griff langsam zum ersten Knopf. Vier Knöpfe – dann fiel die Bluse auf, von den Brustspitzen auf halbem Weg aufgehalten.

»Nimm sie in die Hand, stell dir meine Hände auf dir vor. Sie streichen über deine Nippel. Ja, lass sie wachsen und jetzt nimm sie zwischen zwei Finger. Spürst du sie? Sie sind Himbeeren, ganz reif und empfindlich. Wenn du zu fest drückst, zerplatzen sie. Roll sie ganz vorsichtig. Du musst prüfen, wie reif sie sind. Die nächsten sind noch hellrot – du musst sie rollen und dann ziehen, um sie vom Kelch zu lösen. Hast du sie? Jetzt steckst du sie in den Mund, drückst sie gegen deinen Gaumen. Fühlst du, wie sie zerplatzen?«

Seine Stimme führte mich und ich überließ mich ihr und den Bildern, die sie erzeugte. Es waren nicht mehr meine Finger, die meine Brustwarzen liebkosten, drückten, zogen – bis sie tatsächlich wie reife Früchte leuchteten, vor dem hellen Braun der Warzenhöfe und wie Fremdkörper abstanden, fordernd und obszön. Die Brüste begannen zu spannen und das Verlangen in meinem Inneren ließ mich unwillkürlich auf dem harten Sitz hin und her rutschen.

»Willst du mehr? Gleich, meine Schöne. Weißt du, wie süß du aussiehst, mit deinem verträumten Blick und den feuchten Lippen? Willst du nicht fühlen, wie feucht deine anderen Lippen sind? Ich kann sie noch spüren – heiß und nass, so herrlich nass. Sie möchten gerne gestreichelt werden. Sie schreien danach, hörst du sie? Tu es an meiner Stelle. Lass deine entzückenden

Nippel los und zieh den Rock ein bisschen höher. Und jetzt die Beine ein Stück auseinander – gut so. Leg eine Hand auf den Venushügel und drück, fester, noch einmal. Tut das gut? Dann gleich noch mal. Überlass dich deinem Rhythmus. Spreize deine üppigen Falten und stecke einen Finger in deinen Eingang. Triefst du schon so wie im Restaurant? Es macht mich verrückt, dir zuzusehen. Mein Schwanz ist so gierig auf dich, dass ich ihn kaum noch halten kann. Fühlst du ihn an deinem Eingang? Wie dein glitschiges Fleisch ihn einlässt, ganz langsam, damit du jeden Zentimeter spürst, ihm nachgibst. Nimm die anderen Finger dazu. Er ist so dick, dass es spannt. Lass ihn eindringen, umklammere ihn. Du hast einen festen Griff innen. Locker lassen – und wieder anspannen. Und noch einmal. Kümmern wir uns um deinen süßen, kleinen Knopf. Der fühlt sich schon ganz vernachlässigt. Nimm ihn zwischen die Finger wie die Himbeeren. Zieh ein wenig. Mag er das? Umkreise deinen armen Knopf. Er kann es kaum noch aushalten. Du möchtest so gerne kommen? Nein, eine kleine Weile musst du noch warten. Reib dich, aber langsam, nicht so hektisch. Wir sind noch nicht so weit. Gleich, meine kleine Wilde. Nimm die linke Hand, steck drei Finger in deine Möse und spreize sie. Drück nach vorne, bis du die Stelle hast, an der du glaubst, gleich flüssig zu werden. Hast du sie? Massiere sie ein wenig. Gewöhne dich an die Gefühle dort. Jetzt hast du es gleich geschafft. Vergiss die rechte Hand nicht. Pocht dein kleiner Knopf schon wie wild? Dann darfst du ihn jetzt für sein langes Warten belohnen.«

Ich hatte mich völlig seiner Führung überlassen. Es waren nicht *meine* Hände, die mich liebkosten – sie waren nur Instrumente, mit denen er eine Melodie auf mir spielte – *seine* Melodie. Aus der Kontrolle entlassen, fielen meine Finger automatisch in die vertrauten Bewegungen, die mich stets zuverlässig zum Höhepunkt brachten. Auf dem Scheitelpunkt, in dem Moment, bevor sich die ganze Anspannung in Zucken und Zerfließen auflöst, fühlte ich plötzlich, wie sich eine Hand auf meinen Mund presste. Er hatte über den Tisch gelangt. Beide Hände zwischen meinen Schenkeln noch gefangen und gegen mein in Nachzuckungen pochendes Fleisch gepresst, starrte ich entsetzt in ein Paar amüsiert glitzernde Wolfsaugen. Die Brauen und ein Mundwinkel hoben sich und er fragte:

»Du wolltest hier doch keinen Volksauflauf provozieren, oder?«

Das Blut sackte mir ab und gleich darauf schoss mir eine rote Welle über Gesicht und Hals. Das wäre peinlich geworden! Was war nur in mich gefahren, mich dermaßen schamlos aufzuführen? Noch nie hatte ich mich vor jemand anderem selbst befriedigt. Und noch nie in aller Öffentlichkeit. Zutiefst beschämt senkte ich den Blick auf den hellgrauen Resopaltisch unmittelbar vor mir und begann, hastig meine Bluse zuzuknöpfen, als könne das irgendetwas ungeschehen machen. Ein langer Finger legte sich unter mein Kinn und hob mein Gesicht an. Unwillig blickte ich ihm in die Augen, die jetzt keine Spur von Amüsement mehr aufwiesen, sondern ernst und fast feierlich zurückschauten.

»Du darfst dich nicht dafür schämen, meine Schöne, versprich mir das. Kannst du dir vorstellen, welch ein fantastischer Anblick du in solchen Momenten bist? Wenn deine Augen ganz weich und dunkel werden wie Waldseen, voller Geheimnisse, die einen Mann verrückt vor Neugier werden lassen. Dein Gesicht bekommt einen Ausdruck, als seist du in Trance, ganz weit weg – man möchte schreien: Nimm mich mit, ich möchte das auch sehen, was du siehst! Tut mir Leid, wenn ich grob war, aber ich wollte nicht riskieren, dass eine von den Damen da vorne herüberstürzt und fragt, was los ist.«

»Danke«, murmelte ich.

Nicht auszudenken, wenn ich bei solchen Spielchen ertappt worden wäre. Ich hätte mich niemals wieder in diese heiligen Hallen gewagt. Ein Blick über die Schulter beruhigte mich.

Kein Mensch kümmerte sich um uns in unserer stillen Ecke. Mein rechtes Bein protestierte und so wurde mir bewusst, dass mein Fuß immer noch zwischen seinen Oberschenkeln gefangen war. Sein leicht verruchtes Grinsen und ein neckendes Beckenschlängeln zeigte mir, dass auch er sich dieser Tatsache sehr bewusst war. Eine große Hand wurde mir hingehalten:

»Spuck mal!«

In meinem schockierten Gesicht muss die Verständnislosigkeit geradezu in Großbuchstaben gestanden haben. Ungeduldig erläuterte er:

»Ich will Revanche und hätte gerne etwas Spucke.«

Das also beabsichtigte er. Ich kam seinem Wunsch nach und er ergriff seinen prallen Penis. Mein Fuß wurde so platziert, dass er sowohl den Hodensack nach unten drückte als auch mit den Zehen an der Peniswurzel anlag. Ich hielt ihn ruhig und wartete neugierig. Falls Rüdiger sich je selbst befriedigt hatte, hatte ich noch nie dabei zusehen dürfen. Entsprechend groß war mein Interesse an dem Vorgang. Seine Bewegungen waren erstaunlich schnell und effektiv. Die Hand bewegte sich mit atemberaubender Geschwindigkeit auf und ab. Der Blick wurde starr, die Wangenmuskulatur spannte sich sichtbar an und der Mund verzerrte sich, wie unter Schmerzen. Er unterdrückte eisern jede Lautäußerung. Ein Schweißtropfen rann aus den dichten Haaren an seiner Schläfe herab und zog eine kurze Spur, die sich unter dem Hemdkragen verlor. Ich empfand ein wenig Scheu, als ich ihn so betrachtete. Die Verlegenheit des Voyeurs. Dann war es vorbei. Seine Anspannung löste sich in einem erleichterten Pfhh ...

Mit unschuldiger Selbstverständlichkeit griff er nach dem Tempo, das er auf einem Oberschenkel bereitgelegt hatte. Der Penis hatte seinen eindrucksvollen Umfang weitgehend eingebüßt, als er ihn abtupfte und wieder in der Hose verstaute. Er blickte auf, mit spitzbübischem Lächeln.

»Lauf nicht weg, bin sofort wieder da.«

Und schon war er in Richtung WC verschwunden. Ich saß da und bemühte mich um die Rückkehr in die Realität. Hatte ich das eben tatsächlich erlebt? Ich? Als er zurückkam, klebte ich immer noch auf meinem ungemütlichen PVC-Sitz und hatte mich nicht gerührt. Diesmal setzte er sich neben mich, nahm meine Hand in seine und begann, zärtlich an meinen Fingern zu lutschen, mit der Zunge an ihnen zu spielen. Rasch zog ich sie zurück.

»Genierst du dich immer noch? Lass mir doch deinen Geschmack, ich finde ihn wahnsinnig aufregend, weiblich, sinnlich. Er passt zu dir. Ich glaube, für heute habe ich dich genug schockiert, stimmt's?«

Mit einem leichten Seufzer ließ er meine Hand los und legte sie sanft auf die billige Tischplatte vor uns. Er strich noch einmal mit dem Zeigefinger über meinen Handrücken und fragte dann beiläufig:

»Hast du nächsten Montag schon was vor?«

Fischbein und Spitzen

Vier Tage hatte ich hart mit mir selbst debattiert. Mein schwaches Kopfnicken in der Bücherei und die Einwilligung, Markus am Montagmorgen vor der Nikolauskirche zu treffen, lasteten schwer auf meinem Gewissen. Was tat ich da eigentlich? Mein Eheleben war weitgehend spannungsfrei und ereignislos. Eigentlich ganz angenehm. Die Verliebtheit – oder besser: die gegenseitige Fixierung – war einem friedlichen Nebeneinander gewichen. Unser Leben war aber keinesfalls derart langweilig, dass ich danach gestrebt hätte, den Kokon zu verlassen. Nur ein wenig über den Gartenzaun schielen …

Die Frage, ob Rüdiger eine ähnliche Neugier verspürte, verkniff ich mir. Bei seinen zahlreichen Auslandsreisen hätte er schon reichlich Gelegenheit zum Fremdgehen gehabt. Manches Mal hatte ich mich schon gefragt, ob die Parfüms, die er mir gerne mitbrachte und die selten meinem Geschmack entsprachen, eventuelle Duftspuren nachträglich legalisieren sollten. Aber frei nach der Maxime: »*Toleranz ist das Ertragen von unbequemen Eigenheiten, Takt nimmt sie gar nicht erst zur Kenntnis*« hütete ich mich davor, Anzugtaschen auszuleeren oder Hemden dem Schnüffeltest zu unterziehen. Rüdigers gleich bleibend verlässliche Freundlichkeit war mir wertvoller als der exklusive Besitz seines Körpers.

Als Beschäftigungstherapie hatte ich mich in jener Woche in einen ausufernden Hausputz gestürzt, der meine Familie zutiefst verstörte. Sie ist es nicht gewohnt, mich mit Eimer und Schrubber zu sehen, da ich diese Tätigkeiten sonst auf das absolute Minimum beschränke. Auf deutlich mehr Zustimmung stieß der Kirschkuchen, den ich backte. Rüdiger betrachtete mich liebevoll, aber mit einem leichten Anflug von Besorgnis:

»Was ist los? Wir bekommen doch keinen Besuch. Willst du mit der Putzerei nicht warten, bis meine Eltern kommen?«

Gut. Ich erklärte den Anfall für beendet und erfreute ihn stattdessen mit einem regen Interesse an seinen aktuellen Projekten, die einen Künstler namens Markus mit einschlossen.

»Wollen wir ihn mal einladen?«

O Gott, bloß das nicht.

»*So* interessant war er auch wieder nicht. Der klassische Künstlertyp eben.«

Der Sonntag zeigte wieder einen Hang zu heißem, mittelamerikanischem Klima. Das hieß im Klartext, Rüdiger und unser Kater schliefen den ganzen Nachmittag, die Kinder zankten sich abwechselnd um Telefon und Fernbedienung und ich wurde immer nervöser.

Ich hatte mit mir einen Handel abgeschlossen: Würde Rüdiger heute mit mir schlafen, würde ich morgen nicht fahren, um Markus zu treffen. Ich hoffte, mein Mann nähme mich richtig hart, um die subtile Erotik auszulöschen, die meine Sinne beflügelte. Er sollte mich keuchend und erschöpft zurücklassen, ohne jeden Gedanken an weitere Spiele, denn Spiele waren es. Nicht mehr und nicht weniger. Doch meine Provokationsversuche liefen ins Leere. Wie immer. Rüdiger war sanft und lieb und trotz Orgasmus blieb ich so brennend zurück, dass ich die halbe Nacht wach lag und mich auf dem Satinlaken hin und her wälzte. Mein Körper verlangte nach Befriedigung, nach Berührungen, die ihn quälten – bis zur Grenze und vielleicht darüber hinaus.

Am Montagmorgen war ich reif, überreif. Ich duschte so kalt, wie ich es ertrug, aber das Pochen zwischen meinen Beinen hielt mein Bewusstsein auf diese Stelle gerichtet, wie ein Wegweiser. Ich war mir meines geschwollenen Geschlechts nur zu deutlich bewusst. Jeder Schritt erinnerte mich daran. Ein versehentlicher Blick in den Spiegel brachte mich fast aus der Fassung. Was ich dort sah, war ein fremdes Ich. Schlafzimmerblick, zerzauste Haare und harte Nippel.

Um Punkt neun stand ich vor der Nikolauskirche. Wie von Markus verlangt, trug ich nur ein Kleid. Es war aus hellblauer, plissierter Viskose und schmiegte sich an jede Kurve meines Körpers. Keine Unterwäsche. Die verstohlenen Blicke der männlichen Passanten gaben mir eine Vorstellung von meiner Wirkung. Mein Aufzug war nahezu unanständig körperbetont. Die frische Morgenluft ließ meine Nippel noch frecher gegen den Stoff drängen. Deutlich sichtbar für jeden, der sehen wollte. Hoffentlich sah man von hinten nicht genauso deutlich meine Pospalte. Die hohen Absätze meiner Sandaletten ließen mir keine andere Wahl, als beim Gehen das Hinterteil aufreizend zu schwenken. Kurz bevor ich in die Kirche flüchtete, stand auf einmal Markus am Fuß der Treppe und ließ seinen anerkennenden Blick über meine Gestalt wandern. Er streckte mir eine Hand entgegen. Vorsichtig stakste ich die Treppe hinunter und ergriff sie. Er gab mir einen formvollendeten Handkuss. Dann drehte er sie um und presste seine Lippen auf die Innenseite meines Handgelenks, als müsse er sich zurückhalten, nicht zuzubeißen. Eine heiße Zungenspitze schlängelte sich in Mustern, voller Versprechungen. Mein Begleiter zog meinen Arm durch seinen und wir flanierten, Arm in Arm, ein Stück die Straße entlang. Gerade wollte ich fragen, wohin es gehen sollte, als mein Blick auf ein bekanntes Schaufenster fiel: *Ars Amandi*. Ich grub meine spitzen Absätze in den Boden.

»Die haben zwar montags geschlossen«, erklärte Markus, »aber nur für Laufkundschaft. Stammkunden haben Zutritt. Wir sind ungestört. Hast du dir nicht immer schon gewünscht, dort einmal in aller Ruhe die Spielsachen auszuprobieren? Keine Angst, dich wird schon kein Bekannter sehen. Wir nehmen den Seiteneingang.«

Ein herausforderndes Grinsen, ein schräger Blick unter

schweren Lidern. Mein Widerstand schmolz in Windeseile. Und ob mich das reizte! Markus setzte sich wieder in Bewegung und geleitete mich durch einen versteckten Seiteneingang an die Lieferantentür. Ein diskretes Klopfen an der Glastür und fast augenblicklich ließ uns ein Mittdreißiger eintreten. Die beiden Männer umarmten sich.

»Hallo, Mathias«, begrüßte ihn der Wolf. »Das ist eine Freundin. Du hast sie übrigens nie gesehen. Was hältst du von Amanda?«

Der Schwarzgekleidete kicherte und schüttelte mir die Hand.

»Schönen guten Morgen, Amanda. Was kann ich für euch tun? Nichts? Gut, dann lass ich dir den Schlüssel da, Markus. Viel Spaß, ihr beiden.«

Und weg war er. An dem Tag, an dem ich die sündige schwarze Korsage erstanden hatte, war zum Glück eine Frau für den Verkauf zuständig gewesen. Sonst hätte ich mich wohl kaum getraut. Nicht, dass ich die geringsten Bedenken um meine Tugend gehabt hätte – auch dem unbedarftesten Zeitgenossen dürfte Mathias' homosexuelle Ausrichtung, die zudem stadtbekannt war, nicht verborgen geblieben sein.

Ich habe Probleme mit meiner spießigen und vor allem prüden Erziehung. Was kostete es mich als junges Mädchen für eine Überwindung, mit Tampons an der Kasse zu stehen! Es war wie Spießrutenlaufen. Noch heute wird mir manchmal bewusst, dass sich meine Schamgrenze zwar verschoben hat, ich aber dennoch mit einer gewissen Prüderie zu kämpfen habe. Wenigstens stellte mich der Raum, in dem die wunderschöne Unterwäsche präsentiert wurde, nicht auf die Probe. Schließlich bietet jedes Kaufhaus inzwischen Vergleichbares an.

Die Dekoration des Schaufensters bot einen Querschnitt durch die Erotikträume der Nachkriegszeit: Original-Nahtstrümpfe mit eingestricktem Fußteil. An die Hüfthalter konnte ich mich noch dunkel erinnern. Der Werbespruch: »*Mein Hüft-*

halter bringt mich um!« wurde oft und gerne von meiner fülligen Tante zitiert. Wieso, um Himmels willen, hatte man sie bloß in diesem schrecklichen Marzipanschweinchen-Rosa gehalten? Vergleichsweise attraktiv müssen damals die Halbkorsetts gewirkt haben.

Eine Stellwand schirmte den Rest des Ausstellungsraums vor neugierigen Blicken von draußen ab. Das Angebot an aufregender Herrenunterwäsche ließ ich erst mal links liegen und wühlte mich durch den Ständer mit echten Korsetts. Die Palette reichte von Latex, das ich nur mit den Fingerspitzen anfasste, weil mir die Textur einfach widerwärtig ist, über Lack und handschuhweiches Leder bis zu Satin und hauchzarten Spitzen. Ich fühlte Markus' Blick und drehte mich um.

»Was hast du für eine Größe? 40 oder 42?«

»Eher 42.«

»Und Schuhgröße?«

»38.«

Er verschwand hinter einem verhangenen Regal – wohl im Lager. Ich marschierte in den nächsten Raum. Auf der linken Seite erstreckte sich über die ganze Wand ein Bücherregal. Eine Reihe schien den Neuerscheinungen vorbehalten, wie in einer Buchhandlung. Das Angebot ließ kaum Wünsche offen: Zeitschriften für Schwule, für Sado-Maso, für Dicke und Dünne. Für jeden Geschmack die passenden Körper. Außerdem: Romane und jede Menge Sachbücher, mit Titeln wie: *So befriedigen Sie Ihren Mann total*. Daneben: Klassiker wie Reage und deSade sowie Comics – erstaunlich, welche Vielfalt die hier anboten.

Als Leseecke stand ein Sofa in Form eines Mundes in einer Ecke – ganz in Paloma-Picasso-Rot. Die ovale Glasplatte des Couchtischs wurde von einer prächtigen Atlas-Figur in Bronze getragen. Verteilt lag da der berühmt-berüchtigte Fotoband von Araki, die aktuelle *Erotic-Lifestyle*-Ausgabe sowie der *Swinger*.

Die gegenüberliegende Wand bot eine reichhaltige Auswahl an Sexspielzeug, Mittelchen zum Gleiten, Reizen und Protzen, Nudeln in Penisform und vieles mehr. Faszinierend. Ich schaute genauer hin: Schokoladenbusen, Schokoladenpenisse samt zugehörigem Sack, Pärchen in akrobatischen Stellungen aus Marzipan ...

Die verglaste Säule in der Raummitte nahm ich mir zum Schluss vor. Ihr Inhalt zog mich an und stieß mich gleichzeitig ab. Gut, Handschellen und Peitschen erkennt jeder als Accessoires der Sado-Maso-Szene. Einige Gegenstände gaben allerdings Rätsel auf. Wozu benötigte man beispielsweise Elektroklemmen, wie sie der Fernsehmechaniker aus seinem Werkzeugkasten zieht? Und wozu sollte der seltsame Lederring gut sein, der mit einem weiteren im stumpfen Winkel verbunden war? Die Fesseln aus Leder erinnerten, mit all den Nieten, an Hundeleinen. Ob das wohl beabsichtigt war? Es gab die diversen Ausführungen, die im Versandhandel in Klettbandausführung angeboten werden. Rüdiger hatte sich einmal einen solchen Katalog kommen lassen und ich war überrascht von der Vielfalt der Möglichkeiten. Es gibt die einfachen Handfesseln nach dem Handschellenprinzip. Raffinierter sind die, bei denen die Handgelenke an ein Taillenband im Rücken gefesselt werden oder gar an die Fußknöchel. Das muss ganz schön in den Rücken gehen, aber die Wirkung der Hinteransicht dürfte spektakulär sein. Besonders unbehagliche Gefühle beschlichen mich bei den aneinander genähten, langen Handschuhen. Und die Hände vorne an einem Halsring – dafür muss man schon ziemlich abgefahren sein.

Ich hörte Schritte und wandte mich Markus zu. Du lieber Himmel, was hatte er denn da? Über einem Arm trug er ein weinrotes Satinkorsett, das einer Kokotte aus dem vorigen Jahrhundert alle Ehre gemacht hätte, in der Hand ein Paar kniehohe Schnürstiefeletten und farblich passende Strümpfe. Bei meinem überraschten Blick grinste er triumphierend über das ganze Gesicht.

»So etwas habe ich mir schon die ganze Zeit an dir vorgestellt. Du wirst toll darin aussehen. Komm, ich helfe dir.«

Er legte die Stücke auf dem Lippensofa ab und zog mich an sich. Seine Hände glitten zu meinem Hals hoch, streichelten ihn, umfassten meine Wangen, hielten mein Gesicht fest. Ich spürte seinen leichten Atem und schloss die Augen. Seine Lippen strichen in einer unglaublich sanften Liebkosung über meine Lider, meine Brauen entlang und rutschten langsam auf dem Nasenrücken nach unten, bis zur Nasenspitze. Ein wunderbares Gefühl. Von dort wanderten sie zielsicher zum rechten Mundwinkel. Die Zungenspitze tippte leicht darauf, zog sich dann zurück, fuhr genießerisch meine volle Unterlippe entlang. Meine Lippen öffneten sich wie von selbst und meine Zunge begrüßte den Gast. Unsere Zungenspitzen umkreisten sich wie zwei Boxer vor dem ersten Schlag. Neckend, spielerisch. Plötzlich gruben seine Zähne sich in meine Lippe. Ich schreckte zurück. Auf solche Heftigkeit war ich nicht eingestellt gewesen. Er hielt sie fest zwischen den Zähnen. Nicht so fest, dass es schmerzte, aber so bestimmt, dass ich mich nicht lösen konnte. Seine Hände streichelten beruhigend meine Schläfen und ich entspannte mich wieder. Er zog leicht an der Lippe, ließ sie los, biss zart an einer anderen Stelle zu, zog wieder. Ich überließ mich dem Gefühl. Es tat gut. Mein Mund war weich und willig, als er endlich seine Zunge tief eintauchen ließ, die innere Höhle auskundschaftete. Meine Hände suchten wie selbstverständlich seinen Gürtel. Augenblicklich löste er sich, warf mir einen prüfenden Blick zu und hielt mich etwas von sich entfernt.

Ein paar Augenblicke und meine Standfestigkeit war wiederhergestellt. Ich hatte gar nicht gemerkt, dass er mein Kleid langsam hochgezogen hatte. Jetzt riss er es mir in einem Ruck über den Kopf und ich stand nackt vor ihm. Er betrachtete mich mit dem Blick des Künstlers, der das fertige Bild schon auf das Modell projiziert.

»Wir brauchen etwas, an dem du dich festhalten kannst. Komm hier herüber. Diese Stangen müssten stabil genug sein.«

Neben der geräumigen Umkleidekabine endete ein Kleiderständer in zwei armdicken Edelstahlrohren, die unten im Teppich und oben in der Decke verschwanden. Markus platzierte mich davor und streifte mir das Korsett über. Es hing lose an zwei schmalen Satinbändern über meinen Schultern.

»Es müsste genau passen. Dreh dich einmal um und halt dich fest.«

Und ohne weitere Umstände begann er mit dem Schnüren. Erschreckt schnaufte ich auf, als er die ersten Haken fest zuzog. Er machte das recht geübt und flink. Es war ein seltsames Gefühl.

»Atme jetzt tief aus!«, befahl er mir.

Während ich die Luft ausstieß, verschnürte er blitzschnell die oberen Ösen.

»Kriegst du noch Luft? Atme flach und langsam – keine Panik. Okay, oben sitzt es. Jetzt zieh den Bauch ein, so stark es geht.«

Leicht gesagt. Wie haben die Frauen das früher nur tagein, tagaus ausgehalten? Meine Güte, das ging tatsächlich noch enger. Er hantierte jetzt genauso effizient von der Rückenmitte abwärts. Ich hatte den Eindruck, mein Fleisch quoll oben und unten heraus.

»Markus, warst du in einem früheren Leben einmal Kammerzofe? Wenn die Damen ständig in Ohnmacht fielen, wundert mich das überhaupt nicht mehr. Also, ich kann mich kaum noch bewegen.«

Sogar meine Stimme klang anders, leise und atemlos.

»Das ist ja der Sinn der Sache, meine Schöne. Keine Angst, du kommst nicht zu Schaden und ohnmächtig wirst du auch nicht. Dazu bist du viel zu locker geschnürt.«

Markus schob mir einen samtbezogenen Hocker hin und ich ließ mich darauf sinken. Ausgesprochen elegant fiel er vor mir auf ein Knie und griff nach den hauchzarten Strümpfen. Beide wurden mir übergezogen und authentisch mit Strumpfbändern, nicht mit Strapsen, befestigt. Sehr unbequem. Man erkennt Verbesserungen wohl immer nur von der »richtigen« Seite der Geschichte. Und dabei waren diese noch mit Gummizug. Fehlten nur noch die Stiefeletten. Das feine Leder schmiegte sich an meine Füße und Waden, stützte meine Fesseln.

»Bist du nicht neugierig, wie du ausschaust?«

Markus zog mich zu einem der großen, goldgerandeten Spiegel. Ich konnte kaum glauben, dass ich diese Frau sein sollte. Meine cremeweiße Haut leuchtete in dem weinroten Satin wie auf alten Historienschinken. Am Dekolletee drängte üppiges Fleisch über den Rand. Die Beine wirkten dagegen schmal und ziemlich lang durch die hohen Absätze. Ich starrte begeistert auf mein anderes Ich. Eine leichte Berührung an meinem Po riss mich aus der Andacht.

»Du solltest dich erst mal von hinten sehen. Göttlich.«

Zärtliche, erfahrene Hände fuhren die unteren Ränder des Korsetts nach. Demnach musste meine Hinterseite ziemlich offen geblieben sein. Ich versuchte, mich so zu drehen, dass ich einen Blick auf meine Rückenansicht werfen konnte. Dann tauchte, wie beim Frisör, ein großer Spiegel hinter mir auf. Der Anblick war phänomenal. Ein herausfordernder Hintern wurde umrahmt von einem raffinierten Bogen aus seidigem Stoff, der die Form noch unterstrich. In Bewunderung meines Bildes versunken, nahm ich zunächst keine Notiz von den zielsicheren Händen, die mir zwischen die Beine fuhren. So überraschte mich sowohl das seltsame Ei, das ich auf einmal in mir fühlen konnte, als auch das unvermittelt einsetzende Jucken und Brennen an meiner Perle. Unwillkürlich fuhren meine Hände nach unten, wurden aber mit hartem Griff gepackt und aufgehalten. Erschreckt sah ich Markus ins Gesicht. War er etwa ein Sadist und ich Rindvieh hatte das nicht gemerkt? Nein, kein finsteres Glühen entstellte ihn. Erleichtert bemerkte ich nur eine herablassende Amüsiertheit.

»Schsch, ganz ruhig. Lass es einwirken. Für dein Alter bist du wirklich etwas naiv.«

Er hielt mich fest, bis ich mich wieder beruhigt hatte. Dann griff er nach einer Art Fernbedienung und drehte mich so, dass ich von seiner einen Hand, die meine Handgelenke hinter meinem Rücken hielt, an seine Brust gepresst wurde. Sein Blick konzentrierte sich auf mein Rückenbild und schien auf etwas zu warten. Worauf, wurde mir augenblicklich klar. Ich spürte die Muskelbewegungen seines freien Armes, als er die Fernbedienung aktivierte und das Ei, versteckt in meinen Falten, zu vibrieren begann. Es war teuflisch gut platziert. Seine Wellen verstärkten den Juckreiz, der seine Qualität veränderte, wärmer wurde. Ich versuchte verzweifelt, mich an Markus' Oberschenkeln zu reiben. Der griffige Jeansstoff war das Einzige, was mir momentan Linderung versprach. Lachend wich er mir aus und verwickelte mich in eine Art Tanz – sich mir und meinen Bemühungen entziehend. Unsere Choreografie schien ihn auch zu erregen. Meine Handgelenke wurden losgelassen und kühle Finger streichelten mein heißes Fleisch. Ich legte die Arme um seinen Hals und suchte seinen Mund. Der Duft seines Aftershave, vermischt mit seinem Körpergeruch, stieg mir in die Nase. Ich strich mit dem Mund über seine Unterlippe und flehte leise:

»Markus …«

Er küsste mich, eine eher zärtliche als leidenschaftliche Berührung.

»Gedulde dich noch ein kleines bisschen, Liebes. Ich habe noch etwas mit dir vor.«

Misstrauisch ging ich auf Abstand und sah ihm in die Augen.

Sie verrieten nichts außer Begehren. Die vergrößerten Pupillen ließen sie fast schwarz wirken.

»Aber nichts, was wehtut! Ich stehe nicht auf S/M.«

Er musste lachen, biss mir leicht ins Ohrläppchen.

»Was weißt du schon von S/M? Leder? Latex? Peitschen? Keine Angst – selbst wenn es eine Vorliebe von mir *wäre*, es wäre viel zu früh für Schmerzen. Ich verspreche dir: Es wird nicht wehtun. Komm mal mit nach hinten.«

Er zog mich mit in das Büro. Neugierig sah ich mich um. Er hatte das seltsame Ding in mir ausgeschaltet. Nur noch das Fremdkörpergefühl verriet seine Gegenwart. Es war aber nicht unangenehm. Das Jucken war zu einem Wärmegefühl abgeklungen. Mein Geschlecht fühlte sich prall geschwollen an.

Der Raum wirkte behaglich. Zwei Schreibtische standen sich gegenüber, altmodisch solide Jahrhundertwende in dieser Umgebung. Die Sitzgelegenheiten verrieten die Verschiedenheit ihrer Inhaber. Einer musste einen recht avantgardistischen Geschmack haben: Wie ein Eindringling aus einem futuristischen Film glänzte das Chrom und wirkte so unbequem, wie man es von dieser Sorte Stuhl annimmt. Der andere versuchte, mit seinem dunkelgrünen Leder und den sorgfältig geschnitzten Armlehnen, den Nimbus der Wohlanständigkeit zu retten. Beide Tische lagen voller Korrespondenz. Eine schmutzige Kaffeetasse hatte einen braunen Ring hinterlassen. Im Hintergrund stand eine vinylbezogene Liege im Stil der Nachkriegszeit. Markus winkte mich zu sich.

»Es tut mir Leid, ich habe vergessen, ein Handtuch mitzubringen. Aber dem Kunststoff dürfte es nicht schaden. Leg dich so hin, dass die Beine ordentlich gespreizt sind. Am besten mit dem Po hier ans Ende.«

Er dirigierte mich ans Fußende und schubste mich leicht zurück. In meiner Beweglichkeit gehemmt, fiel ich auf den Rücken wie ein Käfer. Statt mit den Beinen zu zappeln, ließ ich sie lieber erst einmal zusammen. So, wie sich mein Schoß anfühlte, musste ich der Hinteransicht eines läufigen Pavianweibchens Konkurrenz machen. Ich fühlte streichelnde Hände und warmen Atem, als er an meinen zusammengepressten Schenkeln murmelte:

»Schäm dich nicht, meine Schöne. Es sieht wunderbar aus, wenn du so zum Platzen reif bist. Wie bei einem archaischen Fruchtbarkeitskult. Ich kann verstehen, dass man das angebetet hat.«

Seine Hände zogen sanft, aber zielgerichtet, meine Beine auseinander. Dabei spreizte er mich so weit, dass meine Schamlippen sich mit einem schmatzenden Geräusch öffneten. Mein Saft lief aus mir heraus, über den Damm, in die Pospalte. Markus stöhnte fast unhörbar auf und vergrub sein Gesicht in meiner offenen Frucht. Tief einatmend löste er sich mit einiger Anstrengung und richtete sich auf.

»Erst die Arbeit … Ich werde das ein wenig stutzen müssen, sonst ziept es nachher. Macht es dir etwas aus, wenn ich dich rasiere?«

Kritisch begutachtete er meinen dunklen Busch. Warum nicht? Ich zuckte die Schultern.

»Wenn du mich nicht schneidest, habe ich nichts dagegen.«

»Habe ich noch nie getan. Aber zapple nicht herum.«

Er holte aus einem angrenzenden Badezimmer einen Edelstahlnapf mit Rasierschaum und einen schönen, altmodischen Rasierpinsel, mit dem er mich fachmännisch einseifte. Ein tolles Gefühl: Der Schaum prickelte und der weiche Pinsel streichelte meine sehnsüchtige Haut. Hier und da streifte er wie unabsichtlich die inzwischen übersensible Klitoris und jede dieser federleichten Berührungen bewirkte, dass mein Schoß sich zusammenzog. Ich begann, mich auf meine Perle zu konzentrieren. Wenn er nur länger … Aber da hörte er auf und griff zum Rasierer.

»Jetzt versuch, ganz still zu halten. Und spreize die Beine, so weit es geht.«

Ich gehorchte und verkrampfte mich unwillkürlich, als ich das leise Schaben hörte, mit dem er gerade den oberen Rand meines Schamhaars rasierte.

»Entspann dich, es ist absolut ungefährlich.«

Mit jedem Strich entspannte ich mich mehr. Er schien seiner Aufgabe wirklich vollauf gewachsen zu sein. Das Schamhaar auf dem Venushügel war schnell entfernt. Er begann, mit überaus vorsichtigen kleinen Strichen das Haar auf meiner linken Schamlippe zu entfernen.

»Dich zu rasieren ist ein Kinderspiel. Gut, dass du so geschwollen bist. Dadurch ist die Haut schön gespannt und straff.«

Die rechte Seite wurde genauso rasch und effizient enthaart. Er zögerte kurz.

»Wenn schon, denn schon. Da wir schon einmal dabei sind, entfernen wir gleich alles. Kannst du deine Beine so halten?«

Mit diesen Worten zog er meine Knie hoch an meine Brust. Durch den Korsett-Panzer bekam ich kaum noch Luft, wollte es aber hinter mich bringen. Rasch schäumte er meine Analregion ein. Es kitzelte, aber das Gefühl unterschied sich von dem vorherigen. Ich versuchte gerade, den Unterschieden nachzuspüren, als ich seine Hand unter meiner rechten Hinterbacke fühlte.

»Kannst du ein bisschen höher halten? Bleib so. Gleich bin ich fertig.«

Er zog die Hand weg und ließ meinen Po auf die kalte Liege sinken. Die feuchte Haut verklebte augenblicklich mit dem Vinylbezug. Normalerweise hätte ich das grässlich gefunden, im Moment ließ es mich aber gleichgültig. Ich näherte mich dem Punkt, an dem selbst neugierige Zuschauer mir egal gewesen wären. Meine Hände bewegten sich neugierig auf meine neue Nacktheit zu. Wie magisch angezogen strich ich über die Haut meines Venushügels – glatt wie ein Babypopo. Die pralle Üppigkeit der Lippen kam jetzt richtig zur Geltung. Meine Güte, es musste so richtig schamlos aussehen! Als meine Finger zögernd mein kleines Loch betasteten, fühlte ich zum ersten Mal die vielen kleinen Fältchen, die immer vom Haar verdeckt gewesen waren. Seltsam nackt und berührungsempfindlich. Markus Hände fingen meine und legten sie sanft auf seine imposante Beule in seiner Jeans. Dann neben meine Hüften. Ich öffnete die Augen und fragte ohne Worte, was er vorhatte. Die Rasur war offensichtlich nur eine Art Vorspiel gewesen.

»Mach die Augen zu und warte ab. Es dauert nicht mehr lange.«

Er verteilte eine ölige, glitschige Flüssigkeit auf meinem Hügel, öffnete behutsam meine Spalte und ließ das Zeug hineinlaufen. Mit leichten Bewegungen, die mich möglichst wenig erregen sollten, strich er den Bereich um meine Perle ein. Endlich zufrieden, spreizte er mit einer Hand den oberen Rand meiner Schamspalte und drückte mit der anderen etwas Weiches, das die Form eines Schuhlöffels hatte, fest gegen mein Schambein. Erschreckt riss ich die Augen auf und bemühte mich, etwas zu erkennen. Es sah tatsächlich aus wie ein großer Schuhlöffel. Oder eher noch wie die abscheulichen Geräte, die einem beim Zahnarzt für Kieferabdrücke in den Mund geschoben werden und die einem regelmäßig Brechreiz verursachen. Ich musste lachen.

»Was willst du mit meinem Abdruck anfangen? Hast du eine Trophäengalerie?«

Den Blick auf die Uhr an seinem Handgelenk geheftet, warf er mir ein schiefes Grinsen zu.

»Vergiss nicht, ich bin Künstler. Mit einem immensen Interesse am menschlichen Körper – vor allem am weiblichen. Du glaubst gar nicht, wie verschieden ihr Frauen dort unten ausseht. So, fertig.«

Er hob das Gerät an und löste es behutsam von meinem

klebenden Fleisch. Kritisch betrachtete er den Abdruck und drehte ihn im Licht in alle Richtungen.

»Lass sehen, wie ich aussehe.«

Enttäuschend. Die Ähnlichkeit mit Gebissabdrücken war unverkennbar. Bei solchen Negativabdrücken könnte ich mein Gebiss nicht von einem anderen unterscheiden. Auch hier sah man nur ein wirres Durcheinander – noch nicht einmal klare Strukturen wie bei Zähnen. Markus aber schien zufrieden. Die Prozedur schien nicht wiederholt werden zu müssen. Ich stützte mich auf die Ellenbogen. Auch mein Rücken und die Schultern waren festgeklebt und trennten sich nur widerwillig von ihrer Unterlage. Ich verzog angewidert das Gesicht. Markus sprang auf, in einer Hand den Abdruck, mit der anderen zog er mich hoch.

»Darf ich mich waschen?«, fragte ich befangen.

Das wölfische Antlitz schimmerte wieder durch, als er geistesabwesend antwortete:

»Noch nicht. Es ist ein schönes Gleitmittel …«

Mein Unterbauch begann zu pochen, meine Finger zuckten geradezu nach seinem Hosenladen. Ich war am Rand meiner Selbstbeherrschung angelangt. Glücklicherweise schienen meine Empfindungen erwidert zu werden. Mein Wolf riss sich in wenigen Handgriffen die Kleider vom Leib, presste mich an sich und küsste mich tief, bis ich um Atem rang. Mir war schwindlig und ich zitterte fast vor Begierde auf den Höhepunkt. Meine Hüften drängten sich wild an seine und rieben sich hektisch an ihm.

»Ich möchte dich sehen.«

Seine heisere Stimme drang nicht zu meinem Bewusstsein durch und ich wehrte mich gegen seine Hände, die mich von seinem Körper wegschoben, drehten, bis sein harter, klopfender Penis sich zwischen meine Hinterbacken drängte und wissende Finger mich genau da anfassten, wo ich es brauchte. Er biss mich leicht in den Nacken, neckende Bisse, die keine Spuren hinterlassen würden. Das Gefühl zwischen meinen Pobacken war unglaublich. Die glatt rasierte Haut nahm jede Berührung mit einer Intensität auf, die mich wahnsinnig machte. Das Ei in meinem Inneren begann wieder zu vibrieren. Ich versuchte, meine Beine zu spreizen und meine Scheidenmuskulatur krampfte sich lustvoll zusammen. Seine Finger bewegten sich jetzt in festem Rhythmus. Ich drückte mich gegen sie und spürte schon, wie die ersten Wellen sich aufbauten. Noch ein letzter Strich – dann brach ich zusammen. Wenn er mich nicht so fest an sich gepresst hätte, wäre ich zusammengefallen wie ein leerer Sack. Das laute, triumphierende Stöhnen erschreckte mich, ließ sich aber nicht unterdrücken. Die Nachbeben durchliefen mich. Zurück blieb eine zeitlos zufriedene Mattigkeit. In diesem Moment war ich, wenn auch nur für den Augenblick, wunschlos, leer, glücklich. Langsam tauchte ich auf aus den Tiefen meines Körpers, nahm wieder Kontakt zur Außenwelt auf. Markus' dunkle Augen beobachteten mich, wanderten über meinen Körper wie Hände. Als er bemerkte, dass ich ihn wieder wahrnahm, lächelte er mich an, küsste mich auf die Schulter und drückte mich dann auf die Knie. Ein kleiner Schubs zwischen die Schulterblätter bedeutete mir, auf alle viere zu gehen. Ich blieb knien und griff mir zwischen die Beine, um das immer noch summende Ei zu entfernen. Er hinderte mich daran, indem er meine Handgelenke packte und mit Nachdruck meine Hände auf den Boden drückte.

»Lass das. Es stört nicht.«

»Aber wie willst du ...?«

»Heute noch nicht. Deine wunderbar sinnliche Oberfläche bietet noch einiges. Die inneren Werte kommen später. Wozu habe ich dich denn ganz rasiert?«

Er kniete hinter mir und strich andächtig über meine pralle Rückseite. Es wirkte im Spiegel wie eine altmodische Illustration zu *Fanny Hill*. Sein Atem ging schnell. Wie er sich so lange hatte beherrschen können, war mir ein Rätsel. Nun, offenbar hatte er nicht vor, die Selbstkasteiung auf die Spitze zu treiben. Es war interessant, wie sich sein Gesichtsausdruck änderte. Fast hätte er einem Angst machen können. Die Augen halb geschlossen, der Mund leicht verzerrt. Die Eckzähne waren sichtbar und verstärkten den wölfischen Ausdruck mehr als sonst, weil er nicht durch ein Lächeln abgemildert wurde. Fast schmerzhaft griffen seine Hände meine beiden Pobacken und drückten sie fest zusammen. In der engen, glitschigen Spalte begann er auf und ab zu gleiten. Ich schauderte und fühlte etwas Animalisches in mir aufbrechen. Es erregte mich, wie ich mich da im Spiegel in dieser unterwürfigen Haltung darbot. Die kräftige, dunkle Behaarung an seinen Beinen, die Position, der Druck an meinem Hintern – ich fühlte mich unwirklich, abgehoben, wie betrunken. Seine Bewegungen wurden schneller, der Druck fester – dann, mit einem heiseren Schrei kam er. Sein weißer Strahl spritzte in anmutiger Fontäne bis zu meinen Schultern hoch. Körperwarm auf körperwarm bemerkte ich es überhaupt nicht, bis Markus zufrieden aufseufzte, zu einem Tuch griff und mich abtupfte.

»Ich schätze, wir müssen dich wieder auspacken. Sonst bleiben Druckstellen. Möchtest du noch einen Kaffee?«

Träge richtete ich mich auf und sah im Spiegel zu, wie er mich ebenso professionell aufschnürte, wie er mich vorher zugeschnürt hatte. Der erste volle Atemzug ließ mich schwindelig nach Halt tasten. Markus griff nach meinem Arm und stützte mich.

»Langsam. Dein Körper braucht ein paar Minuten, bis er sich vom Sauerstoffmangel erholt hat. Ich halte dich. Atme tief durch die Nase ein.«

»Du hast gesagt, es würde mir nicht schaden.«

Empört atmete ich ein paar Mal tief durch. Leises Lachen. Eine Wange schmiegte sich an meine Halsseite. Er half mir auf, führte mich zum Samthocker.

»Es hat dir ja auch nicht geschadet, oder? Ich hatte eher den Eindruck, du mochtest es. Und du sahst atemberaubend aus.«

Komplimente dieser Größenordnung bekommt man ja nun nicht alle Tage. Ich errötete angemessen und beeilte mich, wieder in mein Kleid zu schlüpfen. Ein versehentlicher Blick auf die Wanduhr erschreckte mich. Hatten wir wirklich so lange gespielt? Da es nur im Märchen vorkommt, dass Uhren schneller gehen können, mussten es tatsächlich fast zwei Stunden gewesen sein, die ich in einer Art Variation meines Ichs verbracht hatte. Wie beunruhigend. Mein Haupt-Ich schnurrte mir bereits seine Liste herunter: einkaufen, Kinder abfüttern, Gartenarbeiten. Hastig sprang ich auf.

»Ich muss los!«

Wieso lachte der Kerl nur so maßlos? Ich schaute an mir herunter, ob ich mein Kleid falsch herum angezogen hatte. Immer noch lachend zog er mich an sich und drückte mir einen freundschaftlichen Kuss auf die Wange.

»Darf ich dir ein Andenken an diesen wundervollen Vormittag mitgeben? Denk an mich, wenn du es benutzt.«

In meine linke Hand glitt ein Kunststoffkasten. Die Fernbedienung von dem Ei in mir! Das hatte ich total vergessen. Knallrot vor Verlegenheit ließ ich sie in meine Handtasche fallen.

»Lass es drin, bis du zu Hause bist. Aber fahr vorsichtig.«

Russische Vernissage

Die nächsten Tage blieb ich notgedrungen keusch. Es soll Frauen geben, die während ihrer Periode wild auf Sex sind. Darüber habe ich mich schon immer gewundert. Mir tut bloß alles weh – nicht so schlimm, dass man etwas dagegen einnehmen müsste, aber genug, um Lustgefühle weitgehend zu unterdrücken. Nach einigen Tagen wache ich morgens auf und die Lust ist wieder da, als sei sie nie weg gewesen.

Diesmal war das Timing absolut geschickt. Zwei erschreckend öde Elternabende, die Johannisbeer-Ernte und -Einkocherei sowie ein Abendvortrag über Schutzbestimmungen im Arbeitsleben kamen in den Genuss meiner ungeteilten Aufmerksamkeit. Zwar drängten sich immer wieder Bilder von Markus, wie er mir am Tisch gegenübersaß und sich bearbeitete, zwischen meine Notizen, aber meine derzeitige Zwangspause erleichterte mir die Konzentration auf Sachfragen. So konnte ich alle Assoziationen, ohne irgendwelche freudsche Fehlleistungen zu produzieren, in den Hintergrund schieben. Das Thema Arbeitsrecht wird für mich unauslöschbar mit jenem Nachmittag in der Bücherei verbunden sein. Welche Ironie! »*Wie schütze ich mich vor sexueller Belästigung am Arbeitsplatz?*« Und die Referentin träumt genau davon ...

Der Sonntag fing an, wie es sich für einen Sonntag gehört. Der erste Blick aus den Augenwinkeln versprach Wetter der mediterranen Art. Ich rekelte mich ausgiebig im Bett. Gott sei Dank, ich war wieder fit. Rüdiger betrachtete mich erleichtert.

»Fühlst du dich wieder besser? Ich dachte, wir könnten auf die Vernissage gehen.«

»Von wem? Ich habe gar keine Einladung gesehen.«

Normalerweise bekommen wir sie an unsere Adresse und ich sortiere aus, welche mich interessieren. Mein Mann zeigte Anzeichen leichter Verlegenheit.

»Na ja, es ist keine richtige Vernissage. Wassilij hat Besuch aus Russland und du kennst das ja. Er möchte so eine Art Atelierfete veranstalten. Tagsüber.«

Ich kannte Wassilij nicht direkt, aber seine gesellschaftlichen Gewohnheiten hatten schon manchem Lokalreporter das langweilige Wochenende aufgepeppt. Ob das auf dessen reichlichen Wodkakonsum zurückzuführen war? Die braven Spießer, in deren Mitte er sich mit Frechheit und mehr als einer Spur Rücksichtslosigkeit behauptete, litten schwer unter seiner Spielart von Öffentlichkeitsarbeit.

Niemals vergessen würden sie seine künstlerische Bearbeitung der griechischen Mythologie: Hierbei hatten diverse, nahezu unbekleidete Musen verzweifelt versucht, einen Schwan und einen Jungstier zu einer Art Kopulation zu bewegen. Der Schwan hatte der bedauernswerten Leda fast den Arm gebrochen, als er sich ihrem Umarmungsversuch entzog. Europa beschränkte sich klugerweise auf den technisch durchführbaren Teil. Aber der hübsche kleine Jungstier, der so freundlich die Grasbüschel kaute, die sie ihm als vertrauensbildende Maßnahme hingehalten hatte, reagierte total verschreckt auf ihre Reitversuche. Da der ganze Zauber an einem gut besuchten Badestrand unternommen worden war, empörten sich in der Montagsausgabe vor allem die Tierschützer sowie das örtliche Fremdenverkehrsamt. Der süffisanten Berichterstattung konnte man entnehmen, dass die Jungtierherde verstört in einer Ecke der Weide zusammengedrängt stand, als der Besitzer zur Rettung seiner Schützlinge eilte. Wassilij, in einer Hand die Wodkaflasche, warf den Tieren auf Russisch Beleidigungen zu, während Europa hinkend und von Kopf bis Fuß verdreckt dem Zaun zustrebte. Diese *Body Painting Performance* hatte es bis zur dpa-Meldung gebracht.

Wie die meisten der »Russenkolonie« hatte Wassilij eine erstklassige handwerkliche Ausbildung mitbekommen. Es mag ihnen ja an Kreativität mangeln, aber ich konnte mit ihnen einfach mehr anfangen als mit den »Strichmännchen«. So nannten Rüdiger und ich die Gruppe, die wir ernsthaft verdächtigten, die Schwierigkeiten der Perspektive und Proportionen nicht meistern zu können und, frei nach dem Fuchs und den Trauben, diese deshalb ablehnten. Ihre Kunst bestand darin, ihre Bilder zu verkaufen und darin waren sie meist geschickter als andere Künstler. Wassilij stellte die Ausnahme dar. Sein Stil: ein wildes Konglomerat. Gegenständlich bis zum Fotorealismus. Es wäre bestimmt interessant, seine neuesten Verrücktheiten zu besichtigen.

»Nimm für alle Fälle Badezeug mit«, erinnerte Rüdiger mich.

Die Kinder waren übers Wochenende bei Freunden. So kurz vor den Ferien standen die Noten schon fest und die Lehrer in den Startlöchern. Ich hinterließ ihnen eine kurze Nachricht: »Sind unterwegs, Tiefkühlpizza im Gefrierfach. Bis heute Abend – Mama und Papa.«

Wassilijs Atelier lag einfach traumhaft am See. Ursprünglich war es eine kleine Reparaturwerkstatt für Fischerboote gewesen. Das riesige Grundstück gehörte einem »reichen Gönner«, erzählte Rüdiger, während wir einen Platz zwischen eindrucksvollen Karossen und elenden Schrottschüsseln suchten. Gut gemischt, reichlich Besucher. Der reiche Gönner schien sich nicht sehr für dieses Anwesen zu interessieren. Die hüfthohen Brennnesseln an der Hauswand sprachen eine deutliche Sprache. Die Fenster wurden überwuchert von Knöterich – den man umgangssprachlich »Architektentrost« nennt – und wahren Prachtexemplaren von Zaunwinden mit handtellergroßen Blättern. Hier und da lugte ein Stückchen geschnitzte Fensterumrahmung hervor. Liebevolle Handarbeit.

Wie konnte man ein solches Pracht-Grundstück nur so verkommen lassen? Auf dem Weg zum Haus hatte sich eine Spur von Zigarettenstummeln, Kaugummipapieren und Dosendeckeln angesammelt. Wie auf einem Autobahnrastplatz. Der vor Urzeiten sicher einmal gepflegte Rasen, der sich bis zum schmalen Sandstreifen am Wasser hinzog, wuchs nun kniehoch. Noch ein paar Jahre und die Bewohner konnten sich an einer Interpretation von Dornröschen versuchen.

Rüdiger murmelte nach einem missbilligenden Blick auf den ganzen Müll:

»Traurig, wie wenig manche schätzen, was sie haben.«

Kaum hatte er die Tür für mich geöffnet, schlugen uns Stimmengewirr, Akkordeontöne und der Geruch von zu vielen Menschen auf zu engem Raum entgegen. Ich schnaufte wenig begeistert. Vielleicht sollten wir wieder verschwinden. Doch meine Fluchttendenzen wurden von einem dicken, rotgesichtigen Mann vereitelt, der auf uns zustrebte.

»Meine Lieben, schön, särr schön, euch zu sähen! Kommt mit, ich zeige euch Nina. Nina ist gästern ärrst aus Moskau gekommen. Sie hat ächten Wodka mitgebracht, särr viel Wodka.«

Mit diesen Worten legte er uns je einen Arm um die Schultern und schob uns durch die Menge auf die Bar zu. Überrascht musterte ich das aufgebaute Büfett. Hier war an nichts gespart worden. Zwei ganze Lachsseiten umrahmten eine Komposition aus Platten voller Schinkenröllchen, Kanapees, Pasteten, Krabbencocktails, Blinis und Piroschkis. Dazwischen: schüsselweise Kaviar – auch der eklige, grobkörnige, orangefarbene.

»Was darf ich Ihnen auflegen?«

Die Frage des kleinen, drahtigen Kellners riss mich aus meiner Bewunderung. Ich hatte nicht vor, Wodka zu trinken, aber auch Krimsekt verlangt nach einer Unterlage. Ich nahm die Blinis mit Lachs und Schmand. In der einen Hand das Sektglas, in der anderen den Teller, versuchten wir, eine ruhige Ecke anzusteuern. Fasziniert wanderten meine Blicke über die Umstehenden. Die Russen unter ihnen outeten sich durch eine spezielle Art von Lebhaftigkeit – laut und unbekümmert. Die Kunstbeflissenen wussten nicht so genau, ob sie dieses Verhalten vulgär oder ursprünglich finden sollten und wirkten etwas steif. Mit einer schneeweißen Seidenbluse von *Gucci* muss man sich wohl vor Rote-Beete-Flecken hüten! Dazwischen prangten exotische Outfits, die jedem Klischee von überspannten Jungkünstlern entsprachen: Piercings, Tattoos, blau gefärbte Haare, schwarze Lippen – alles, wovon etablierte Vermögensberater so träumen.

Rüdiger hatte einen frei werdenden Platz vor einem Fensterbrett erspäht und strebte zielsicher darauf zu. Ich hielt mich in seinem Kielwasser, bemüht, mein Sektglas gefüllt zu halten. Meine Bemühungen wären fast an einer teuer, aber aufdringlich parfümierten Dame gescheitert, die sich mit einem: »Das ist ja total toll, dass ich dich hier treffe!« auf Rüdiger stürzte. Dessen Rücken im neuen Seersucker-Hemd, einem Kompromiss zwischen bequem und fein, versteifte sich noch um einige Grade mehr als üblich. Seine Erwiderung schien mir recht kühl. Eine Pflichtbekanntschaft? Ich nickte ihr höflich zu und schob mich an den beiden vorbei.

Erleichtert setzte ich den Teller ab und nahm einen Schluck. Bei diesem Gedränge verspürte ich keine Lust, mich durch schwitzende Körper von Bild zu Bild zu kämpfen. Etwas lustlos biss ich in mein Blini. Ein paar Blättchen Dill erregten mein Misstrauen: War das etwa eine Blattlaus? Ich dachte gerade: Dekoration muss man nicht mitessen, als die Duftwolke einen spitzen Schrei ausstieß:

»Huhu, Markus, hierher – hier bin ich!«

Ein wohlbekanntes Gesicht schob sich auf uns zu.

»Seid ihr schon lange da? Hab euch gar nicht gesehen.«

Duftwolke verschlang ihn mit sehnsüchtigen Blicken. Sie hielt ihm eine hagere Wange entgegen, die er flüchtig mit den

Lippen streifte. Die andere übersah er geflissentlich. Rüdiger und er tauschten einen komplizenhaften Männerblick aus.

»Sind gerade erst gekommen. Ihr kennt euch ja noch, oder?«

Damit wich er einen Schritt zur Seite, um Markus den Blickkontakt zu mir freizugeben. Die Wolfsaugen hatten ihre offiziellen Rollos heruntergezogen. Erleichtert registrierte ich seine Zurückhaltung in Rüdigers Gegenwart.

»Selbstverständlich. Wie ist es Ihnen in der Zwischenzeit ergangen?«

Eine absolut harmlose Frage, wenn da nicht der leise Hauch von Spott durchgeklungen wäre. Ehe ich antworten konnte, mischte Duftwolke sich ein:

»Aber Markus, seit wann denn so förmlich? Ihr müsst gleich Brüderschaft trinken und ich bin Patin!«

Damit entschwand sie, nach dem Kellner und einer Flasche Krimsekt winkend. Ich hob fragend die Augenbrauen. Von Brüderschaftspaten hatte ich noch nie gehört. Beide Männer grinsten. Rüdiger klärte mich auf:

»Sie ist bekannt dafür, dass sie jede Gelegenheit nutzt. Du hast ihr einen prima Vorwand geliefert, uns beide abzuküssen. Diese Patengeschichte ist ihre Erfindung.«

Die Patin kehrte mit einer vor Kälte beschlagenen Flasche und Gläsern zurück.

»Ich bin die Clara.«

Offenbar kam die Pflicht zuerst. Sie sah mich zum ersten Mal bewusst an.

»Ich heiße Annette.«

Wir stießen an. Küsschen, Küsschen. Dann die Kür. Rüdiger ließ alles pflichtschuldig über sich ergehen. Markus zwinkerte mir zu.

»Annette. Ich bin Markus – auf unsere weitere Bekanntschaft.« Als sein Mund nahe an meinem Ohr war, murmelte er: »Amanda gefällt mir besser.«

Clara nahm mir mühelos die Unterhaltung beider Kavaliere ab. Ich versuchte, mich umzusehen, blieb mir aber Markus' Nähe bewusst und wurde immer nervöser. Rüdiger warf mir einen besorgten Blick zu.

»Möchtest du ein bisschen an die frische Luft?«

Dankbar lächelte ich ihm zu.

»Ich hole mir noch ein Glas und versuche, ein paar von den Bildern zu sehen. Mach dir um mich keine Gedanken, ich komm schon zurecht.«

Ohne eine Spur schlechten Gewissens schlenderte ich davon. Die Gemälde interessierten mich wirklich. Offenbar hatte die Menge sich um die Tränke geschart, denn in den Außenbereichen dünnte es sich aus und ich entdeckte eine Tür – an einer Wand zwischen einem einfühligen Akt und einer Herbststudie. Viel Wasser und Himmel. Die Tür war nur leicht angelehnt. In der Erwartung, dort weitere Stücke zu sehen, schlüpfte ich unbemerkt in den angrenzenden Raum hinein. Tatsächlich: Alles stand voll mit teilweise verdeckten Leinwänden. Als echter Kunstchaot schien Wassilij auch hier zu leben. Die Kleiderhaufen auf jedem sichtbaren Stuhl zeugten nicht gerade von übermäßiger Ordnungsliebe, denn ein dunkler, altmodischer Schrank direkt neben mir sah aus, als könne er ganze Aussteuern aufnehmen. Vor den Fenstern waren die Jalousien heruntergezogen und schnitten das Licht in unregelmäßige Streifen. Deshalb sah ich nicht sofort die beiden Gestalten auf dem Futon unterhalb des letzten Fensters. Als eine davon leise kicherte, erstarrte ich auf meinem Platz zwischen Schrank und Tür.

Es waren zwei Frauen. Eine lag ausgestreckt auf den schwarzen Laken. Sie hatte die Augen geschlossen und fuhr unruhig mit den Händen über ihren Oberkörper. Ihre großen Brüste wölbten sich beeindruckend nach oben und zur Seite. Der Kopf mit den halb langen, dunklen Haaren warf sich ungeduldig auf einem Kissen hin und her. Über ihr kniete eine knabenhaft schlanke Blondine mit einer beneidenswerten Mähne. Von ihr konnte ich nicht viel sehen. Ihre Haare fielen wie ein Vorhang bis fast auf ihre Hände herunter. Mit denen fuhr sie gerade die Körperumrisse der Üppigen nach, wobei sie leise und zärtlich murmelte. Es schienen russische Koseworte zu sein. Die Dunkle stöhnte, hob langsam die Arme und zog die Blonde in eine enge Umarmung zu sich herunter. Sie küssten sich lange und wanden sich dabei wie Schlangen. Besonders die Schlanke hatte einen wunderbar geschmeidigen Körper. Ihr kleines Hinterteil war mir zugewandt und ich beobachtete fasziniert die Wellenbewegungen. Schließlich wandte sie ihre Aufmerksamkeit den Brüsten der anderen zu. Sie leckte sie, mit lasziver Langsamkeit, sog dann an den Spitzen, bis die Nippel groß wie Kirschen waren und abstanden. Solche riesigen Nippel hatte ich noch nie gesehen. Die Blonde saugte kräftig, wie ein kleines Tier, und die Dunkle stöhnte auf. Sie sagte etwas, woraufhin die Kleine lachte und ihre Brüste zusätzlich mit den Händen massierte. Die Dunkle griff in die lange, helle Mähne und drückte den Kopf des Mädchens an ihrem Körper hinunter. Es war deutlich, was sie wollte. Die Kleine gehorchte sofort und rutschte so weit nach unten, dass sie mit dem Kopf zwischen den jetzt weit gespreizten Beinen ihrer Freundin lag. Ihr Vorhang aus Haaren verbarg alles, aber das Gesicht der Dunklen sprach Bände. Sie biss in eine zur Faust geballten Hand und keuchte unterdrückt. Zwischen meinen eigenen Beinen begann es zu kribbeln, aber ich wagte nicht, mich zu rühren. Als die Dunkle ihren Höhepunkt erreichte, presste sie sich beide Hände fest auf den Mund und bäumte sich auf, so dass ihre Gefährtin fast weggeschleudert wurde. Die schien nicht überrascht, denn sie hielt sich geschickt an den Oberschenkeln fest und flüsterte offenbar etwas Komisches, denn die Dunkle lachte, ein heiseres Lachen, trotz ihrer Erschöpfung.

Ich hatte den Moment genutzt, eine Hand unter meinen

Rock zu schieben und umfasste jetzt mein Geschlecht. Kein Wunder, ich war nass und glitschig wie ein frisch gefangener Fisch.

Auf dem Bett hatte sich die Blonde auf den Bauch gelegt und streckte ihr kleines Hinterteil fordernd nach oben. Es schien ein eingespieltes Ritual zu sein, denn die andere griff nach einem Beutel am Fußende und zog einen Riesendildo heraus. Dagegen musste jeder echte Schwanzträger verblassen. Meine Güte, für den war sie doch viel zu zierlich! Aber das kleine Hinterteil wackelte ungeduldig und die Dunkle kniete sich breitbeinig hinter die Helle. Neckend fuhr sie mit dem Dildo über deren Schamspalte, hinauf und hinunter, und bedachte zwischendurch wohl auch deren Kitzler, denn die Kleine keuchte plötzlich heftig. Schließlich erbarmte die Üppige sich und begann, den Dildo einzuführen. Die Spitze rutschte leicht in die Vagina hinein. Dann jedoch musste die Dunkle sehr behutsam, Zentimeter für Zentimeter, vorgehen. Die Kleine stöhnte – vor Lust oder Schmerz oder beidem? Dann war das Ungeheuer in ihr verschwunden. Die Dunkle drückte jetzt rhythmisch gegen den Dildo. Es musste angenehm sein, denn der helle Po wand sich lustvoll. Neugierig versuchte ich, mehr von dem zweiten Gerät zu erkennen, das eben aus den Tiefen des Samtbeutels geholt wurde. Von weitem sah es aus wie ein Stab aus lauter Kugeln. Den platzierte die Ältere vorsichtig am kleinen Poloch, nicht ohne ihn vorher mit ein wenig Nässe ihrer eigenen Scham zu benetzen. Wie gebannt verfolgte ich das Verschwinden der Kugeln. Eine nach der anderen glitt in das winzige Loch. Fast konnte ich den Druck in meinem eigenen After spüren.

Endlich waren alle Kugeln drinnen. Die Blonde wand sich jetzt wie gequält mit zusammengepressten Beinen hin und her. Die Dunkle ließ sie eine Weile gewähren, dann gab sie ihr einen festen Klaps auf beide Hinterbacken und schob deren Knie auseinander. Zitternd fügte sich die Kleine. Beide Oberschenkel bebten. Zärtlich streichelte ihre Partnerin mit beiden Händen über Hinterteil und Oberschenkel, dann murmelte sie ihr etwas ins Ohr und glitt mit einer Hand zwischen deren Beine. Ich sah die Hände der Blonden sich so sehr ins Laken krallen, dass der Stoff riss. Das Gesicht ins Kissen gedrückt, kam sie mit erschreckender Heftigkeit. Im Moment des Orgasmus zog ihre Freundin mit einem Ruck die Kugelkette aus ihr heraus. Sie brach zusammen, den Riesendildo noch in ihrem Fleisch stecken. Das Ding ragte obszön zwischen ihren Beinen hervor. Ihre Freundin nahm sie in die Arme und beide rollten zusammen auf die Seite. In dem Moment fühlte ich eine Hand auf meinem Oberarm und erschrak fürchterlich. Es war Markus.

»Na, war's spannend? Sorry, die Tür war offen!«

Letzteres rief er den beiden Frauen auf dem Bett zu. Die warfen uns einen Blick zu und lachten ungeniert. Keine versuchte auch nur, sich zu bedecken. Entweder waren wir ihnen egal oder sie waren daran gewöhnt, Gegenstand voyeuristischen Interesses zu sein. Trotzig sah ich zu Markus auf, der mich interessiert musterte.

»Ich dachte, hier kann man sich auch umsehen. Ich wusste ja nicht ...«

»Meine Schöne, du musst dich doch nicht immer für deine Neugier entschuldigen. Wassilijs Schwester ist übrigens bekannt für ihre Frauen-Affären. Wenn du Interesse hast?«

»Ist sie die Dunkelhaarige?«

»Ja. Die andere ist vermutlich eine von den Neuen aus Moskau. Nie gesehen. Soll ich dich mit Valeria bekannt machen?«

»Lieber nicht. Das macht die Dinge unnötig kompliziert.«

Ich war mir nicht sicher, ob mir diese Riesendildos und Kugelketten ganz geheuer waren. Aber das brauchte ich Markus ja nicht auf die Nase zu binden.

Er grinste, zog mich schweigend in den anderen Raum zurück

und schloss die Türe hinter uns. Ich hatte gar nicht mitbekommen, dass dort inzwischen die Post abging. Der Akkordeonspieler hatte nach dem nötigen Quantum Wodka eine tränenselige Phase erreicht und spielte Chanson-Melodien. Einige Paare drehten sich in dem schwermütigen Takt, nicht sehr schwungvoll, dafür umso sinnlicher. Rüdiger war nicht zu sehen. Hoffentlich hatte er mich nicht gesucht.

»Dein Mann ist vollauf von Clara belegt, keine Sorge. Er hat mich gebeten, mich um dich zu kümmern. Es ist also in Ordnung, wenn du mit mir tanzt.«

Und schon lag seine rechte Hand in meinem Kreuz. Ich überließ mich der Musik und folgte seiner Führung mühelos, obwohl ich seit vielen Jahren nicht mehr getanzt hatte. Seine Linke zog meine Rechte näher an unsere Schultern heran und ich sah seine geblähten Nüstern. Sein wissendes Lächeln war nicht gerade taktvoll zu nennen.

»Und, meine Schöne? Hat es dir gereicht, nur zuzuschauen? Oder hast du Appetit bekommen?«

Die Hand in meinem Rücken bewegte sich eine Spur abwärts. Eine liebkosende Bewegung, die mich abtastete.

»Trägst du eigentlich nie Slips?«

Sein Grinsen wurde unverschämt. Ich versteifte mich. Gegen Markus hatte ich einfach keine Chance. Wie lange sollte ich diesen Tanz noch aushalten? Wir bewegten uns bedächtig mit den anderen Paaren. Einige waren bereits zu offenen Umarmungen übergegangen. Sex lag wie ein Stallgeruch im Raum. Ich musste hier heraus. Kaltes Wasser! Dieser Gedanke gab mir die nötige Energie, mich aus dem Sog der schwülen Umgebung geistig zu lösen.

»Es reicht. Mir ist schwindlig, ich habe zu viel Sekt getrunken und außerdem ist Rüdiger hier irgendwo. Es geht einfach nicht. Lass mich bitte los. Ich glaube, ich gehe schwimmen. Geht das oder liegt der Strand voller Glasscherben?«

Er löste sich augenblicklich von mir und begleitete mich an das geplünderte Büfett.

»Zwei Mineralwasser, bitte.«

Er wandte sich mir wieder zu und nippte an seinem Glas.

»Ich glaube, es wäre jetzt keine so gute Idee, überall nach Rüdiger zu suchen. Wenn du dich dazu durchringen kannst, nackt zu baden – was hier alle tun –, organisiere ich uns Handtücher und begleite dich.«

Ich ließ mir das Wasser öffnen und wartete draußen auf Markus' Wiederkehr. Es dauerte nicht lange und er bog mit ein paar Handtüchern über dem Arm um die Hausecke. Stumm marschierte ich durch die Grassteppe hinter ihm her. Der Strand überraschte mich angenehm. Wassilij achtete hier offenbar mehr auf Sauberkeit. Im feinen Sand entdeckte ich nur Kieselsteine und ein paar Muscheln, die angeschwemmt worden waren. Markus breitete die Frotteetücher aus.

»Dann los. Wie gut schwimmst du? Muss ich aufpassen?«

Was glaubte der eigentlich? Ich warf ihm einen empörten Blick zu, ohne ihn einer Antwort zu würdigen. Ich zog mich nackt aus und lief schnell ins Wasser. Es war kälter, als ich erwartet hatte. Kurz entschlossen warf ich mich nach vorne und paddelte wild drauflos. Es gab kältere und wärmere Stellen. Ziemlich weit draußen, aber problemlos zu erreichen, sah ich eine Badeplattform auf den Wellen schaukeln. Ohne mich umzusehen, schwamm ich darauf zu. Schwer atmend zog ich mich auf die Insel hoch und platschte, nicht sehr elegant, mit dem Bauch auf die warmen Bohlen. Sie rochen nach Imprägniermittel und Sonne. Markus war direkt hinter mir gewesen. Sein Aufschwung ließ auf einen geübten Schwimmer schließen. Für einen Künstler war er erstaunlich muskulös. Träge lächelte ich ihn an, bettete meinen Kopf auf die Arme und schloss die Augen. Es war so friedlich und still. Die Wärme von den Brettern und der Nachmittagssonne lockerte mich und ich überließ mich der Vorstellung, eine an den Strand geschwemmte Qualle zu sein. Jäh rissen mich kalte Wassertropfen auf meinem warmen Rücken aus der Idylle.

»Wenn du schlafen möchtest, müssen wir zurückschwimmen. Hier holst du dir einen Sonnenbrand. Das kann ich nicht verantworten.«

Und mit einem niederträchtigen Grinsen rollte er mich über die Kante, ehe ich ahnen konnte, was er vorhatte. Ich schnappte nach Luft und prustete. Bis ich klar sehen konnte, hatte er schon reichlich Vorsprung. Für den Rückweg ließ ich mir Zeit, strich mir am Strand das Wasser vom Körper. Markus saß demonstrativ wartend auf einem der Handtücher.

»Komm zu mir und leg dich auf den Bauch. Ich creme dich ein. Dann kannst du etwas dösen.«

Vorsichtig streckte ich mich aus: ein wundervolles Plätzchen. Mein Kopf lag im Schatten eines Jasmins, der nicht allzu lange abgeblüht hatte. Einige Nachzügler dufteten noch im Laub versteckt. Ich entspannte mich und genoss Markus' Hände, die Sonnenmilch auf meinem Rücken verteilten und einmassierten. Er versuchte nicht, mich zu erregen, sondern arbeitete rasch und zweckgebunden. Ich schloss zufrieden die Augen.

Ich öffnete sie erst wieder einen schmalen Spalt, als die seltsamen Geräusche neben mir mich genug irritiert hatten. Ich unterdrückte den ersten Impuls, aufzuspringen und loszuschreien, sondern versuchte stattdessen, die Szene neben mir einzuschätzen: Markus lag ebenfalls auf dem Bauch, das Gesicht einem mädchenhaft-hübschen Jüngling mit hellbraunen Wuschellocken zugewandt. Der kniete nackt und *deutlich* erregt neben dem Wolf und strich sehnsüchtig, fast andächtig über dessen Rücken und Hintern. Markus schien durchaus nicht abgeneigt. Seine Hinterbacken drückten sich auffordernd den streichelnden Händen entgegen und ich spürte sein mir zugewandtes Bein meine Waden streifen. Er öffnete tatsächlich seine

Beine für diesen Knaben! Dachte Markus, ich bekäme das nicht mit? War es ihm gleichgültig?

Der Junge lächelte beglückt über die unausgesprochene Zustimmung, griff nach der Sonnenmilch und verteilte eine großzügig bemessene Menge über Markus' Rücken und Hinterteil. Seine Hände begannen geschickt und liebevoll dessen Schulterpartie zu kneten. Langsam arbeiteten sie sich den Rücken herunter. Mir fiel auf, dass seine Schultern recht schmal und die Arme nicht gerade kräftig aussahen. Dafür schien ordentlich Kraft in seinen Händen zu stecken. Mit denen hatte er jetzt Taillenhöhe erreicht und ließ sie wie unabsichtlich an den Seiten herabstreifen und bis zum Hüftknochen gleiten. Markus änderte seine Position, er rückte ein Stück von mir ab. Ich kannte ihn inzwischen gut genug, um zu wissen, dass sein Penis schon steinhart sein musste, aber er behielt die Bauchlage bei. Der Lockenkopf griff nochmals nach der Lotion und ließ einen großen Klecks auf jede Hinterbacke tropfen. Seine Bewegungen wurden sinnlicher, als genieße er mit jedem einzelnen seiner Finger die Haut, über die er strich. Ein Zeigefinger stahl sich in die Spalte. Markus stöhnte unterdrückt auf, öffnete die Beine aber noch weiter. Der Finger drang tiefer, wurde langsam, sehr langsam, wieder zurückgezogen, drehte sich eine Idee, drang wieder ein. Ich schluckte. Nie hätte ich mir träumen lassen, Zeuge einer solchen Begegnung zu werden, aber ich würde den Teufel tun und sie in diesem Augenblick stören. Ich war viel zu neugierig, was die beiden noch alles machen würden. Der Junge dehnte das Spiel mit dem Finger genüsslich aus. Zusätzlich schien er auch Markus' Hodensack zu massieren.

Plötzlich drehte Markus sich auf den Rücken. Phallus war die einzig angemessene Bezeichnung für das beeindruckende Körperglied, das sich der Nachmittagssonne entgegenreckte. Lockenkopf riss die braunen Augen auf. So viel hatte er offensichtlich nicht erwartet. Etwas unsicher beugte er seinen Kopf darüber und ließ die Eichel vorsichtig in seinen Mund gleiten. Markus ließ ihm Zeit und lag ruhig und bewegungslos da. Ich spürte förmlich seine Muskeln neben mir vibrieren. Der Junge wurde mutiger. Er senkte den Kopf und nahm den Penis bis zur Hälfte auf. Seine eine Hand schob sich wieder in die Pospalte, die andere umfasste mit zwei Fingern die Peniswurzel und drückte behutsam mit den Fingerknöcheln den Hodensack. Er wusste genau, was er tat. Wenn er es darauf angelegt hätte, wäre Markus innerhalb von Sekunden explodiert, aber das wollte er anscheinend nicht. Er brachte ihn dreimal bis an den Rand. Langsam begann Markus, mir Leid zu tun. Seine Wangenmuskeln verkrampften sich zusehends und er konnte sein Stöhnen nicht mehr unterdrücken. Plötzlich warf der Junge mir einen triumphierenden Blick zu. Dieses kleine Biest hatte also genau gewusst, dass ich zuschaute! Dann erlöste er Markus endlich und schluckte jeden Tropfen.

Markus lag auf dem Rücken wie ein verwundeter Krieger und atmete heftig. Verlegen drehte ich meinen Kopf zur Seite und stellte mich schlafend. Einerseits fand ich das alles unglaublich aufregend, andererseits empfand ich die ganze Peinlichkeit des ertappten Lauschers. Taktvoller wäre es wohl gewesen, aufzustehen und wegzugehen, aber dazu hätte ich mich erst anziehen müssen. Es dauerte ziemlich lange, bis ich wegen der veränderten Geräuschkulisse kombinierte, dass sich wieder etwas tat. Markus hatte mir den Rücken zugedreht und schloss mich so von meinem Posten als Voyeur gründlich aus. So einfach gab ich mich nicht geschlagen! Vorsichtig setzte ich mich auf und spähte um seinen Rücken herum. Der Junge lag mit seiner Rückseite an Markus' Bauch gepresst. Der lag auf einen Ellbogen gestützt; die andere Hand massierte routiniert den recht kleinen Penis. David und Goliath – gerade konnte ich ein Kichern über diesen Vergleich noch unterdrücken. Trotzdem spürte Markus meine Gegenwart, drehte unmerklich das Gesicht zu mir und schüttelte leicht den Kopf. Ich sollte nicht stören. Ich gab mit einem Kopfnicken zu verstehen, dass ich kapiert hatte und schlüpfte unhörbar wieder in meine Ausgangsposition. Es ging schnell, der Junge kam und verschwand so plötzlich, wie er aufgetaucht war.

Was sagt man in einer solchen Lage Angemessenes? Da mir keine geistvolle Bemerkung einfiel und weil ich der ganzen Situation ziemlich ratlos gegenüberstand, schwieg ich und wartete ab. Markus lag entspannt auf dem Rücken, die Arme hinter dem Kopf verschränkt, die Augen geschlossen, als schliefe er.

»Fragst du dich gerade, ob ich schwul bin? Für dich war das heute alles ein bisschen viel, was?«

Fragte er das im Ernst? In den letzten Stunden hatte ich einiges mehr gesehen, als ich in meinem bisherigen, soliden Leben je für möglich gehalten hatte.

»Wer war der Junge?«

Meine Frage überraschte ihn. Was hatte er erwartet? Im Augenblick verwirrte mich dieser Ganymed am meisten. Er passte überhaupt nicht in mein Bild von Markus. Ich hatte ihn als totalen Frauenmensch eingeschätzt. Wie konnte er sonst so gut über mich Bescheid wissen? Im Grunde schien er meinen Körper besser zu kennen als ich selbst. Schwule fühlten sich doch nicht von Frauenkörpern angezogen? Und mein Körper ist keinesfalls knabenhaft gebaut. Markus holte tief Luft und stieß sie mit einem Seufzer wieder aus.

»Er ist hier aus dem Ort. Er hat mich bei einer von Wassilijs Verrücktheiten gesehen und glaubt, er liebt mich. Normalerweise ermutige ich ihn nicht.« Er rollte sich schwungvoll auf die Seite und fuhr mir mit einer Fingerspitze den Rücken hinunter bis zum Hintern. »Aber heute nahm ich, was ich kriegen konnte. Und er ist gut. Ich will nicht sagen, besser als *jede* Frau, aber besser als die meisten. Würdest du dich nicht gerne mal von einer Frau befriedigen lassen?«

Sein scharfer Blick fand die Antwort in meinen Augen schneller, als mir lieb war. Ein Mundwinkel hob sich in verständnisvollem Grinsen und er ließ sich zurückfallen.

»Siehst du? Der Gedanke daran macht dich total an. Aber würdest du den Anfang machen? Würde eine Frau dich so reizen, dass du sie unbedingt berühren musst? Nachdem ich ihn nicht gestoppt hatte, musste ich ihm zumindest seinen Liebesdienst erwidern. Es ist ein großer Unterschied, ob es die eigene Hand ist oder eine andere.«

Bei den letzten Worten schob sich die seine zwischen meine entspannten Oberschenkel.

»Du bist ja ein richtiger Voyeur«, raunte er mir ins Ohr. »Aber Zuschauen allein macht nicht satt. Soll ich dir das beweisen? Dreh dich um und spreize deine Beine. Psst, sag nichts.«

Meine Augen schlossen sich und ich überließ mich seinen geschickten Fingern. Behutsam tasteten sie mein mehr als bereites Geschlecht ab und prüften die glitschige Feuchtigkeit, die aus meinem Inneren sickerte. Die rasierten Haare waren rau und stoppelig nachgewachsen. Manchmal juckte der Bereich heftig oder pikste in die empfindliche Oberschenkelhaut. Markus rieb mit dem Handballen darüber, wie ein Mann, der prüft, ob er sich rasieren muss.

»Lassen wir es wieder wachsen?«

Seine heiser geflüsterte Frage brachte ein ganzes Bündel Erinnerungen an unser letztes Abenteuer zurück. In meinem Unterbauch spürte ich wieder den vertrauten Knoten. Fester noch, als sein Zeigefinger begann, meine Perle zu umkreisen. Umsichtig vermied er die überempfindliche Spitze. Ich versuchte, mich nicht zu bewegen, spannte alle Muskeln an, bis mir heiß wurde. Als er seinen Daumen auf die richtige Stelle brachte, stöhnte ich begeistert auf und begann, meine inneren Muskeln pumpen zu lassen.

Mein allererster Orgasmus war eine schockierende Erfahrung

für mich gewesen. Ich bekam ihn mitten in der Turnstunde, in der wir um die Wette Stangen hochklettern sollten. Etwa zwei Drittel der Stange hatte ich bewältigt, als ich zwischen meinen Beinen Wärme spürte und einen seltsamen Druck. Meine erste Befürchtung, nämlich in die Hose zu machen, bewahrheitete sich nicht. Stattdessen löste sich der Druck plötzlich in etwas sehr, sehr Angenehmem auf. Von diesem Tag an wurde ich ein begeisterter Stangenkletterer. Leider blieben die Gelegenheiten für Klettermöglichkeiten im Turnunterricht selten. Vielleicht war dieser Nebeneffekt bekannt.

Markus kreiste jetzt mit einem Finger an meinem Eingang, wobei er darauf achtete, ihn nicht zu stark zu dehnen. Ich drückte mich auffordernd seinen Fingern entgegen, er ließ zwei oder drei hineingleiten, drückte leicht von innen gegen mein Schambein und ich kam fast sofort. Überraschend auch für mich. Ich kam nicht wild, auf Wellen hin und her geworfen, sondern zerfließend, verglühend. Sanft und doch durch und durch befriedigend. Wohlig schnurrend streckte ich Arme und Beine, drehte mich wieder auf den Bauch und drückte mein Becken gegen den Boden, um das Glühen festzuhalten. Stumm und reglos lagen wir nebeneinander. Es war ein angenehmes Schweigen, vertraut und behaglich. Keiner von uns schien es brechen zu wollen.

»Annette, Markus, wo seid ihr? Hallo-o?«

Schritte näherten sich, raschelten durch das trockene Gras. Markus erhob sich ungeniert zu voller Größe und winkte in Richtung der Stimme. Rüdiger wollte offenbar aufbrechen. Kein Wunder, der Arme hatte wegen Clara sicher schwer gelitten ...

»Da seid ihr ja. Wart ihr im Wasser?« Mit zusammengebissenen Zähnen knirschte er Markus zugewandt: »Wenn ich mit dieser Carla im See gewesen wäre, hätte ich das Weib ersäuft.«

Markus, vollauf damit beschäftigt, in seine Jeans zu steigen, hörte sich in ruhigem Schweigen weitere Klagen an. Ich versuchte, meinen BH im Liegen anzuziehen. Es ging nicht. Wohl oder übel richtete ich mich auf, schloss ihn und streifte schnell mein T-Shirt-Kleid über. Rüdiger sah sich suchend um.

»Wo ist dein Slip?«

Markus sah hastig zur Seite und bemühte sich um ein unbeteiligtes Gesicht.

»Ich hatte keinen an.«

Rüdiger wirkte etwas verwirrt, sagte aber nichts weiter. Stattdessen half er mir beim Aufstehen und faltete mein Liegetuch zusammen. Auf dem Rückweg zum Haus sprachen die beiden über einige der Bilder im Haus. Plötzlich wandte Rüdiger sich zu mir, die ich hinter beiden hertrödelte, um.

»Hast du eigentlich schon einmal Markus' Atelier gesehen? Nein, natürlich nicht. Markus, du musst ihr das unbedingt mal zeigen.«

»Natürlich, jederzeit.«

Markus sah mich unter fragend hochgezogenen Brauen an. Ich hob mein Kinn und nahm die Herausforderung an.

»Mittwoch würde mir gut passen.«

Mittwoch war allgemeiner Wandertag an den Schulen.

»Prima. Rüdiger kann dir genau erklären, wie du hinkommst. Bis dann, Annette.«

Erdbeeren mit Sahne

Dienstag Vormittag klingelte zu meiner Überraschung der Postbote und überreichte mir ein großes, flaches Päckchen. Ich hatte nichts bestellt, keiner hatte Geburtstag und ein Absender war nirgends zu entdecken. Ich drehte den Karton vorsichtig, schüttelte ihn. Es würde doch keine Bombe sein? Unsinn. Vorsichtig schnitt ich mit dem Brötchenmesser, das aus unerfindlichen Gründen auf der Ablage im Flur lag, das Klebeband an den Seiten auf und hob, noch vorsichtiger, das Oberteil ab. Erst als ich langsam den Atem ausstieß, merkte ich, dass ich ihn angehalten hatte. Auf dem knallroten Seidenpapier, das mir entgegenleuchtete, lag ein weißer Briefumschlag. Er enthielt eine Tageskarte für die S-Bahn und eine Nachricht:

Zieh das an – und nur das. 10.00 Uhr im A.

Das Päckchen stammte also von Markus. Gespannt schaute ich nach. Und schluckte erschrocken. Der Inhalt bestand aus folgenden Gegenständen: einem dünnen, schilfgrünen Sommer-Trenchcoat; hohen, schwarzen Pumps; einer so genannten Busenkette mit schwarzen, tropfenförmigen Anhängern; zwei Silikonkugeln (etwas größer als Tischtennisbälle) an einer Kordel und einer Art Spange. Ich musterte den letzten Gegenstand: Er war silbern und schlicht, etwa zehn Zentimeter lang. Es musste eine Schamlippenspange sein. Schon bei der Vorstellung, die Gegenstände anzulegen, kribbelte es in meinem Bauch. Und damit sollte ich in der S-Bahn sitzen? Hoffentlich begegnete ich keinem Bekannten …

Ich konnte der Versuchung nicht widerstehen, packte alles und verschwand ins Bad. Die Tropfen zogen die Brustwarzen ordentlich lang. Die Klemmen waren zwar gepolstert, kniffen aber trotzdem. Ein wenig stärker und es wäre schmerzhaft geworden. Ich beschloss, sie den Vormittag über Probe zu tragen. Jedenfalls blieben einem damit die Nippel präsent. Da ich sie ununterbrochen spürte, war ich mir ihrer deutlich bewusst. Die Kugeln ließen sich leicht einführen. Wie von selbst glitten sie hinein. Da sie aber nicht ganz gewichtslos waren, musste ich meine Scheidenmuskeln anspannen, um sie innen halten zu können. Bei jedem Schritt strebten sie nach unten. Und wenn ich mich setzte, fühlte ich sie bei jeder Bewegung in mir. Die Spange umklammerte meine Scham, verschloss sie. Sie würde meine Versicherung sein, dass ich die Kugeln nicht durch irgendeinen dummen Zufall verlor.

Ich betrachtete mich im Spiegel und schüttelte ungläubig den Kopf über mich. Ich sah aus wie eine Reklame für Sextoys. Fehlten nur noch lange, schwarze Locken. Wie wohl alle Frauen mit glatten Haaren hatte ich mir seit frühester Jugend Locken gewünscht. Die Dauerwellen blieben eine stete Folge von Enttäuschungen. Mal sah es aus, als hätte ich ein Persianerlamm seines Fells beraubt, mal hingen die Haare in müden Wellen herunter. Nie entsprach die Frisörkunst den Fotos in den Zeitschriften. Seit einigen Jahren trug ich eine Juliette-Greco-Frisur, die den Glanz meiner von Natur aus dunklen Haare betonte und zu einem Pferdeschwanz gebunden werden konnte. Nicht sehr kleidsam, aber praktisch. Es würde mich wahnsinnig machen, wie die Mitschülerinnen unserer Tochter stets durch einen Haarvorhang schielen zu müssen.

Ich sah fremd, aber sexy aus. Ich kam mir verwegen vor. Das Probetragen hatte meine anfänglichen Zweifel zerstreut. Nach einer halben Stunde hatten sich meine Nippel an den Druck gewöhnt. Trotzdem entfernte ich die Klemmen nach drei Stunden. Ich wollte keine gesundheitlichen Schäden riskieren. Die Kugeln ließ ich allerdings bis abends drin. Ich ging sogar mit ihnen einkaufen. Das weite Baumwollkleid aus dem Dritte-Welt-Shop war genau das Richtige, um auf der Straße eine nach außen hin unzweifelhafte Fassade aufrechtzuerhalten. Den halben Tag über kicherte ich in mich hinein.

Am nächsten Morgen konnte ich es kaum abwarten, die Kinder zu ihren Ausflügen zu verabschieden. Unkonzentriert wie ich war, grenzte es an ein Wunder, dass ich weder den Tee verschüttete noch mich beim Brotschneiden verletzte. Kaum waren sie mit ihren voll gepackten Rucksäcken hinter der Hausecke verschwunden, rannte ich geradezu ins Bad. Es war noch zu früh, um zur Haltestelle zu gehen, aber ich hatte eine Idee. Die Kinder hatten einen solchen Haufen Klebe-Tattoos gehortet, dass es ihnen höchstwahrscheinlich nicht auffallen würde, wenn ein paar fehlten. Ich fand, dass die Brustspitzen ein bisschen mehr Dekoration vertragen konnten und ging ans Werk. Das Ergebnis konnte sich in meinen Augen durchaus sehen lassen: Um den Warzenhof herum schlang sich ein keltisches Schlangenornament. Den Kopf hatte ich so platziert, dass es wirkte, als spuckte die Schlange den glänzenden Tropfen der Busenkette aus. Als ich mich drehte, um mich auch aus anderen Blickrichtungen zu kontrollieren, baumelten die Tropfen geradezu aufreizend. Zufrieden mit dem Ergebnis und weil es so gut klappte, blätterte ich durch den Stapel mit den Tattoos. Vielleicht noch ein Fisch neben den Bauchnabel, mit dem Nabel als Luftblase? Nein, weniger war mehr. Ich wollte ja nicht als Galerie anfangen.

Als es soweit war, legte ich wieder alles an, schlüpfte in die Pumps und schlang den Gürtel um den Trenchcoat. Der leichte Sommerstoff fiel leicht und elegant an mir herab. Ich überprüfte, ob sich irgendetwas durchdrückte, aber alles sah absolut harmlos aus – als trüge ich ein Kostüm unter dem Mantel. Dabei streifte der Stoff bei jedem Schritt meinen nackten Hintern wie eine streichelnde Hand.

An der S-Bahn-Haltestelle standen nur ein paar Touristen und ein älteres, distinguiertes Paar. Ich suchte mir einen Platz gegen die Fahrtrichtung, zog den Mantel über meinen Knien zusammen und setzte mich vorsichtig. Der Trenchcoat war mit Knöpfen sparsam ausgestattet. Oben stand er offen, bis zwischen meine Brüste und unten bis fast zu meiner Scham. Mit jeder Haltestelle füllte sich der Wagon mehr. Mir gegenüber ließ sich ein Yuppie mit Laptop nieder. Wenn er sich unbeobachtet glaubte, stierte er mir in den Ausschnitt. Ich bewegte mich ein wenig und schlug die Beine übereinander. Der Mantel fiel auf und ließ einen Oberschenkel bis fast zum Ansatz sehen. Mein Gegenüber vergaß, so zu tun, als ob er arbeitete und starrte ungläubig. Lässig, nicht zu hastig, zog ich den Mantel wieder zurecht und gähnte durch die Nase. Da ich ihn nicht zu einem Annäherungsversuch ermutigen wollte, konzentrierte ich mich die letzten beiden Stationen über auf die Häuserzeilen, die draußen vorbeiflogen. Zu meiner Erleichterung konnte sich mein Gegenüber nicht zu einem Kontaktversuch durchringen. Aber ich fühlte seine gierigen Blicke in meinem Rücken, als ich aufstand und mich in die Schlange der Aussteigenden einreihte.

Das gründerzeitliche Fabrikgebäude, in dem Markus sein Atelier hatte, lag um die Ecke. Es wirkte verlassen und vernachlässigt. Zwischen den abgerundeten Stufen am Eingang hatten sich hübsche Pionierpflanzen angesiedelt. Ich drückte die Klinke der schweren Eingangstür herunter. Sie schwang überraschend leicht auf, ohne Quietschen und ohne Knirschen. Direkt vor mir tanzten Staubpartikel im einfallenden Licht. Durch die Staubwolke hindurch konnte ich nicht viel erkennen. Ich warf einen Blick rechts und links auf den Türstock: weder Namensschilder noch Klingelknöpfe. Davon hatte Rüdiger nichts gesagt, obwohl er das Haus genau beschrieben hatte. Ich trat einen Schritt über die Schwelle und rief: »Markus?«

Rasche Schritte näherten sich im oberen Stockwerk, eine Tür wurde aufgestoßen. Aha, da rechts führte eine breite Treppe mit einem Absatz ins Obergeschoss. Das Licht von oben erlaubte mir eine kurze Orientierung.

»Komm hoch, ich bin hier oben!«, rief mir der Wolf zu.

Ich ließ die Tür ins Schloss fallen und begann, die dunkle Treppe hinaufzusteigen. Er eilte mir entgegen. Ehe ich reagieren konnte, hatte er meine Handgelenke gepackt und mich rückwärts gegen die Wand gepresst. Da ich einen Fuß bereits auf der nächsten Stufe stehen hatte, bereitete es ihm keine Schwierigkeiten, sich zwischen meine Beine zu zwängen und sein Becken heftig an mir zu reiben. Sein Kuss erschreckte mich. Unmittelbar und brutal drängten seine Lippen die meinen auseinander und seine Zunge nahm mir die Luft. Die Spange zwischen meinen Schenkeln war nicht für solch heftigen Körperkontakt konzipiert. Sie zog bei jeder seiner Bewegungen schmerzhaft an meinen Schamlippen. Verzweifelt versuchte ich, mich ihm zu entziehen, um meine malträtierten Weichteile in eine erträgliche Lage zu bringen. Es schien ihn nur anzustacheln, dass ich ihm auswich. Sein Knie schob sich unter mein hochgestelltes Bein und drückte es noch weiter nach oben. Dabei sprang die Spange ab. Erleichtert, dass der Schmerz schlagartig vorbei war, entspannte sich mein Körper, wurde zum Kissen. Markus spürte mein Nachgeben und sein Kuss wurde sanfter. Die Hände, die meine Handgelenke so wild umklammert hatten, lockerten sich, Finger streichelten meine Handflächen. Die Anspannung wich langsam aus ihm. Seine Bewegungen bekamen etwas Lasziveres, als er sein Becken mit der fühlbaren Schwellung an meinem Unterleib rieb. Meine Knie gaben nach und ich erwiderte den Druck mit aller Kraft. Er löste seinen Klammergriff, wich einen Schritt zurück und musterte mich von oben bis unten. Das Glitzern in seinen Augen verleitete mich dazu, rasch an mir herunterzuschauen. Von der Taille abwärts war ich praktisch nackt, oben war der Mantel so weit auseinander gefallen, dass gerade noch die Brustspitzen bedeckt waren. Zwischen ihnen glänzte die Brustkette, die die Tropfen miteinander verband. Markus schluckte, schlang den Arm um mich und führte mich die restliche Treppe hinauf in sein Reich.

Das Atelier zog sich über den gesamten Oberstock, mindestens dreißig Meter, schätzte ich. Große Dachflächenfenster auf beiden Firstseiten erhellten alles bis in den letzten Winkel. Am hinteren Ende standen einige Podeste in unterschiedlichen Größen. Eine verhüllte Plastik auf dem mittleren wirkte geradezu gespenstisch. An der einen Seitenwand befanden sich lange, schwere Arbeitstische voller Gerätschaften und kleinerer Plastiken. Ich schaute mich noch interessiert um, als Markus schon begann, an meinem Gürtel zu hantieren. Der Trenchcoat fiel auf und ich ließ ihn von den Schultern gleiten. Markus Augen verengten sich, wanderten meinen Körper hinauf und hinunter. Als er bei den Schlangen angelangt war, zuckten seine Mundwinkel anerkennend.

»Ausgesprochen dekorativ.«

Frech gestimmt, ließ ich die Tropfen herausfordernd schwingen. Das Spiel machte mir Spaß. Die Schlangenkörper bewegten sich mit. Markus' Blick glitt tiefer.

»Du hast die Spange weggelassen? Mutig, mutig. Du überraschst mich immer wieder.«

»Nein, die liegt auf dem Treppenabsatz. Sie hat deine brutale Begrüßung nicht überstanden.«

Er nickte und führte mich zu einem der Podeste. Es war etwa hüfthoch und so groß wie eine Waschmaschine. Ehe ich es mich versah, packte er mich, hob mich darauf, legte meine Beine um seine Hüften und drückte mich nach hinten.

»Stütz dich mit den Händen ab und versuche, das Kreuz so stark wie möglich durchzudrücken.«

Ich versuchte, seine Anweisungen zu befolgen, ohne mir über seine Absichten im Klaren zu sein. Er begann, mit meinen Brüsten zu spielen, die sich in dieser Position provozierend nach vorne streckten. Seine Finger streichelten sie, zwickten sie, massierten sie, bis ich fühlte, dass sie warm wurden und anschwollen. Die schweren Tropfen reizten meine Nippel die ganze Zeit bis an die Schmerzgrenze. Wenn Markus an der Kette zupfte, zog es jedes Mal bis in die Tiefen meines Unterleibs hinein. Und dort krampften sich sämtliche Muskeln heftig um die Kugeln in meinem Inneren, als gebe es eine unsichtbare Verbindung. Ich wurde unruhig. Mein Becken wand sich vor dem Verlangen, sich an seinem Körper zu reiben. Sofort entzog er sich mir, hob mich herunter, drehte mich ruppig um und beugte mich bäuchlings über das Podest. Ich schnappte nach Luft, als ich so plötzlich nach unten gedrückt wurde. In dieser Position hatte ich so gut wie keine Chance, meiner Befriedigung irgendwie nachzuhelfen. Nicht einmal zu sehen, was Markus mit mir tat. Die unvermittelte Kälte einer Lotion auf meinem unteren Rücken ließ mich erschauern. Das Bild am See drängte sich mir ins Gedächtnis: Markus' Hintern und die Hände des Jungen. Meine Pobacken zitterten vor unterdrückter Erwartung. Wie würde es sich anfühlen? Geschickt massierte er die Backen und näherte sich nur langsam dem kleinen Loch, umkreiste es, fuhr leicht darüber, zog es mit den Daumen ein wenig auseinander. Als ich den ersten Druck spürte, zuckte ich zusammen. Das war kein Finger! *Es* war zwar nicht sehr viel dicker, aber glatter und kühler. Behutsam hielt Markus den Druck aufrecht.

»Entspanne dich und drücke leicht dagegen.«

Er verstärkte den Druck und ich spürte *es* in mich hineingleiten. Zentimeter für Zentimeter drang es ein und dehnte mich. Ein ungewohntes Gefühl dort, aber unglaublich erregend. Nerven, die noch nicht konditioniert waren, spielten verrückt. Ich wollte mehr, stieß nach hinten, bewegte meine Pobacken hin und her, um alle Berührungspunkte auszukosten.

»Markus, bitte«, flehte ich.

Ungerührt zog Markus mich vom Podest weg, drehte mich herum und hob mich erneut hinauf. Ich riss die Augen auf, als ich spürte, wie das Ding in meinem Po sich an dem Holz festsaugte und mich dort »festnagelte«. Durch mein Körpergewicht wurde ich auf den kleinen Dildo, der offenbar einen Saugnapf hatte, gedrückt. Er zwängte sich daraufhin noch tiefer in mein Inneres. Markus begann quälend langsam an der Kette mit den Kugeln in mir zu zupfen. Er zog sie immer nur so weit hinaus, dass die Kugeln von innen gegen meinen Scheideneingang drückten, aber nicht herausschlüpften. Dabei musste ich triefend nass und glitschig sein. Mir wurde heiß und schwindelig. Die Spannung in mir würde bald, sehr bald explodieren. Als schien er das zu spüren, legte Markus eine Hand fest auf meinen Schamhügel und drückte nach unten, gegen die Kugeln. Das Gefühl war so wahnsinnig, dass ich schrie. Und dann zerfloss mein Inneres. Es hätte mich nicht gewundert, wenn sich eine Pfütze unter mir gebildet hätte – wie um einen schmelzenden Schneemann. Geschickt zog er die Kugeln heraus und nahm mich fest in die Arme. Ich brauchte eine Weile, bis ich wieder zu mir kam. Dann fiel mein Blick auf sein Gesicht und ich war sofort wieder hellwach. Er sah aus, als könne er sich nur noch mühsam zurückhalten. Kaum bemerkte er mein Erwachen, löste er seinen Griff, öffnete seine Hose und streifte sie rasch ab. Zum Vorschein kam ein steinharter, zuckender Penis in einem schwarzen Kondom. Fast hätte ich gelacht. Er sah aus wie ein Vibrator, künstlich eben. Wie lebendig er war, fühlte ich in dem Moment, als Markus mich wieder an sich zog. Er suchte meinen Mund und bevor er mich tief und mit gerade noch gezügelter Wildheit küsste, murmelte er heiser:

»Keine Spielchen mehr, meine Schöne. Heute will ich mich in dir vergraben. Der Gedanke daran macht mich schon lange verrückt. Lass mich dich richtig durchficken!«

Leicht schockiert, aber doch von seiner Erregtheit erneut stimuliert, öffnete ich die Beine. Viel bewegen konnte ich mich nicht, denn der kleine Dildo in meinem Po hielt mich immer noch auf meinem Platz festgenagelt. Seine geschwollene Eichel näherte sich langsam, aber zielsicher meinen dunkelroten, feucht glänzenden Schamlippen, zwang sie auseinander, verschwand langsam. Ich fühlte, wie sein Schwanz sich durch den Eingang drängte. Unaufhaltsam schob er sich in der weichen Passage aufwärts, stoppte erst, als er am hintersten Ende angelangt war. Beide verharrten wir ein paar Augenblicke regungslos. Ich erschauderte, weil das Gefühl, bis zum Äußersten angefüllt zu sein, gewöhnungsbedürftig war. Der Analdildo nahm zwar wenig Platz ein, aber durch seine Härte konnte sich mein Fleisch nur nach oben und seitwärts ausdehnen. Automatisch wurde ich damit enger und umschloss seinen Penis wie ein Handschuh. Markus stöhnte lustvoll auf und begann, sich betont langsam zu bewegen. Er kostete jeden Zentimeter und jede Sekunde aus. Schließlich lehnte ich mich auf die Ellbogen zurück und stemmte die Füße gegen die Seitenwand. So konnte ich seinen Stößen einigermaßen standhalten. Mit Schaudern überließ ich mich der Überwältigung dieses archaischen Aktes. Der große Körper über und in mir, seine Hände um meine Hüften, die mich hielten und seinen Stößen entgegenzogen, das alles machte mich hitzig. Viel zu schnell war es vorbei. Ein letzter, gewaltsamer Vorstoß, ein kehliger Schrei und in mir zuckte das große Glied. Dann verlor es seine stählerne Härte.

Markus hob mich hoch, wobei sowohl der kleine Dildo als auch sein Penis aus mir herausrutschten und trug mich zu einem großen Messingbett, das ich vorhin hinter den Vorhängen übersehen hatte. Unmittelbar davor stellte er mich auf die Füße, küsste mich lächelnd auf die Nasenspitze und verschwand mit den Worten: »Gieß uns doch schon mal ein« hinter einem weiteren Vorhang. Vermutlich ein Badezimmer, denn ich hörte es plätschern.

Das Messingbett wurde von einer Art Patchwork-Decke in Dunkelblau, Hellblau und Weiß bedeckt. Blaue Kissen und

Nackenrollen lagen darauf verteilt. Auf einem Tischchen stand eine Flasche Champagner, eine Flasche Mineralwasser, zwei Sektflöten, eine Schale Erdbeeren und eine Flasche Sprühsahne. Ich musste grinsen. Die Flasche war schon geöffnet worden. Ich ließ gerade den Champagner in die Gläser laufen, als Markus wieder auftauchte. Er hatte sich einen schwarzen Seidenkimono übergeworfen und reichte mir einen ähnlichen, mit japanischen Schriftzeichen auf der Passe. Ich band ihn nur locker zu. Markus reichte mir ein Glas, prostete mir zu und setzte sich, den Rücken gegen das Kopfteil gestützt, auf das Prunkbett. Als er mich neben sich zog, warf ich einen schnellen Blick auf meine Uhr. Die rasend schnell vergangene Zeit an dem Vormittag bei *Ars Amandi* war mir noch gut in Erinnerung. Heute musste ich unbedingt als Erste zu Hause sein.

»Wie lange kannst du bleiben?«

Vor vier würden die Ausflügler sicher nicht wieder auftauchen. Rüdiger war in den vergangenen Wochen stets relativ spät nach Hause gekommen.

»Bis drei. Heute Morgen habe ich einfach alles stehen und liegen lassen.«

Er lächelte zufrieden, eine Spur zu zufrieden und zog mich an seine Brust.

»Wenn es dich beruhigt: Ich habe nicht die geringste Absicht, dir Probleme zu bereiten. An der Gattin und Mutter bin ich nicht interessiert. Was *ich* von dir will, ist die Seite, die andere nicht an dir vermuten. Deine ausgeprägte Neugier, deine voyeuristische Ader, dein ungeheurer sexueller Appetit. All das, was du so gut versteckst, weil es dir peinlich ist. Deine dunklen Tiefen interessieren mich, meine Schöne. Ich bin gespannt, was wir noch gemeinsam entdecken. Aber deine andere Welt wird dadurch nicht berührt werden, keine Sorge.«

Ich entspannte mich, trank und wollte mich aufrichten, um nach einer Erdbeere zu greifen, aber Markus packte blitzschnell meine Hand, drückte mich flach auf den Rücken und hielt mich fest. Er grinste spöttisch über meine erwartungsvolle Miene.

»Bereit für neue Erfahrungen?«

Mit diesen Worten zog er ein paar schwarze Seidentücher unter der Decke hervor und schlang eines geschickt um mein Handgelenk. Mein Arm wurde nach oben gezogen und an einem Messingpfosten verankert. Sein Blick hielt den meinen fest, als er eine Hand nach meinem Glas ausstreckte. Wie hypnotisiert ließ ich es mir aus den Fingern nehmen, ein zweites Seidentuch um mein anderes Handgelenk winden und es ebenfalls festzurren. Meine Arme waren jetzt weit gespreizt. Die Tücher schnitten nicht ein, hielten aber bombenfest. Was, wenn ich Anzeichen von Panik gezeigt hätte, ob er mich wohl losgebunden hätte? Meine Beine wurden nach derselben Methode am Fußteil festgebunden, Arme und Beine weit gespreizt. Es schmerzte nicht, ich fühlte mich aber absolut hilflos – und es machte mich tatsächlich an.

»Mach den Mund auf! *Jetzt* kriegst du deine Erdbeere.«

Er fütterte mich mit Früchten, bis ich den Mund nicht mehr öffnete.

»Sind wir satt? Hast du Durst?«

Den Sekt in meinen Mund laufen zu lassen erwies sich als schwieriges Unterfangen. Er lief mir übers Kinn, den Hals hinunter und seitwärts bis hinter die Ohren. Markus' Zunge folgte gewissenhaft sämtlichen Spuren. Er kitzelte mich dabei spielerisch. Lachend ließ er von mir ab und griff nach der Sprühsahnedose. Er begann mit meinen Brüsten. Sorgfältig und liebevoll wurden sie mit Sahnegirlanden versehen. Als Krönung kam ein dicker Klecks auf jede Brustwarze. Er malte Kreise um meinen Nabel und besonders dicke Sahnetupfer auf meinen Venushügel. Dann fühlte ich, wie Finger mich behutsam öffneten. Die lange Tülle schob sich in mich. Er drückte ab. Die mit dem Gas angereicherte Sahne prickelte in mir, füllte mich ganz weich und federleicht. Durch die Sahne glitten die Erdbeeren wie von selbst hinein, als Markus eine nach der anderen in mich schob. Kühl und glatt.

Plötzlich hörte ich Schritte auf der Treppe. Ich erstarrte und warf Markus einen verzweifelten Blick zu. Verdammt. Er hingegen wirkte überhaupt nicht überrascht, sondern schob seelenruhig eine letzte Beere nach und erhob sich ohne Hast. Die Tür klapperte, Schritte näherten sich. Aus meiner Lage heraus konnte ich nichts sehen, aber Markus hob winkend eine Hand. Dann rief er:

»Hi, möchtest du mitessen? Es gibt Erdbeeren mit Sahne und Champagner.«

Das leise Lachen gehörte zu einer Frau mit kurzen, dunklen Haaren, die plötzlich vor dem Bett stand. Grundgütiger, was für einen peinlichen Anblick ich bieten musste! Die junge Frau nickte mir freundlich zu und begann, ohne zu zögern, sich auszuziehen. Markus hatte sie bestellt! Er küsste mich und griff nach einem Sessel, den er heranzog und auf dem er sich neben dem Bett niederließ. Die junge Frau hatte sich inzwischen nackt neben mich aufs Bett gekniet. Beruhigend lächelte sie wieder und strich mir über die Wange.

»Hi, ich bin Mona. Und du?«

»A…«

»Amanda. Kannst sie Mandy nennen«, vervollständigte Markus.

Mona küsste mich zart auf den Mund, war aber in Gedanken offensichtlich schon weiter. Unvermittelt glitt sie neben mich, beugte sich über meinen dargebotenen Körper und begann, mich mit kleinen Leckbewegungen zu liebkosen. Es kitzelte ein wenig, wie eine Hundezunge. Ich entspannte mich, genoss das angenehme Gefühl und begann, mich auf eine völlig neue Erfahrung zu freuen. Ihre weiche Zunge umspielte meine Brustwarzen. Mir lief eine Gänsehaut das Rückgrat hinunter. Mona leckte unbeirrt weiter, bis nahezu die ganze Sahne von meinem Busen verschwunden war. Ihre Lippen umschlossen eine Spitze samt Vorhof und drückten sie zusammen, zogen daran. Ihr Kopf hob sich, um mir spitzbübisch zuzulächeln, dann schüttelte sie ihn leicht hin und her, wobei ihre Zunge den Nippel umkreiste. Sie hielt den festen Kontakt aufrecht, zog aber die Lippen eine Spur zurück, so dass sie die Warze kräftig lang ziehen konnte. Das vertraute Gefühl schoss sofort durch meine Eingeweide. Ungläubig registrierte ich, dass mein Körper schon wieder bereit war.

Mona begann zu saugen. Sie schien genau zu ahnen, wie viel ich wollte, welche Stärke mir zusagte. Meine Perle begann zu pochen. Hätte ich mich bewegen können, hätte ich mich bereits gewunden. So fixiert, wie ich war, konnte ich nur Muskeln anspannen und meinen Kopf auf dem Kissen hin und her werfen. Sie ließ sich von dem Zucken meiner Glieder nicht beeindrucken.

Meine Erregung hatte ein Stadium erreicht, in dem mich ihre sanften Zärtlichkeiten nicht mehr befriedigten. Ich schob ihr auffordernd meine Brüste entgegen, wölbte meinen Oberkörper so hoch wie möglich. Sie griff mit beiden Händen zu und massierte sie kräftig, aber das genügte mir nicht. Dann biss sie zu, knabberte, zog an den Spitzen, die Nippel fest zwischen den Zähnen. Ein kehliges Stöhnen entfuhr mir. Sie lachte auf. Abrupt verließ sie mich, setzte sich auf die Fersen und goss sich ein Glas Champagner ein.

»Puh, ist mir heiß. Wo hat Markus dich denn aufgetrieben?«

Dieses kleine Luder! Mir schwirrte der Kopf, mein Blut rauschte in den Schläfen, jeder Nerv prickelte – und sie machte Konversation. Markus hatte sich aus seinem Zuschauersessel erhoben und war neben Mona getreten. Seine Augen verengten sich, als er mich prüfend musterte.

»Spann sie nicht unnötig auf die Folter, Mona.«

Mona warf mir einen skeptischen Blick zu, zuckte aber nur mit den Schultern.

»Wenn du meinst. Du bist der Regisseur«, fügte sie sich.

Sie kniff mir mit fragend hochgezogenen Augenbrauen in die Nippel und kniete sich zwischen meine ausgebreiteten Beine. Ihre Fingernägel kratzten leicht, als sie ein paar Mal über die empfindsame Haut an der Schenkelinnenseite strich. Bedächtig beugte sie sich zu meiner unter dicken Sahneschichten verborgenen Spalte hinab. Und mit der gleichen Langsamkeit begann sie, sie freizulegen. Dem Zucken und Pulsieren nach zu urteilen, stand ich kurz vor der Explosion. Ihre Zunge vermied jede Wiederholung und so trieb ihre Stimulation mich langsam in den Wahnsinn. Bitte, nur zwei-, dreimal an derselben Stelle lecken! Aber ich konnte mich winden, soviel ich wollte: Sie schien genau zu wissen, wie sie mich kurz *davor* halten konnte. Und ich konnte zur Linderung nicht einmal die Schenkel aneinander reiben. Schließlich züngelte sie an meinem Eingang. Ich war so geschwollen, dass ich jede einzelne Berührung spürte. Meine Muskeln zogen sich zusammen und drängten nach unten, in hektischen Zuckungen. Plötzlich lachte sie auf. Ihr Atem strich dabei kühl über meine feuchte, heiße Haut. Eine Erdbeere war aus mir heraus, direkt auf ihre Zunge geflutscht. Nun forschte sie mit der Zungenspitze nach weiteren.

»Lass mir noch ein paar übrig!« Markus' heisere Stimme klang belegt.

Ich öffnete die Augen und sah ihn mit hoch aufgerichtetem Penis am Fußende stehen. Mona rückte bereitwillig zur Seite und überließ ihm den Platz zwischen meinen Beinen. Er griff nach einem dicken Kissen und schob es mir unters Becken. Meine Beine protestierten, denn durch die Fesseln wurden sie stark gestreckt. Aber nach einigen Momenten wanderte die Anspannung aufwärts und verstärkte in meinem Inneren die wollüstigen Bewegungen.

»Gib mir die Erdbeeren, drück sie heraus!«

Seine Zunge drang tief und fordernd in mich ein, suchte, lockte. Automatisch zogen sich meine Muskeln zusammen. Eine weitere Erdbeere rutschte ihm entgegen. Mit einer Hand drückte er gegen meine Bauchdecke und unterstützte rhythmisch das Pumpen meiner Lustmuskeln. Nach einer Weile schubste Mona ihn kräftig beiseite.

»He, das reicht! Du hast sie *mir* versprochen.«

Sie tauschten wieder die Plätze und Mona machte Ernst. Versuchsweise schob sie zwei Finger in meine Spalte und ich umklammerte sie geradezu verzweifelt. Die Finger krümmten sich geschickt und begannen, den Punkt zu drücken und zu massieren, der mir allmählich gut bekannt wurde. Ihre Zunge umspielte meinen Knopf, ihre Lippen schlossen sich sanft und doch bestimmt um ihn. Sie begann, mit der Zunge kräftiger zu streichen. Erregt, wie ich war, dauerte es nur Sekunden, bis sich sämtliche Muskeln verkrampften und ein grandioser Höhepunkt mich durchschüttelte.

Als ich wieder zu mir kam, hatten die beiden die Fesseln von meinen Gelenken gelöst und massierten mich dort. Markus lächelte mir wissend zu. Er hatte mir tatsächlich ein tolles Geschenk gemacht. Doch es passierte mir immer noch: Ich wurde rot. Noch röter, als ich realisierte, was Mona für sich selbst vorgesehen hatte. Zwar war mir nur die Rolle einer Hilfskraft zugeschrieben, aber trotzdem – ein Dreier war mir neu.

Ich wurde auf die Bettkante gesetzt und angewiesen, die Beine schön zusammen zu halten. Mona kniete vor mir nieder, legte ihren Oberkörper auf meine Beine, drückte ihr Gesicht in meinen Schoß und umklammerte meine Hüften. Ich konnte sie zittern spüren. Ihr erregter Atem strich fast keuchend über meinen Schoß. Schüchtern streichelte ich ihr Kopf und Schultern. Sie drückte ihr Gesicht noch fester an mich. Sie wirkte geradezu kindlich, wie sie so da kauerte. Ihre kleinen, festen

Brüste hatten erstaunlich große Nippel, die sich aufgerichtet hatten und deutlich an meiner Haut zu spüren waren. Ich erstarrte vor Schreck, als ich aufblickte und Markus mit einer dünnen Reitgerte vor mir stehen sah. Sein warnender Blick mahnte mich zur Passivität. Er stellte sich breitbeinig hinter Mona und ließ die Gerte ein paar Mal durch die Luft zischen. Der schmale Körper auf meinen Knien erschauerte und ich sah Gänsehaut auf ihren Oberarmen.

»Waren wir wieder mal ungezogen? Lernst du es denn nie, Mona? Du weißt ja, Strafe muss sein.«

Zärtlich fuhr Markus' Hand ihre Konturen nach, tätschelte ihre kleinen Pobacken, fuhr in ihre Spalte. Sanfte Liebkosungen einer kundigen Hand. Er zog sie abrupt zurück. Ich zuckte zusammen, als die Gerte mit einem hässlichen Knall durch die Luft pfiff und klatschend auf Monas Haut niederging. Entsetzt sah ich zu Markus auf. Der blickte vollkommen gelassen, keineswegs erbost oder wütend. Mein Blick wanderte nach unten. Auch das Mädchen war zusammengezuckt, hatte aber keine Anstalten gemacht, dem Schlag auszuweichen. Weiteres Klatschen. Das Geräusch machte mich nervös. Mona hingegen begann, fast unhörbar, zu stöhnen. Ihr Griff um meine Hüften festigte sich. Ihre Hinterbacken zitterten. Markus intensivierte jetzt die Wucht seiner Schläge. Ich konnte rote Striemen sehen.

»Na, du kleines Biest, hast du genug?«

Es war schwer abzuschätzen, was Markus empfand. Die Spitze der Gerte verschwand in Monas Pospalte, wurde wie ein Pinsel bewegt, strich über beide Pohälften. Mona wand sich hektisch und gab kleine Verzweiflungslaute von sich. Ihr Hintern glühte jetzt feuerrot. Er musste höllisch brennen. Markus legte die Gerte zur Seite und griff nach etwas, das aussah wie ein kleines Klistier. Mit einer Hand spreizte er die misshandelten Hinterbacken, mit der anderen führte er behutsam den Behälter in ihren Anus ein. War das ein Gleitmittel? Ihr Körper lockerte sich in ihrem Bemühen, sich zu entspannen und schüttelte sich heftig, als ihre Schließmuskeln sich um den Fremdkörper zusammenzogen. Sie stöhnte hemmungslos. Ich griff zwischen uns, umfing ihre Brüste und begann, sie zu kneten, die tollen Nippel zu rollen und zu kneifen.

Währenddessen hatte Markus den Inhalt des Behälters in sie entleert und zog den Applikator mit einem raschen Ruck heraus. Plopp. Ungläubig sah ich, wie er sich ein Kondom überstreifte und seinen voll erigierten Penis ihrem winzigen Löchlein näherte. Das konnte doch niemals passen – bei seiner Größe! Sah er das denn nicht? Ich stellte meine Liebkosungen ein und machte mich auf einen Abbruch des Versuchs gefasst. Doch seine großen Hände zogen ihre Backen weit auseinander und seine Eichelspitze setzte an. Sie wimmerte leise, aber die Eichel verschwand ohne weiteres in ihrem Anus. Er hielt inne und strich den Penisschaft mit weiterem Gleitmittel ein. Mona hielt ihre Hüften nun absolut ruhig, nur ihr Oberkörper gab mir zu verstehen, dass ich wieder mit ihren Nippeln spielen sollte. Der glänzende Schwanz drängte sich Zentimeter für Zentimeter weiter in ihr Inneres. Es war mir unvorstellbar, aber Markus schaffte es tatsächlich, ihn ganz hineinzuschieben. Beide verharrten einige Momente absolut regungslos. Dann beugte er sich über sie und griff mit einer Hand zwischen ihre Beine. Sie schrie so laut, dass ich Angst bekam, jemand könnte uns hören und die Polizei rufen. Sie kam mit einer solchen Wucht, dass ich vor Schreck ihre Nippel losließ. Ich hielt ihren zuckenden Körper fest in den Armen, bis sie sich wieder gefangen hatte. Sie schluchzte hemmungslos. Ihre warmen Tränen liefen mir kitzelnd zwischen den Beinen hindurch. Hilflos angesichts dieser extremen Reaktion streichelte ich sie beruhigend und murmelte Trostworte wie zu einem kleinen Kind.

Plötzlich spannte sich der schlaffe Körper wieder an. Markus hatte abgewartet, bis sie sich ein wenig beruhigt hatte, aber es drängte ihn ganz offensichtlich, sich Erleichterung zu verschaffen. Sein angespannter Gesichtsausdruck ließ erahnen, dass ihm die Pause schwer gefallen war. Er hielt ihre Hüften fest gepackt und bewegte sie vorsichtig auf seinem Penis. Er zog ihn nur ein kleines Stück aus ihrem Anus heraus und, statt heftig zu stoßen, glitt er ebenso vorsichtig wieder hinein. Sein unterdrücktes Stöhnen zeugte von der Lust, die die enge Passage ihm bereiten musste. Glücklicherweise war Mona erfahren genug, um während der unwillkürlichen Bewegungen seines Ergusses entspannt zu bleiben. Sie zeigte kein Anzeichen von Missvergnügen oder Schmerzen. Erleichtert aufseufzend, zog Markus sich aus ihr zurück und verschwand.

Ich zog Mona neben mich aufs Bett, wobei ich darauf achtete, ihre roten Hinterbacken nicht zu berühren und legte sie auf den Bauch. Sie drehte den Kopf zu mir und lächelte mich träge an.

»Danke, Mandy. Jetzt bist du schockiert, was? Weißt du, Markus steht nicht so drauf wie ich. Ich brauche es und mir zuliebe lässt er sich manchmal dazu herab. Es ist mir lieber mit einem Partner, der es nicht aus Leidenschaft macht. Die schießen nämlich oft übers Ziel hinaus und dann hat man eine Woche lang einen wunden Arsch.« Sie warf einen Blick auf ihre Kehrseite und runzelte die Stirn. »Für seine Verhältnisse hat er heute ganz schön zugelangt. Ob du ihn inspiriert hast? Was ist, hast du keine Lust, es einmal auszuprobieren?«

Ich lehnte dankend ab. Ich bin mit der Ansicht erzogen worden, dass man weder Kinder noch Tiere schlägt. Die Erfahrung, dass ein erwachsener Mensch, sogar eine Frau, danach verlangt, geschlagen zu werden, verwirrte mich zutiefst.

Meine Faszination, die ich nicht leugnen konnte, wenn ich ehrlich zu mir war, ging Hand in Hand mit einem tief sitzenden Widerwillen gegen Schmerzen jeder Art. Das freiwillige Empfangen, und nicht etwa das Ertragen von etwas Unvermeidbarem, blieb mir unverständlich. Ich goss mir etwas Wasser ein.

»Gibst du mir auch eins?«

»Entschuldigung.«

Ich beeilte mich, ihr ein Glas einzugießen. Sie nahm es und beobachtete mich mit wissenden Augen. Ein bisschen zu wissend.

»Markus ist kein Sadist. Ehrlich.«

Der tauchte in diesem Moment wieder aus den Tiefen des Raums auf, in der Hand einen Eisbeutel. Mona kicherte.

»Markus, du bist ein Schatz. Das ist wirklich süß von dir.«

Mir schien es, als wäre er eine Spur verlegen. Er legte die Kompresse auf Monas Hinterteil und wandte sich mir zu.

»Hinter dem Vorhang ist ein Badezimmer. Nimm dir, was du brauchst. Und dann fahre ich dich nach Hause. Es ist Zeit.«

Besuch bei Wanda

In der kommenden Woche hörte ich nichts von Markus. Nach unserer letzten Begegnung hatte er mich in Monas altem Fiat heimgefahren. Wir waren beide in unserer eigenen Gedankenwelt verloren und die Fahrt verlief recht schweigsam, ohne jedoch ungemütlich zu werden. Kurz vor unserem Haus bat ich Markus, mich eine Seitenstraße vorher aussteigen zu lassen. Frau Stegmaier mochte es vielleicht noch kopfschüttelnd akzeptieren, dass ihre komische Nachbarin an einem solchen Sommernachmittag in einem Mantel herumlief. Was sie hingegen sicher nicht ohne weiteres akzeptieren würde, wäre, wenn die in einer solchen Aufmachung aus einem fremden Auto steigen würde. Ein scharfer Blick auf Markus' gut geschnittenes Gesicht würde sogar ihre nicht gerade blühende Fantasie unnötig beflügeln. Mein Bedürfnis, Gegenstand solch gutnachbarschaftlichen Interesses zu werden, hielt sich in Grenzen. Und tatsächlich, kaum steckte ich den Schlüssel ins Schloss, schob sich bereits der bekannte Kopf, gekrönt von ihrem unvermeidlichen, kessen Kopftuch, um die Hausecke. Ich flüchtete hinein. Gerade jetzt fühlte ich mich ihr in keiner Weise gewachsen. Rüdiger pflegte früher die ständig vorgetragenen Wünsche der Kinder nach einem Hund mit den Worten abzuschmettern: »Wir brauchen keinen Hofhund. Wir haben Frau Stegmaier.«

Drinnen beeilte ich mich, Mantel und Pumps auszuziehen und stellte mich vor den Spiegel. Zu meiner Überraschung sah ich aus wie immer. Die Brustkette, die Spange und die Kugeln hatte ich mich geweigert mit nach Hause zu nehmen. In meinem Nachtkästchen lagen bereits der alte Minivibrator, der mir seit Jahren treue Dienste leistete, das Ei von *Ars Amandi*, ein Probefläschchen Gleitmittel und die blöden Geishakugeln aus unserer wilden Anfangszeit. Eigentlich hatte ich sie längst wegwerfen wollen, denn im Liegen merkte man weniger von ihnen als von einem Tampon. Sobald ich mich mit ihnen erhob – und selbst wenn ich *alles* zusammenkniff – fielen sie heraus. Wenn mein übersichtliches Erotik-Arsenal sich schlagartig verdoppelte, würde es Rüdiger auffallen.

Durch die stressige Zeit der letzten Schultage vor den großen Ferien und durch die ersten freien Tage, in denen sich das Gepäck für die jeweiligen Ferienaufenthalte der Familienmitglieder überall stapelte, hatte ich keine Zeit nachzudenken. Irgendwann waren die Kinder abgereist. Rüdiger würde für zehn Tage zu einem alten Schulfreund fahren, den ich nicht ausstehen konnte. Am Abend vor seiner Abreise saßen wir gemütlich bei einer Flasche Wein auf der Terrasse hinter unserem Haus und lauschten dem Grillenzirpen.

Rüdiger hatte ein wenig Erholung dringend nötig. Seine Vorfreude auf den alten Kumpel war mir unverständlich, aber ich gönnte sie ihm von Herzen. Meine Großzügigkeit entsprang vielleicht auch dem schlechten Gewissen. Ich hatte ihn in der Zeit seiner Ausstellung ziemlich allein gelassen. Nicht, dass ich ihm bei der Arbeit eine große Hilfe hätte sein können. Bereits zu Anfang seiner Karriere hatten wir uns auf das Prinzip der Arbeitsteilung geeinigt, was darauf hinauslief, dass ich möglichst alles erledigte – ohne ihn mit Dingen zu belästigen, die ihm sowieso gleichgültig waren. In den letzten Jahren schien unser gemeinsames Leben einen immer kleineren Teil einzunehmen. Absicht war es wohl bei keinem von uns. Rüdiger vergaß niemals unseren Hochzeitstag und ich konnte mich an kein böses Wort zwischen uns erinnern. Manchmal hatte ich das Gefühl, dass unsere Beziehung immer freundschaftlicher, gemütlicher wurde. Für ihn schien unser Zuhause ein Schonraum zu sein, aus dem er sich gestärkt in den Arbeitskampf warf. Mir fehlte etwas. Sollte das alles gewesen sein?

Genau genommen war ich gelangweilt vom täglichen Einerlei. Die Mutterpflichten forderten nicht mehr meine gesamte Energie. Wäre ich nicht so phlegmatisch, wäre ich vielleicht längst aktiver geworden. In meinen verrücktesten Fantasien war niemand wie Markus vorgekommen. Er faszinierte mich. Unter der verbindlichen Oberfläche glaubte ich eine dunkle Seite in ihm zu spüren. Markus war auf geradezu mephistophelische Art in mein Leben getreten. Er zog mich an und jagte mir zugleich Angst ein. Zum wiederholten Male fragte ich mich, was einen so ungewöhnlichen Mann an mir reizte. Hätte er mich auf traditionelle Art umworben, hätte ich mich niemals mit ihm eingelassen. Aber so? Wir spielten ein Spiel mit dem Feuer, aber eines, dessen Spielregeln nicht im *Ratgeber für Seitensprünge* zu finden waren. Alles schien so verlockend ungefährlich. Niemandem wurde etwas weggenommen. Körper und Seele blieben sauber getrennt. Der Körper von Amanda für Markus, die Seele von Annette für Rüdiger. Mein Mann riss mich jäh aus meinen Überlegungen:

»Übrigens habe ich Markus erzählt, dass du für zehn Tage allein das Haus hütest. Und stell dir vor, er hat von sich aus angeboten, mit dir etwas zu unternehmen.«

Ich verschluckte mich an meinem Wein. Da hatte er ja genau den Bock zum Gärtner gemacht! Einen Moment lang erwog ich, ihm reinen Wein einzuschenken, alles zu beichten und einen Schlussstrich zu ziehen. Aber der Moment ging vorüber und ich schwieg. Allein die Aussicht auf mehr, mehr von Markus' Spielchen, mehr Aufregung, mehr *Erregung*, beschleunigte meinen Puls. Ich wäre verrückt, nicht alles mitzunehmen, was ich kriegen konnte.

»Wenn es dir nicht recht ist, kann ich ihm ja sagen, du hättest bereits andere Pläne. Aber ich dachte, ihr kommt gut miteinander aus.«

Meine Güte, ahnte er wirklich überhaupt nichts?

»Nein, nein. Aber ist es nicht ein bisschen aufdringlich, von ihm zu erwarten, dass er mich unterhält?«

Rüdiger warf mir einen verständnislosen Blick zu.

»Wieso denn? Du bist eine gute Gesellschafterin, ein angenehmer Anblick ...«

Sein Blick wanderte über mein Nichts aus Seidenjersey, das ich im Vertrauen auf die Anziehungskraft der *Hitparade der Volksmusik*, die heute Abend im Fernsehen lief und die Stegmaiers hoffentlich ans Haus fesseln würde, draußen zu tragen wagte. Zu unserem Leidwesen begeisterten sich Stegmaiers für Volksmusik – oder das, was sich als solche bezeichnete. Im Sommer ließen sie manchmal die Anrainer am Sound ihrer wattstarken Stereoanlage teilhaben. Wieso sollte man schließlich Musikgenuss und laue Sommerabende nicht kombinieren? Herr Stegmaier bettete dann seine zwei Zentner in seinen Spezialsessel auf der Terasse, ließ sich Salzstangen und Biervorrat in Reichweite stellen, Frau Stegmaier holte ihr Strickzeug in Bonbonrosa oder Himmelblau – und dann drehten sie auf. Heute Abend frönten sie ihren Freuden glücklicherweise im Haus.

Mein Nichts aus Seidenjersey saß wie eine Wurstpelle und zeichnete alles haarklein ab. Leider auch den Bauch. Ich trank aus, stand auf und streckte mich kräftig. Rüdiger trat hinter mich, umschlang mich und umfasste meine Brüste. Ich spürte seine Schwellung an meinen Pobacken, als er sich an mich drückte und raunte: »Ich werde dich vermissen. Komm, wir gehen hinein.«

Ich rieb meine Kehrseite aufmunternd gegen seinen Unterleib und ging mit aufreizend schwingenden Hüften voran, in Richtung Schlafzimmer. Es war länger her, dass es zwischen uns passiert ist und ich konnte bereits meine Schamlippen pochen fühlen. Begierig fummelte ich an seinem Hosenverschluss, öffnete ihn und fuhr mit einer Hand in seine Unterhose. Der Penis hatte noch nicht die endgültige Härte erreicht, von Stoff befreit, stand er aber bereits aufrecht in seinem Büschel dunkelbrauner Schamhaare. Ich sank auf die Knie und öffnete den Mund für ihn. Kaum glitten meine Lippen über den Eichelrand, konnte ich in meiner Hand die Blutzufuhr spüren. Der Umfang nahm augenblicklich zu. Die große Ader an der Seite pulsierte heftig. Um Rüdigers Beherrschung nicht allzu stark zu strapazieren, verzichtete ich auf raffinierte Zungenspiele und beschränkte mich auf nicht zu intensive Hoch-Runter-Bewegungen. Behutsam entzog er sich mir und nahm mich in die Arme. Seine Zunge fragte, schlängelte sich an meiner, leckte leicht meine Mundwinkel, strich über meine volle Unterlippe. Ich wurde wild, rieb meine juckenden, aufgerichteten Nippel an seinem rauen Hemd. Ich versuchte, eines seiner Beine zwischen meine zu klemmen, um meinen ganzen Hügel dagegen zu pressen.

Er schaffte es, aus seinen Kleidern zu schlüpfen, ohne mich loszulassen, dirigierte mich zum Bett und ließ sich mit mir im Arm darauf fallen. Ich zog ihn über mich und öffnete die Beine weit. Ich wollte ihn tief in mir fühlen, die Penisspitze ganz am Ende, ganz hinten am Muttermund. Sein erster Stoß nahm mir den Atem, so rammte er sich in mich. Ich war weich, glitschig und heiß, drückte mein Kreuz durch, bog mich ihm entgegen, die Hände um die Stäbe am Kopfteil des Bettgestells gekrallt. Meine Schenkelmuskeln zitterten vor Anspannung, meine Unterleibsmuskeln pumpten wie verrückt, umklammerten seinen steinharten Schwanz, der in schnellem Tempo hineinhämmerte. Ich ignorierte die zitternden Muskeln, wollte nur noch den Weg an die Spitze. Als ich kam, schüttelten die Spasmen uns so durch, dass ich ihn fast abgeworfen hätte, so bäumte ich mich auf. Mit den letzten, ausrollenden Wellen spritzte er seinen Samen in mich. Er versteifte sich, der harte Stab in mir zuckte und mit einem kehligen Stöhnen brach er über mir zusammen.

So blieben wir eine ganze Weile liegen, heftig atmend. Unsere verschwitzten Körper klebten aneinander. Ich genoss sein Gewicht auf mir. Schließlich rollte er sich seufzend von mir herunter. In dieser Nacht schlief ich mit dem Kopf auf seiner Schulter und meinem Bein über seinen ein. Niemals, nicht in meinen kühnsten Träumen, hätte ich mir vorzustellen gewagt, was in den kommenden zehn Tagen alles geschehen würde. Am nächsten Morgen war Rüdiger längst zum Bahnhof gefahren, als ich vom Klingeln des Telefons geweckt wurde.

»Guten Morgen, Amanda. Wie stehen die Aktien? Hast du nachmittags Zeit für einen Besuch? Gut, ich hole dich um siebzehn Uhr an der Haltestelle ab, damit du deiner neugierigen Nachbarin nichts erklären musst. Nimm dir etwas Warmes mit, es könnte spät werden.«

Bis zum Nachmittag platzte ich fast vor Neugierde. Was würde wohl heute auf mich zukommen? Ich stand um Punkt fünf am Bushäuschen. Da Markus nichts Konkretes über den Anlass verraten hatte, trug ich »Gesellschaftskleidung«: kurzer Rock, taillierte Bluse, Blazer. In einer Tasche hatte ich mir noch ein Paar Jeans und einen leichten Kaschmirpullover eingesteckt. Im ersten Moment reagierte ich gar nicht auf den Angeberschlitten, der schwungvoll vor mir zum Stehen kam. Erst als die Beifahrertür aufschwang und Markus' »Bitte einsteigen und Türen schließen« mich aus meinen Gedanken holte, stieg ich etwas zögerlich in den dunkelgrünen BMW ein.

»Ich wusste gar nicht, dass du so ein schickes Auto fährst.«

»Fahr ich auch gar nicht. Es ist geliehen, denn mit meiner alten Klapperkiste würden wir dort, wo wir jetzt hinfahren, unnötig auffallen.«

Ich erschrak. »Du hast mir nicht gesagt, dass es eine feine Angelegenheit wird. Dann hätte ich mir doch etwas anderes angezogen.« Verlegen zupfte ich an meiner Aufmachung herum. Markus warf einen kurzen Blick darauf und zuckte mit der Schulter.

»Ich weiß nicht, was du hast. Ist doch in Ordnung. Absolut ausreichend.«

Er schwieg sich geheimnisvoll über unser Fahrtziel aus, obwohl ich alle Register zog und versuchte, es aus ihm herauszubekommen. Ich sah nur, dass es ins Hinterland ging. Markus unterhielt mich mit Anekdoten, Skandalen und Skandälchen aus Wassilijs Künstlerkolonie. Er war ein amüsanter Erzähler, der sich auch selbst nicht mit Spott verschonte. Nach etwa einer halben Stunde Fahrt griff er in die Ablage unter dem Armaturenbrett und legte mir eine schwarze Schlafmaske in den Schoß.

»Die musst du umbinden. Unsere Gastgeberin legt Wert darauf, anonym zu bleiben. Ich muss dich auch bitten, dass du über den Besuch zu niemandem sprichst. Okay?«

Mir wurde unbehaglich zu Mute. Trotzdem befestigte ich die Maske über meinen Augen. Das mulmige Gefühl wurde noch dadurch verstärkt, dass ich nichts sah. Wie ich das hasste! Markus würde sicher nichts mit mir geschehen lassen, was Rüdiger dann zu unangenehmem Nachfragen bewegen konnte – oder? Ich sah bestimmt albern aus. Zum ersten Mal war ich dankbar für getönte Fensterscheiben in einem Auto. Steif saß ich in meinem Sitz und versuchte, das leichte Herzklopfen zu ignorieren.

Der Wagen bremste und die Reifen knirschten auf Kies. Das Geräusch hielt eine Weile an; ich schloss auf eine lange Auffahrt. Langsam rollte das Auto aus. Ich hob die Hände, um mir das blöde Ding abzureißen.

»Noch nicht«, bremste Markus mich und hielt meine Hand fest. »Warte, bis wir im Haus sind.«

Er half mir beim Aussteigen und führte mich einige breite Stufen hoch. Die Eingangstür musste ebenfalls großzügige Ausmaße haben, denn wir passierten sie, ohne dass wir näher zusammenrücken mussten. Als ich Teppichboden unter den Füßen spürte, ließ er meinen Arm los.

»Jetzt darfst du dich umsehen.«

Ich zog die Maske herunter. Der Raum, besser: die Halle, erinnerte mich an ein Museum. So viele Antiquitäten hatte ich noch nie in einer Wohnung gesehen. Der Boden war von dicken Perserteppichen bedeckt. Die Portraits an den Wänden sagten mir nicht besonders zu. Aber was für wunderschöne Möbel! Die Sitzgarnitur sah aus wie original Biedermeier und eine geschweifte Kommode hatte Intarsien wie vergleichbare Stücke in Versailles.

Hinter einer großzügigen Fensterfront sah man nur Grün; das Grundstück musste riesig sein. Markus war nach draußen auf eine Terrasse gegangen und schritt auf eine hochgewachsene Dame mittleren Alters zu, die ihm, unter einem Sonnenschirm stehend, entgegenblickte. Er umarmte und küsste sie zur Begrüßung. Sie versetzte ihm einen kleinen Nasenstüber. Ich beeilte mich hinauszukommen, denn er drehte sich schon nach mir um.

»Wanda, darf ich dir Amanda vorstellen? Amanda – Wanda.«

Ich öffnete den Mund, um ihn zu berichtigen, doch Markus hob warnend die Hand.

»Belassen wir es dabei. Hast du einen deiner traumhaften *Cream teas* vorbereitet? Ich bin am Verhungern.«

Er musterte sehnsüchtig den reich gedeckten Tisch und ließ sich auf einen Teaksessel fallen. Wanda hatte uns amüsiert beobachtet.

»Es ist nicht nett von dir, Markus, die arme Amanda so im Unklaren zu lassen. Um ein paar Erklärungen wirst du nicht herumkommen, wenn es so ablaufen soll, wie du es haben möchtest. Oder wolltest du alles mir überlassen?«

Eine Spur von Verlegenheit zeigte sich auf seinen Zügen, doch er schwieg.

Was hatten die vor mit mir? Wanda wandte sich mir zu.

»Haben Sie mich schon wegen meines komischen Namens

bemitleidet? Natürlich heiße ich genauso wenig ›Wanda‹ wie sie ›Amanda‹, meine Liebe.«

Genau das hatte ich getan. Mein Erröten verriet meine Gedanken und ließ sie spöttisch auflachen. Geschmeidig glitt sie in den Sessel neben Markus und bat mich, neben ihr Platz zu nehmen.

»Da Markus offenbar erst *diesen* Hunger stillen muss, verschieben wir das Plauderstündchen auf später. Ich werde Ihnen alles erklären.«

Damit wandte sie sich anderen Gesprächsthemen zu. Markus und sie kannten sich offenbar gut. Die beiden gingen vertraut miteinander um. Sie tauschten Nachrichten von gemeinsamen Bekannten aus – keiner der Namen kam mir bekannt vor. Ich trank meinen Tee und naschte mich durch die Schüsseln und Platten: Teegebäck in allen Variationen, winzige Schnittchen mit köstlichen Belägen aus Gurke, Krabben, Gänseleberpastete ...

Irgendwie fühlte ich mich überflüssig. Die Blumenrabatte, die die Längsseite der Terrasse säumte, erregte meine Aufmerksamkeit. Eine interessante Komposition in leuchtendem Rot, wie ich sie bisher nur aus Bildbänden über englische Gärten kannte. Das Rot kam von Dahlien, den *Bishop of Llandaff* konnte ich einwandfrei an seiner einmaligen Form identifizieren. Aber was war dieser fast schwarze Purpur? Ich stand auf und nahm die Pflanze in Augenschein. Es war eine Art schwarzes Gras. Schokoladiger Vanilleduft stieg mir in die Nase. Ich hatte davon gehört: Seit zwei Jahren war diese »Schokoladenpflanze« der letzte Schrei.

»Sie interessieren sich für Blumen?«

Ich fuhr herum. Wanda stand unmittelbar hinter mir. Sie beobachtete mich prüfend. Auf welche Eignung? Markus war verschwunden. Ich wies auf das Gras zu unseren Füßen.

»Ich habe mich gerade gefragt, was das für eine Sorte ist.«

Sie zuckte gleichgültig mit den Schultern.

»Keine Ahnung. Das macht alles mein Gärtner. Ich sage ihm nur, welche Farben ich will. Kommen Sie, meine Liebe. Wir müssen ein paar Dinge besprechen.«

Wir setzten uns wieder.

»Hat Markus Sie irgendwie vorgewarnt?«

Wie unheimlich. Ich schüttelte den Kopf und wartete. Sie seufzte wie eine Lehrerin, die zum hundertsten Mal erklärt, woran man ein Substantiv erkennt.

»Markus sollte allmählich wirklich wissen, dass Spontaneität gut und schön ist, manchmal aber mehr schadet als nützt. Fangen wir also ganz von vorne an. Sie vermuten inzwischen sicher, dass ich besondere Qualitäten habe. Stimmt. Und ich bin sehr erfolgreich damit. Seit ein paar Jahren empfange ich nur noch ganz besondere Besucher. Und eben alte Freunde – wie Markus. Er hat mich angerufen und gebeten, etwas für euch zu arrangieren. Ich weiß nicht, wie weit Sie mit Markus schon gegangen sind und ich will es auch gar nicht wissen. Aber als Spielleiter habe ich gewisse Prinzipien und dazu gehört, dass jeder wissen muss, worauf er sich einlässt. Markus' Grenzen kenne ich – Ihre nicht.«

Sie schüttelte den Kopf, als ich etwas sagen wollte.

»Ich bin ein recht guter Menschenkenner, aber man erlebt immer wieder Überraschungen. Sie sollten wissen, dass Markus heute der ›Sklave‹ ist, der bestraft wird. Sie sind meine persönliche Dienerin, die mir dabei zur Hand geht. Ich werde Sie duzen – damit können wir auch gleich anfangen. Kennst du die Spielregeln? Mit der ›Herrin‹ niemals, mit der ›Dienerin‹ nur auf Befehl. Wenn es dir zu viel wird, gehst du einfach. Aber dann habe ich einen Fehler gemacht, was unwahrscheinlich ist. Noch Fragen?«

Ich schüttelte sprachlos den Kopf. Sie nickte so selbstverständlich, als habe sie mir ein Backrezept erläutert, und führte mich ins Haus. Dort warteten bereits zwei adrette Gestalten mit Zimmermädchen-Häubchen auf uns.

»Das sind Elise und Sophia«, sagte Wanda. »Sophia wird dir helfen. Wenn ihr fertig seid, bringt sie dich herunter. Und denk daran: Dort bin ich die Herrin. Sprich mich nicht einfach an. Und versuche, Demut an den Tag zu legen. Das kommt besser. Ich treffe dich dann unten.«

Sie entschwand und ich wurde in einen kleinen Nebenraum geführt. Zierliche Sessel vermittelten eine Modesalon-Atmosphäre. An einem Kleiderständer hing mein »Kostüm«. Ich warf einen unsicheren Blick auf Sophia. Sie griff schon nach dem Oberteil. Ich zierte mich nicht und entledigte mich meiner Kleidung. Meine Garderobe bestand aus schwarzem Leder, einer Art BH, der ausgerechnet die Brüste zum größten Teil freiließ. Am Rücken wurden die Träger überkreuzt und an einem tief sitzenden Rückenteil festgezurrt. Das wurde ebenfalls mit Schnallen festgezogen. Der breite Strumpfgürtel war im gleichen Stil gearbeitet. Das Leder schmiegte sich fest um meine Formen. Schwarze Strümpfe und Schnürstiefeletten mit spitzen Absätzen vervollständigten das Outfit. Darüber kam eine Art Hose, pikanterweise in Weiß. Um die Taille und unter den Knien hielt sie festes Gummiband zusammen – dazwischen war nichts. Solange ich gerade stand, war alles in Ordnung – bis ich mich nach vorne beugte. Sophia beäugte kritisch und mit Missbilligung meine stoppeligen Schamhaare.

»Haben Sie sich nass rasiert?« Kopfschütteln. »Das dürfen Sie nie machen. Es sieht höchstens für einen Tag gut aus und dann wächst es so stachelig nach wie bei Ihnen. Vom Juckreiz ganz zu schweigen.«

Recht hatte sie. Ich fragte sie nach besseren Methoden.

»Warmwachs, wenigstens Enthaarungscreme. Aber dafür ist jetzt keine Zeit mehr. Am einfachsten ist es, wenn Sie es kurz trimmen. Kommen Sie, ich bringe Sie runter.«

Mit klappernden Absätzen geleitete sie mich eine schmale Treppe in den Keller hinunter und blieb vor einer bedrohlich schweren Stahltür stehen.

»Wenn Sie hineingehen, schauen Sie gleich nach rechts. Dort wird Ihre Herrin stehen und Ihnen weitere Anweisungen geben.«

Ich atmete tief durch und trat mit der ganzen Entschlossenheit der Unerfahrenen ein. Der Stahl fiel dumpf ins Schloss. Ein gruseliges Geräusch. Was für ein Ambiente! Ich unterdrückte meinen ersten Impuls, sofort wieder hinauszustürzen, und blickte ängstlich nach rechts. Dort stand Wanda in geradezu königlicher Haltung. Ich hatte vorhin gar nicht bemerkt, wie groß sie war. Die extrem hohen Stiefel verstärkten ihre Wirkung. Von Wandas Haut war kaum etwas zu sehen. Ein hoch geschlossenes, enges Kleid, das bis auf ihre Knöchel reichte und lange Handschuhe verbargen nahezu jeden Zentimeter. Ihr Haar war in einem strengen Knoten hochgesteckt und ihre Augen glitzerten kalt und böse.

»Da bist du ja endlich, du dummes Ding! Du wirst mir helfen, diesen Sklaven zu bestrafen. Prüfe seine Fesseln und zieh sie fester.«

Sie wies auf die Wand, vor der Markus stand. Er war nackt, bis auf einige aufregende »Verzierungen« in Schwarz, mit silbern glänzenden Schnallen und Ringen. Sein Kopf wurde von einem breiten Halsband so nach oben gedrückt, dass er nur geradeaus oder nach oben schauen konnte. Ein Karabinerhaken, der in die Wand hinter ihm eingelassen war, hakte in einem Ring an seinem Hinterkopf, so dass er sich kaum bewegen konnte. Der massive Gürtel um seine Taille saß so eng, dass ich keinen Finger mehr darunter schieben konnte. Die zusammengeballten Fäuste steckten in Handfesseln, die am Ledergürtel befestigt waren. Ich sank auf ein Knie, um die Konstruktion an seinen Genitalien in Augenschein zu nehmen:

Sie erinnerte an ein Zaumzeug. Um den Ansatz des schon strammen Penis spannte sich ein nietenbesetzter Gürtel, der mit einem zweiten verbunden war, der wiederum den Hodensack hochdrückte. Je erregter, desto stärker. Versuchsweise zog ich an den Riemen – ein Zittern lief über seinen Bauch. Ich fand Gefallen daran und fuhr mit einer Hand unter seine Eier, um nachzuprüfen, ob da auch etwas befestigt war. Der Penis zuckte.

»Trödel nicht so!«, herrschte mich die Herrin an. »Mach schon – die Füße.«

Ich riss mich los und fuhr erst an einem Bein hinunter, dann am anderen. Beide Knöchel steckten in Ledermanschetten – verbunden durch eine kurze Kette.

»Bring mir die Lederpeitsche, die zweite von links.«

Wanda deutete auf eine eindrucksvolle Sammlung gleich neben der Tür. Das verlangte Gerät lag erstaunlich schwer in der Hand. Die Peitschenschnüre waren breite Lederbänder.

»So, Sklave. Du wirst es nicht noch einmal wagen, mich mit deiner Lust zu beschmutzen.«

Ihre Stimme ließ vermuten, dass sie nicht zu Scherzen aufgelegt war. Sie holte aus und ich zuckte bei dem laut klatschenden Geräusch zusammen. Markus gab keinen Laut von sich, aber ich bemerkte, dass sich seine Brustwarzen wie winzig kleine Perlen aufrichteten. Zu meiner Beruhigung schien der angerichtete Schaden minimal zu sein. Gerade eine leichte Hautrötung. Ich entspannte mich ein wenig und nahm die Szene mit mehr Interesse auf. Die Schläge klatschten jetzt regelmäßig, abwechselnd von rechts und von links geführt. Wanda schien sich auf den Brustbereich zu konzentrieren. Schließlich breitete sich eine gleichmäßige Rötung auf der Haut aus. Wanda hielt inne und zog die Schnüre einige Male langsam und absichtsvoll über Markus' Penis. Als sie sich umdrehte, strich sie sich unauffällig über die Stirn. Sie atmete schnell und wirkte angestrengt. Als sie sich mir zuwandte, sah ich einen feinen Schweißfilm auf ihrem Gesicht.

»Reib ihn mit Eis ab! Ich will nicht, dass er ohnmächtig wird, ehe ich mit ihm fertig bin.«

Wanda wies mit der Peitsche in eine Ecke. Dort stand ein Kübel voller Eiskugeln in Tischtennisballgröße.

»Reibe ihn gründlich ab, aber wage es ja nicht, mit ihm zu sprechen. Ich werde es erfahren und ihr werdet es *beide* büßen.«

Mit diesen Worten verließ sie würdevoll den Raum. War das ein Teil des Spiels oder was hatte sie vor? Unsicher griff ich mir zwei von den Eisbällen und begann, sie in kreisenden Bewegungen über Markus' Brust und Bauch gleiten zu lassen. Er gab ein leises Stöhnen von sich. Die Sache begann, mir Spaß zu machen. Ein so absolut hilfloser Mann hat eine ganz eigene Form von Sexappeal. Ich widmete mich hingebungsvoll seinen süßen Brustwarzen und konnte nicht widerstehen, mit dem Eis tiefer zu wandern. Die Eiskugeln waren rasch bis auf Murmelgröße geschmolzen. Ehe er reagieren konnte, hatte ich ihm flink eine davon in den Anus geschoben. Es ging ganz einfach und so schob ich die zweite gleich hinterher. Das Stöhnen wurde lauter. Ich holte mir neue Eisbälle. Ich ließ sie vor Schreck fallen, als die Tür hinter mir zuschlug. Das spöttische Glitzern in Wandas Augen verriet mir, dass sie uns beobachtet hatte.

»Was fällt dir ein, mit meinem Sklaven zu spielen, freches Ding? Komm her zu mir!«

Befehlend wies sie vor sich auf den Boden. Gehorsam stellte ich mich vor sie hin. Mit einer raschen Bewegung riss sie mir den Kittel vom Leib und zog mich am Arm herum, mit dem Gesicht zur Wand.

»Beug dich vor, Hände auf die Knie!«

Der geteilte Hosenrock fiel nach unten und entblößte meinen Hintern. Gänsehaut überlief mich. Plötzlich schrie ich vor Überraschung und unerwartetem Schmerz auf. Sie hatte mir doch tatsächlich eins mit der Peitsche über den Hintern gezogen! Der akute Schmerz wich einem sanften Glühen, aber ich war schockiert. Über sie und über mich. Denn ich ging nicht etwa sofort zur Tür, sondern verharrte wie gelähmt in meiner demütigenden Pose. Sie schlug noch zweimal zu. Einmal wieder auf meine Backen, das zweite Mal auf meine Oberschenkel, knapp über den Strumpfrändern. Dann legte sie die Peitsche beiseite und griff nach etwas anderem. Ich achtete nicht darauf, weil ich noch ganz in meiner persönlichen Peinlichkeit gefangen war: Es hatte mich tatsächlich erregt, geschlagen zu werden. Blitzschnell führte sie mir einen kleinen, schlüpfrigen Anal-*Plug* ein, ehe ich reagieren konnte. Sie hielt den Finger darauf gedrückt, als ich ihn unwillkürlich auspressen wollte und gab mir einen kräftigen Klaps.

»Der bleibt drin, bis ich dir erlaube, ihn zu entfernen. Und jetzt wird es ernst.«

Sie winkte mich neben sich und streckte die Arme, um Markus' Halsring von der Wand zu lösen.

»Hilf mir, ihn drüben anzubinden. Keine Angst, er kann dir nichts tun.«

»Drüben« war ein mannsgroßes, bedrohlich wirkendes Andreaskreuz, das frei im Raum stand. An jedem Balkenende gab es eingelassene Ringe zum Befestigen. Willig ließ Markus sich die Hand- und Fußgelenke mit Karabinerhaken an diese Ringe fesseln. Wanda ging um das Gerät herum und hantierte an einer großen Stellschraube, während sie ihm unverwandt ins Gesicht starrte. Sie hörte erst auf, als seine Beine so weit gespreizt waren, dass er gerade noch stehen konnte. Die bis zum Äußersten gespannte Muskulatur seiner Oberschenkel und des unteren Rückens trat reliefartig hervor. Dann warf die Herrin mir ein Fläschchen zu.

»Schmier ihn damit ein, aber gründlich. Und überall.«

Ich begann mit den Schultern, den Armen und verteilte das

glitschige Zeug über Rücken und Hinterbacken, fuhr ihm auch zwischen die Beine und dann an ihnen herunter. Wanda unterbrach mich schließlich ungeduldig.

»Genug. Tritt beiseite.«

Die Peitsche, die sie jetzt in der Hand hielt, wirkte zierlicher, weil die Schnüre bei diesem Exemplar dünn und harmlos herunterhingen. Dass die Harmlosigkeit täuschte, wurde mir schnell klar. Mit giftigem Zischen bewegten sie sich unglaublich schnell in Wandas geübter Hand und hinterließen deutliche Striemen auf Markus' Haut. Nach dem zweiten Schlag begann er zu stöhnen. Sie bearbeitete nicht nur seine Schultern, sondern platzierte den ganzen Rumpf hinunter einen Schlag unter den anderen. Sehr präzise. Als sie bei den Oberschenkeln angelangt war, sah ich die Gesäßmuskulatur zucken. Wanda legte die Peitsche beiseite und warf mir einen Blick zu. Dann befahl sie mir:

»Los, mach für mich weiter!«

Sie trat zurück und legte einen breiten Lederstreifen in meine Hand. Unsicher, wie ich ihn benutzen sollte, drehte ich ihn hin und her. Wanda gab mir einen aufmunternden Schubs. Im Vertrauen auf ihre Erfahrung fasste ich den Streifen fest an einem Ende und ließ ihn, in einer Imitation meiner Lehrerin, durch die Luft sausen. Markus fuhr zusammen und sagte laut: »autsch«. Das war wohl zu heftig gewesen. Ich wurde vorsichtiger, tastete mich an das richtige Gefühl heran. Markus' Keuchen gab mir zu verstehen, dass ich besser wurde. Es war ziemlich anstrengend, Hiebe auszuteilen; meine Arme begannen zu erlahmen. Wanda nahm mir den Riemen aus der Hand. Mit der Hand packte sie in Markus' Haar und riss ihm grob den Kopf herum.

»Nun, Sklave, vergeht dir allmählich deine Frechheit? Bist du bereit, um Gnade zu bitten?«

Ich musste dagegen ankämpfen, nicht loszukichern. Diese gestelzte Art! Mich irritierte die Gegensätzlichkeit von Schmierentheater und Brutalität. Offenbar war der Sklave noch nicht bereit, klein beizugeben. Sie ließ ihn los, kniff heftig in das Muskelspiel der Hinterbacken und wandte sich wieder mir zu.

»Bring mir die Schale vom Tisch!«

Ich beeilte mich, sie ihr zu apportieren. Unschlüssig kreiste ihre Hand über den verschiedenen Gerätschaften, die darinnen lagen. Sie entschied sich für ein Paar Klammern. Markus schloss die Augen und eine steile Falte bildete sich auf seiner Stirn, als sie die Klemmen mit großer Geschicklichkeit an seinen Brustwarzen befestigte.

»Er hat es gewagt, mich lüstern zu betrachten – jetzt soll er meine Magd befriedigen!«

Sie wies mich an, mich rücklings über einen breiten Bock zu legen, der genau in Markus' Blickrichtung stand.

»Gefällt sie dir? Möchtest du sie ficken?«

Geschickt begann sie, mit dem Peitschenstiel um meine Nippel zu kreisen. Das festsitzende Leder zwängte meine Brüste in die Form steiler Bergspitzen, auf deren Gipfel meine Brustwarzen in die Höhe ragten.

»Die Kleine ist ja richtig scharf auf dich. Schau doch nur, wie nass sie ist …«

Der Lederstiel drängte sich zwischen meine Schamlippen, zog sie auseinander.

»Würdest du jetzt gerne in sie eindringen?«

Beharrlich suchte sich das harte Ding seinen Weg, fuhr immer wieder über meine Perle, drang Zentimeter für Zentimeter in mich ein, tiefer und tiefer. Wandas Finger in ihren kühlen Handschuhen spreizten meine geschwollenen Falten und gaben sie dem Blick des gefesselten Beobachters frei.

»Stellst du dir vor, du bist jetzt da drinnen? Tief in ihrem heißen, saftigen Fleisch?«

Von Markus kam eine Art Knurren; er zerrte an seinen Lederbändern. Die Herrin lachte höhnisch.

»Du hast Pech. Du bekommst sie nicht. Sieh gut zu!«

Sie begann, den Peitschenstiel so zu drehen, zu stoßen, dass kein Millimeter in meinem Inneren unberührt blieb. Gleichzeitig setzte sie einen Minivibrator an und begann, in quälend langsamen Strichen beide Seiten meiner Knospe zu streicheln. Ich verlor die Kontrolle und explodierte wie eine Bombe. Als ich meine Umwelt wieder klar wahrnahm, hing ich auf dem Bock, schlaff und ausgelaugt. Wandas kühle Hände stützten mich, halfen mir, mich aufzurichten. Markus' heißer Blick hing an meiner noch zuckenden, feuerroten Scham. Meine Nässe glitzerte. Ich sah seine Nasenflügel zittern und wusste, dass er an meinen Geschmack dachte, ja, meinen Geruch im Moment vielleicht sogar wahrnahm.

»Bist du jetzt wild? Möchtest du nur noch irgendwo hineinstoßen, bis du kommst? Ich werde dich lehren – zur Strafe sollst *du* gefickt werden!«

Wanda löste in einer schnellen Bewegung einen von Markus' Fesselhaken. Doch ehe er sich an die neue Stellung angepasst hatte, waren Hände und Füße schon wieder mit einer neuen Kette verbunden. Sie legte Markus so in Ketten, dass sein Hinterteil in die Luft gestreckt wurde. Der Lederriemen, mit dem ich geübt hatte, klatschte wieder fachmännisch über seine Pobacken. Der Hintern rötete sich langsam wieder. Schließlich spannte sie den Streifen fest zwischen ihren Händen und zog ihn spielerisch in seiner Pospalte hin und her. Das machte ihn wild. Er stöhnte laut und ungehemmt und wand sich gegen das Leder.

»Rühr dich nicht!«

Sie wandte ihre Aufmerksamkeit mir und einer Gürtelkonstruktion zu. Die schlang sie mir probeweise um, nickte zufrieden, als sie passte und zog sie in meiner Taille zu. Der Streifen, der zwischen die Beine gehörte, war gelocht. Dort passte sie einen Dildo ein; anatomisch eher zurückhaltend gestaltet. Der Kunstpenis stak nun aus meinem Unterleib. Wanda zog mich an Markus' gerötetes Hinterteil heran.

»Hast du Angst? Das wird dir nichts helfen. Du sollst selber spüren, wie das ist. Wehe, du bewegst dich!«

Mit dieser Drohung dirigierte sie mich in die passende Position. Wanda ergriff meinen »Schwanz« und führte ihn bei Markus rektal ein. Sobald die Spitze drin war, war er leichter zu dirigieren und ich konnte das Tempo bestimmen. Den Po vor mir überliefen Wellen der Erregung. Die Kontraktionen der Muskeln übertrugen sich durch die künstliche Verbindung unserer beider Körper auf mich. Er drängte sich meinem Bauch entgegen. Davon ermutigt, begann ich mit vorsichtigen Bewegungen. Erstickte Laute ließen mich innehalten, aber schließlich fanden wir einen gemeinsamen Rhythmus. Ich packte seine Hüften, zog mich fast heraus, schlängelte mich dann wieder so tief in ihn hinein, wie es ging. Ich begann zu stoßen, erst kurz und vorsichtig, dann heftiger. Seine Reaktion befriedigte mich zutiefst. Ein Machtgefühl breitete sich wohlig in mir aus. Es war toll, jemandes Lust so zu beherrschen. Ich beugte mich vor, griff um ihn herum, konnte seine Eichel mit den Fingern erreichen. Ich verrieb den Tropfen an der Spitze über den Eichelrand, drückte meine Finger zusammen und bewegte sie zweimal, dreimal. Sein Schwanz bäumte sich geradezu auf, als er explodierte. In mehreren Stößen spritzte das Sperma aus ihm heraus, untermalt von kehligem lautem Stöhnen.

Ich zog mich zurück und öffnete die Verschlüsse der Vorrichtung, während Wanda Markus' Fesseln löste und ihn aufrichtete. Steif von der gebückten Haltung, die er so lange eingenommen hatte, bewegte er sich mühsam und reckte seine Glieder in merklicher Anstrengung. Er ließ sich von Wanda die Fesselbänder und das Penisgeschirr abnehmen. Er verrenkte seinen Hals, um einen kritischen Blick auf seinen Rücken zu werfen.

»Ich hätte nicht gedacht, dass du so stark zuschlägst, meine Schöne«, maulte Markus. »Sonst hätte ich Wanda gebeten, dich nicht an mir üben zu lassen.«

»Du hast mich gebeten, die Regie zu übernehmen, mein Lieber«, lächelte Wanda. »Und ich versichere dir, ich hätte deine kleine Freundin auf jeden Fall mit einbezogen. Wer mit Feuer spielt, muss mit Brandwunden rechnen. Stell dich nicht so an. Sie hat ihre Sache erstaunlich gut gemacht.« Sie wandte sich mir zu. »Vielleicht ein klein wenig mehr Enthusiasmus mit der Peitsche ...«

Markus schnaubte. Aber Wanda fuhr ungerührt fort.

»Wenn du jemanden schlägst, musst du dir immer bewusst sein, dass er genau das möchte. Er will keine Zärtlichkeit, keine Sanftheit – er will Schmerzen. Du tust ihm keinen Gefallen, wenn du zögerlich herumspielst. Natürlich hattest du Bedenken, ihn zu verletzen. Das ist sehr unwahrscheinlich, glaube mir. Nicht bei dieser *Light*-Version von Peitsche. Manche meiner Kunden verlangen ganz andere Dinge als diese Kinderspielchen eben und es ist noch jeder auf seinen eigenen Beinen die Treppe wieder hinaufgestiegen.«

Mit diesen Worten warf sie uns zwei Bademäntel zu und verließ in königlicher Haltung das Schlachtfeld. Am liebsten wäre ich ihr hinterhergerannt. Ich mied Markus' Blick und tat, als inspiziere ich die Peitschenkollektion, während ich mich schleunigst in den flauschigen Stoff vergrub. Nach dem Schauspiel eben war es mir entsetzlich peinlich, wieder mit ihm zu sprechen. Es hatte durchaus Momente gegeben, in denen das Klatschen der Lederschnüre, der Geruch von seiner Haut – schweißig und unverwechselbar – mir ein sensationelles Gefühl von Überlegenheit vermittelt hatten. Ich wollte es nicht näher analysieren. Es war etwas Fremdes und kam doch aus meinen eigenen Untiefen. Es war zwar nur ein kleiner Schritt, aber er öffnete mir den Blick auf einen Weg, den ich immer geglaubt hatte nie verstehen zu können. Es war mir noch nie begegnet. Jetzt sah ich seine schattenhaften Umrisse im Nebel und ich mochte es nicht. Ich wollte nicht, dass es näher kam. Es machte mir Angst. Markus schien eine Vorstellung von meiner Verunsicherung zu haben. Er zog mich an sich, legte beide Arme um mich und schwieg. Ich bohrte meine Nase in seinen Kragen, roch seinen Duft und ließ mich halten. Es tat gut.

»Machst du so etwas öfter?«

Meine verfluchte Neugier. Ich wagte fast zu hoffen, er hätte mich nicht gehört, aber ich spürte seine Brust vor unterdrücktem Lachen zittern.

»In dieser Sparte bin ich nur Zaungast, aber hin und wieder – zur Abwechslung, wieso nicht? Sag bloß, es hat dir keinen Spaß gemacht?«

Spaß? Der Begriff schien mir nicht angemessen. Konnte Markus wirklich alles so an sich abprallen lassen oder schützte er diese Oberflächlichkeit nur vor? Andererseits hatte auch Wanda die ganze Show als Kinderspiel abgetan. War ich vielleicht zu prüde? Das dunkle Etwas in mir passte nicht dazu.

»Möchtest du es nicht einmal von der anderen Seite probieren?«, fragte Markus. »Ich meine, von der wirklich devoten. Nur um zu sehen, wie es sich anfühlt. Ich verspreche, dich nicht zu schlagen, wenn du es nicht willst. Komm, ich würde dich gerne einmal so sehen.«

Seine schmeichelnde Stimme lullte mich ein. Ich widersetzte mich seinen bittenden Händen nur schwach. Der Wolf mit seinem untrüglichen Instinkt hatte alles bereits erspürt und schnell seinen Vorteil genutzt. Meine Handgelenke verschwanden im Nu in den breiten Manschetten und – klick, klick – waren sie an den Wandhaken über meinem Kopf eingehängt. Ich stand vor der Wand wie zur Opferung, beide Arme hoch über meinem Kopf. Als er nach dem Lederhalsband griff, schüttelte ich den Kopf. Das würde ich nicht mitmachen.

»Gut, nur zur Zierde. Ich kette es nicht an.«

Ich hielt still, als das von seinem Schweiß feuchte Leder sich um meinen Hals schlang. Im ersten Moment fröstelte ich, aber das Material nahm rasch meine Hauttemperatur an. Markus hatte sein Versprechen gehalten. Es saß locker und engte weder meine Atmung noch meine Bewegungsfreiheit ein, aber ich konnte mir die Wirkung vorstellen, wenn es eng gezogen wurde. Markus war vor mir niedergekniet und kettete meine Fußgelenke in gespreizter Position an eine Eisenstange. Dann stellte er sich einen Meter entfernt vor mir auf und betrachtete mich in aller Gemütsruhe, die Hände in den Taschen vergraben, ein zufriedenes Grinsen auf den Lippen.

»Genau die richtige Pose für ein Märtyrer-Thema. Ich hätte dir den Bademantel ausziehen sollen, aber dann würdest du dir deinen zarten Hintern an der Mauer aufschürfen.«

Er zeichnete meine Umrisse, am üppigen Faltenwurf entlang, mit beiden Händen nach. Seine Finger waren angenehm warm. Ich reckte mich ihnen entgegen, wollte gestreichelt werden. Neckend kniff er mich in die Brustwarzen und trat wieder zurück.

»Lenk mich nicht ab! Ich wollte dir doch die Ausstattung vorführen.« Dabei machte er eine Geste quer durch die Folterkammer. »Die Hände kann man ganz verschieden befestigen. Momentan bist du in der obersten Position. Das ist nicht so gut für den Kreislauf, deshalb werden wir dich jetzt etwas tiefer ketten. In Schulterhöhe geht *alles*.« Er demonstrierte mir die Extreme und wählte dann eine relativ bequeme Stellung auf halber Höhe. »Beim Halsband kann man vor allem die Breite und die Enge variieren. Das Ding an den Füßen ist ganz raffiniert. Schau, diese Metallstange kann ausgezogen werden.«

Mit einem kräftigen Ruck zog er sie auseinander. Das gesamte Körpergewicht ruhte schmerzhaft auf den Fußseiten. Die Muskeln in den weit gespreizten Beinen begannen zu protestieren. Markus schob die Stange wieder zusammen und wandte sich der Wand mit den Peitschen zu.

»Wanda besitzt eine riesige Kollektion. Ich glaube, sie hat für jeden Stammkunden ein eigenes Gerät.«

In zwei langen Reihen hingen mindestens fünfzig verschiedene Modelle und keines glich dem anderen. Die meisten waren aus Leder, dunkel und speckig glänzend. Die Griffe wiesen größere Unterschiede auf: Es gab sogar hölzerne mit Schnitzereien – Penisse, Gesichter, Tierdarstellungen. Die Ledergriffe waren meist geflochten, nur eine besonders bizarre Peitsche besaß einen Tierschädel am Ende. Länge und Anzahl der Schnüre variierte jeweils. Eine hässliche Bullenpeitsche mit Gebrauchsspuren, die mir Gänsehaut verursachte, war mindestens zwei Meter lang.

»Irgendwo hat Wanda doch ihre Dildos ...«

Markus zog eine Schranktür auf und präsentierte die Sammlung wie ein Schmuckverkäufer. Eine riesige Auswahl. Auch hier spiegelten die Formen die unerschöpfliche Fantasie des Menschen wider. Ungläubig starrte ich auf die Skulptur eines Männerarmes, der in einer Faust endete, und versuchte mir vorzustellen, was man mit diesem Riesending überhaupt anfangen konnte. Markus verfolgte meinen Blick und grinste.

»Frag mich nicht, wie man das anstellt. Wenn Wanda etwas redseliger wäre, könnte sie sicher Wahnsinnsgeschichten erzählen.«

Im Schrank fanden sich diverse Elektroklemmen samt Anschlusskabeln für alle möglichen Körperteile und -öffnungen. Manches Fach wirkte eher wie die Auslage eines Haushaltswarengeschäfts oder einer Eisenwarenhandlung. Zwicken und Kneifen schienen sehr gefragt zu sein. Ich ermüdete in meiner Lage und bat Markus, mich loszubinden. Er warf mir einen nachdenklichen Blick zu und schlenderte sehr langsam auf mich zu. Sein Augenausdruck gefiel mir nicht besonders.

»Mach schon, mir schlafen die Arme ein. Und es drückt an den Füßen.«

»Was würdest du machen, wenn ich es nicht täte? Du gefällst mir nämlich gut so. Solltest dich mal sehen.«

Die raue Stimme verstummte und Fingerspitzen begannen, meine exponierten Brüste zu streicheln. Meine Nippel reagierten in Sekundenbruchteilen. Davon ermutigt, begann er, mir mit zarten, kurzen Pinselstrichen Hals und Schultern zu lecken, während seine Hände fester zupackten. Das vertraute Kribbeln setzte unmittelbar ein und ich schloss die Augen, um mich auf seine Berührungen zu konzentrieren. Ich schreckte genauso zusammen wie er, als Wandas Stimme plötzlich vorwurfsvoll sagte:

»Es reicht, Markus. Übertreib's nicht. Sie ist zum ersten Mal hier. Elise wartet im Massageraum auf dich. Geh schon, ich kümmere mich um deine Freundin.«

Wie ein gescholtener Schuljunge machte Markus sich aus dem Staub. Wanda band mich los, zog mir mit einer fürsorglichen Geste meinen Bademantel zusammen und begleitete mich in den Raum, in dem Sophia mich vorher eingekleidet hatte. Dort wies sie auf einen wunderschön bemalten Wandschirm, hinter dem ich mich wieder in mein altes Ich verwandeln konnte. Der Paravent war so niedrig, dass ich Wanda beobachten konnte, während ich mich umzog. Sie sank anmutig auf einen zerbrechlich wirkenden Gobelinsessel am Fenster. Ihre Augen schweiften über die Gartenanlagen. Für eine Frau ihrer Profession fand ich ihre Damenhaftigkeit befremdend. Sie wurde mir aber mit jedem Augenblick sympathischer.

»Hat Markus Ihnen meine Arbeitsgeräte vorgeführt?«

Aha, wir waren wieder beim förmlichen »Sie«. Ich brummte zustimmend und hoffte, dass er damit nicht gegen ein ungeschriebenes Gesetz verstoßen hatte.

»Die Peitschen faszinieren ihn immer wieder. Er hat einen starken Hang zur Theatralik. Fesseln und Schlagen ...« Sie lachte, wohl über eine Erinnerung. »Aber die Demut ist seine Sache nicht. Er liebt es, nur so zu tun als ob, verstehen Sie? Würde man es sportlich ausdrücken, könnte man sagen: Ich spiele in der Oberliga – und er ist bestenfalls Amateur. Ich hätte euch beide noch viel weiter treiben können, aber damit hätte ich euch keinen guten Dienst erwiesen. Wirkt der Kick bei Ihnen, Amanda? Sie reagieren schnell, ich habe es gemerkt.«

Wie peinlich. Ich war froh, hinter meinem Paravent zu stehen und bückte mich nach meinen Schuhen. Wanda sprach weiter, wie zu sich selbst.

»Schmerz und Angst – beides stimuliert wirkungsvoll. Wussten Sie, dass der Adrenalinausstoß durchaus mit dem beim Sport vergleichbar ist? Man kann süchtig danach werden – wie ein Jogger nach seinem Endorphin.«

Wollte sie mich warnen? Und wenn ja, vor Markus oder vor mir? Ich trat hinter dem Schirm hervor. Sie erhob sich und ging mir voraus auf die Terrasse. Die Sonne war bereits untergegangen; das diffuse Licht reichte gerade noch aus, um die Sitzgruppe zu erkennen. Markus lümmelte bereits auf einem der Sessel und trank etwas Dampfendes. Als er uns kommen sah, blitzten seine weißen Zähne im Dämmerlicht auf.

»Können wir uns noch etwas bei dir stärken?«

Wanda blickte auf ihre goldene Armbanduhr.

»Tut mir Leid, Markus. Ich erwarte noch weitere Gäste. Sag das nächste Mal eher Bescheid, dann halte ich mir den ganzen Abend frei.«

Markus sprang auf, griff sich noch ein belegtes Brötchen und küsste Wanda herzlich auf die Porzellanwange.

»Danke für alles, du bist ein Schatz.«

Ich wurde im Laufschritt durchs Haus und in den Wagen dirigiert, der unterhalb der Freitreppe auf uns wartete. Ich hoffte, einen Blick auf das nächste Straßenschild werfen zu können, aber meine Absichten wurden vereitelt. Markus setzte mir wieder die Maske auf. Ich hatte keine Chance, einen Blick hinauszuwerfen. Während der Fahrt verrutschte die Schlafbrille einmal. Im Scheinwerferlicht eines entgegenkommenden Autos fiel mein Blick durch einen Sehschlitz auf meinen Ehering.

Etwa auf halber Strecke durfte ich die Maske abnehmen. Wir machten Halt in einem romantisch beleuchteten Biergarten und bestellten einen großartigen Fischteller, den wir beide – in Gedenken an unsere erste Begegnung – unter anzüglichen Bemerkungen vertilgten. Später setzte Markus mich wieder an »unserer« Ecke ab. Ich war schon ausgestiegen, als er mir nachrief:
»Warte einen Moment. Das hat mir Wanda für dich mitgegeben. Zur Erinnerung, du wüsstest schon ...«

Er drückte mir eine schwere Plastiktüte in die Hand. Ich beherrschte meine Neugier und war so gemein, die Tüte ungeöffnet mitzunehmen. Ich wollte lieber alleine nachschauen, was Wanda für ein passendes Erinnerungsstück hielt. Sämtliche Fenster meiner Nachbarschaft tarnten sich in unbeleuchteter Unschuld, aber ich wusste es besser. Eine alte Bäuerin hatte mir einmal folgende Geschichte erzählt:

Als sie frisch verheiratet in die Familie ihres Mannes aufgenommen wurde, hatte eine Großtante sie beiseite genommen und ihr vertraulich zugeflüstert: »Kind, eins musst du wissen – und denk immer daran: hier haben Feld und Wiesen Ohren.«

Dieser morphologische Zustand traf auch auf meine Siedlung zu. Und man kämpft besser nicht gegen Naturgesetze. Also bedankte ich mich laut und deutlich bei Markus für den schönen Abend und knallte die Autotür zu. Hoch erhobenen Hauptes winkte ich im Geiste meinem Publikum zu und verließ die Bühne. Kaum war die Haustüre hinter mir zugefallen, kümmerte ich mich um Wandas Überraschungstüte. Ein Blick hinein zeigte mir mehrere in Zeitungspapier eingewickelte Päckchen. Sechs Stück in der Größe von Halbpfundbroten. Ich entfernte behutsam das bröselige Papier. Zum Vorschein kamen Pflanzenbüschel. Als Erstes das schwarze Gras, das ich so bei ihr bewundert hatte. Die anderen Päckchen enthielten Ableger der Schokoladenblumen und – ich hatte richtig vermutet – dunkelviolette Heliotroppflanzen. Ihr schwüler Vanilleduft breitete sich aufdringlich in der Küche aus. Wie wunderbar von Wanda. Ich wickelte alles wieder ein, damit es nicht austrocknete und legte es vor die Terrassentür, damit es kühl lagerte.

An diesem Abend stand ich mindestens eine halbe Stunde unter der heißen Dusche. Das Wasser sprudelte an mir herab, die Dampfschwaden füllten die Kabine mit dichtem Nebel und meine Haut begann zu glühen. Trotzdem konnte ich mich nicht dazu aufraffen, das Wasser abzustellen. Noch vor kurzem hätte ich die bloße Andeutung, ich könne Folterkammern erregend finden, empört zurückgewiesen. Mied ich nicht deshalb Action- und Horrorfilme, weil ich die Grausamkeiten abstoßend fand? Wieso hatte die Atmosphäre absoluter Macht über Schmerz und Lust mich so gefangen gehalten, ja geradezu korrumpiert? Zum ersten Mal dachte ich über meine Grenzen nach. Schon jetzt befand ich mich an einem Punkt, an dem ich mich keinem Menschen in meiner näheren Umgebung mehr anvertrauen konnte. Das einzig Vernünftige wäre gewesen, die Affäre sofort zu beenden. Aber das brachte ich nicht fertig. Bereits die teils lustvolle, teils ängstliche Erwartung erneuter Treffen beschleunigte meinen Puls. Markus' Spiele hielten mich in einem Netz aus Lust, Angst, Erwartung und Ungewissheit fest. Und so kam es, dass ich mich weiter darauf einließ. Oh ja, natürlich würde ich die Sache beenden – bald, aber nicht jetzt.

Angst vorm Fliegen

Am späten Vormittag ging ich auf die Knie. Um meinen leider recht mickrigen *Bishop of Llandaff* herum rodete ich mit Genuss die geradezu ordinär stinkenden Tagetes in giftigem Gelb, die ich im Frühjahr von Frau Stegmaier großzügig über den Zaun gereicht bekommen hatte. Weil sie doch so schön zu meiner roten Dahlie passten. Ich würde die Schnecken als Schuldige vorschieben, sollte sie sich nach ihrem Verbleib erkundigen. Das Pflanzergebnis wirkte bedeutend distinguierter, vielleicht eine Spur zu düster. Ich würde es mit Schleierkraut oder ein paar kleinblütigen, weißen Pelargonien aufhellen. Heute aber nicht mehr. Wie immer war mir im Garten die Zeit davongelaufen.

Markus hatte sich für den Nachmittag mit mir verabredet, recht geheimnisvoll. Auch bohrendes Nachfragen führte zu keinem Ergebnis und so beschloss ich, mich trotz leiser Bedenken überraschen zu lassen. Ich sollte Jeans und Sportschuhe anziehen. Alles andere als ein Sportfan hoffte ich inständig, dass er nicht etwas Schweißtreibendes geplant hatte. Ich suchte meine leichteste Sommerjeans aus der noch nicht gebügelten Wäsche. Ein Paar Sportschuhe fand ich bei meiner Tochter. Sie hatte sich strikt geweigert, »die alten Treter« in die Ferien mitzunehmen. Auch bei der Unterwäsche verzichtete ich auf Frivolität und suchte aus den hinteren Schubladenbereichen mein belastbarstes Modell heraus. Der Wetterbericht hatte einen traumhaften Tag versprochen. Trotzdem nahm ich ein Flanellhemd für den Abend mit.

Markus holte mich direkt vor der Haustür ab. Diesmal nicht mit dem geliehenen Angeberschlitten, sondern mit seinem alten VW. Wir fuhren in die gestrige Richtung.

»Fahren wir wieder zu Wanda?«, wollte ich wissen.

Er lachte. »Hast du noch nicht genug? Nein, zweimal das Gleiche hintereinander wäre doch langweilig.«

Er blinzelte mir verschwörerisch zu und tätschelte meinen Schenkel. Ohne Vorwarnung bremste er plötzlich und fuhr auf einen durch ein blaues Schild ausgewiesenen Wanderparkplatz. Wenn Markus jetzt tatsächlich spießig-sportliche Aktivitäten im Sinn hatte, schoss es mir durch den Kopf, konnte er sich alleine die Seele aus dem Leib rennen. Darauf hatte ich keine Lust. Er machte keine Anstalten auszusteigen, sondern kramte hinter seinem Sitz herum. Er zog ein Päckchen hervor und wandte sich damit mir zu. Im ersten Moment erwartete ich eine Spielart von Autosex am hellichten Tag. Er umfing mein Gesicht mit beiden Händen und ich schloss die Augen in der Erwartung, geküsst zu werden. Er strich leicht und zärtlich mit geschlossenen Lippen über meinen Mund und schüttelte mich dann leicht.

»Dafür haben wir jetzt keine Zeit, meine Schöne. Vertraust du mir?«

Sein Tonfall beunruhigte mich. Ich riss die Augen auf und starrte ihm ins Gesicht. Es verriet keine Gefahr. Die grauen Augen waren gegen die Sonnenstrahlen leicht zusammengekniffen, der Mund entspannt. Auf dem Nasenrücken schälte sich ein kleiner Sonnenbrand. Er hatte sich frisch rasiert, die Haut war noch leicht gerötet. Er strich sich eine dunkle Haarsträhne aus der Stirn und hob in stummer Wiederholung seiner Frage die Brauen. Ich nickte, strich ihm mit zwei Fingern über die Wange. Er fing sie ein, küsste sie flüchtig und drückte dann einen Kuss in meine Handfläche.

»Danke, Amanda. Setz die Maske auf und atme tief ein.«

Er zog eine Atemmaske hervor und hielt sie mir über Nase und Mund. Er wollte mich betäuben! Unwillkürlich versuchte ich, das Gerät wegzuschlagen, doch er war stärker. Es ging unvorstellbar schnell. Es ging schneller, als ich es verstehen konnte. Da war nur noch Schwärze und Nichts. Es war nicht wie Einschlafen. Ich glitt nicht etwa langsam hinüber, wie auf einem Segelboot auf einer ruhigen Wasserfläche. Die Betäubung war mehr wie ein freier Fall, abrupt, schlagartig. In einem Moment war ich noch voll da – im nächsten war ich ausgelöscht.

Das Schockierende der Situation wurde mir erst bewusst, als ich wieder wach war. Mein Bewusstsein kehrte genauso schlagartig wieder, wie es sich aufgelöst hatte. Ich lag auf dem Rücken, mein trüber Blick fiel auf eine Metallkuppel über mir. Der Boden unter mir vibrierte, schüttelte mich kräftig durch. Träumte ich, halluzinierte ich? Wo war ich? Vorsichtig drehte ich den Kopf zur Seite. Das ging gut. Die Umgebung schien real zu sein. Ich konnte sie bloß nicht einordnen. Wie bei diesen Rätselbildern, auf denen ein Ausschnitt so verfremdet wiedergegeben wird, dass man das ganze Motiv nie errät. Mein Blick wanderte von rechts nach links, dann in Richtung meiner Füße. Und plötzlich fielen mir die berühmten Schuppen von den Augen: Ich lag in einem Flugzeug auf dem Boden. Ich erinnerte mich an die Maske in Markus' Händen. Genau, wo war er? Meine Güte, was hatte er heute mit mir vor? Langsam setzte ich mich auf. Abgesehen von meiner mentalen Verwirrung ging es mir gut.

Durch eine geöffnete Schiebetür linker Hand konnte ich Markus in ein Gespräch vertieft sehen – mit einem drahtigen, kleinen Mann im Overall. Sie standen auf einer Rasenfläche. Wir flogen also nicht. Die beiden schienen sich gut zu kennen. Der Kleine lachte, klopfte Markus auf die Schultern und verschwand aus meinem Blickfeld. Markus sah in meine Richtung und kam rasch zu mir ins stehende Flugzeug geklettert.

»Was hast du vor?«, schrie ich. »Wieso hast du mich betäubt? Bist du wahnsinnig?«

Sein Grinsen hätte man gemein nennen können.

»Hat Wanda dir nicht erzählt, dass Schmerz und Angst austauschbar sind? Du erträgst Schmerz nicht gerne und ich möchte dir keinen zufügen. Angst ist besser, *viel* besser. Du wirst später deinen Enkelkindern davon erzählen können.«

»Wovon sprichst du?«

»Ich nehme dich auf einen Tandemsprung mit. Ich bin ein alter Hase. Aber für dich dürfte es aufregend werden.«

Ich sank wieder rücklings zu Boden und brach in schallendes Gelächter aus. Da hatte er sich aber geschnitten! Ich vertrage Höhe überhaupt nicht. Schon auf Aussichtstürmen wird mir schwindlig. Mehr als drei Meter über dem Boden sind bei mir nicht drin. Höher bringen mich keine zehn Pferde. Ich richtete mich wieder auf und machte Anstalten auszusteigen.

»Spring allein, ich warte hier auf dich. Das mache ich nicht mit.«

Ehe ich es mich versah, lag ich ausgestreckt auf dem Rücken, Markus in ganzer Länge auf mir. Unbeirrt fuhr er fort:

»Ich habe dir eine Spritze gegen Übelkeit gegeben.«

Ich erstarrte.

»Du hast was? Was hast du mir sonst noch verabreicht?«

»Nichts. Nur das Gas und die Spritze.«

»Ich will hier raus!«

»Nein.«

Ich bekam Panik.

»Schrei ruhig, es hört dich doch keiner bei dem Motorenlärm. Und Heinz wird nicht eingreifen. Mit dem ist alles abgesprochen.«

Der Lärm hatte zugenommen, ebenso das Gerüttel. Ich konnte das Ganze immer noch nicht glauben, aber Markus lag wie ein Felsblock über mir und verhinderte jeden Fluchtversuch. Ich unternahm verzweifelte Anstrengungen, ihn abzuschütteln. Ich brüllte wie am Spieß, beschimpfte ihn, versuchte mein Knie hochzuziehen und in seinen Schritt zu rammen. Es war mir egal, ob ich ihm wehtat. Ich hätte ihn auch gebissen, wenn er mir nicht den Mund mit seinem verschlossen hätte, meinen Kopf gegen einen Hartplastikrost gepresst. Eine plötzliche Veränderung ließ mich den ungleichen Kampf aufgeben. Das Schütteln und Hoppeln hatte aufgehört. Die Maschine lag ruhig wie ein Brett. Allerdings in Schieflage. Wir flogen. Markus rührte keinen Muskel, sah mir nur triumphierend in die Augen.

»Mistkerl! *Ich* bleibe hier liegen. Irgendwann werden wir ja landen müssen.«

»Das könnte dir so passen. Sobald wir waagerecht fliegen, ziehst du deinen Sprung-Overall an.«

Er erhob sich und griff nach einem Anzug in knalligem Orange. Er zog ihn über seine Kleidung, setzte sich und tauschte die leichten Segeltuchschuhe gegen ein Paar martialisch wirkende Springerstiefel aus. Ich begann ihn zu hassen.

»Ich habe keine Stiefel«, unternahm ich einen kläglichen Versuch.

»Ich federe dich mit ab.«

Ich hielt still, als er auch mich in meinen Overall steckte, wie man eine Puppe anzieht. Ich schloss die Augen und nahm mir vor, mich in einen geistigen Zustand zu versetzen, in dem mir alles egal wurde. Sich einfach auf etwas konzentrieren, das nichts mit der Gegenwart zu tun hatte. Verzweifelt bemühte ich mich, die nötige Konzentration für mein nächstes Geburtstagsmenü aufzubringen.

Meine künstliche Gelassenheit war in dem Augenblick wie weggeblasen, in dem Markus weiter vorne die Flugzeugtür aufriss. Mein schriller Schrei und die angstgeweiteten Augen lenkten ihn einen Moment ab. Ein kurzer Blick an ihm vorbei, auf die Wolkenschleier hinter ihm, und ich drehte mich schaudernd auf den Bauch, das Gesicht in den Armen vergraben. Sein Griff an meiner Schulter bewirkte nur, dass ich mich in den Plastikrost krallte und versuchte, mit ihm zu verschmelzen. Er zog mich hoch und hakte meinen Gürtel irgendwo an der Wand fest.

Hysterisch packte ich ihn am Oberarm und versuchte, ihn zur Vernunft zu bringen. Verblüfft musste ich feststellen, dass meine Zähne so sehr klapperten, dass ich nicht verständlich sprechen konnte. Markus tätschelte mir achtlos die Wange und hantierte mit seinem Rucksack, in dem der Fallschirm steckte. Das Zittern schüttelte meinen ganzen Körper, als Markus uns zusammenhakte und mich mit unnachgiebigem Griff an die Luke zog.

»Schau mal, sieht das nicht aus wie im Traum?«

Ja, wie im Albtraum. Der Wind pfiff eiskalt. Wir flogen über Wolkenfetzen. Mein Blick fiel auf die Erde unter uns: Felder, Wasserläufe, Straßen, winzige Bäume und Autos.

»Achtung? Los!«

Ich fiel in eine Art Angststarre, kniff beide Augen fest zu und hielt den Atem an. Ich ließ die Lider fest aufeinander gepresst, bis ich auf einmal einen gewaltigen Ruck verspürte. Wir wurden wieder nach oben gerissen. Dann fielen wir erneut. Nein, wir segelten. Ich riskierte einen Blick und sah sattes Grün auf mich zukommen. Boden, Erde!

Ich ließ mich einfach fallen, krallte mich in die weichen Grasbüschel, achtete nicht auf die Disteln. Ich küsste den Boden geradezu – mit einer Inbrunst, die den Papst in den Schatten stellte. Ich drückte jeden Zentimeter meines Körpers in die handfeste Natur, atmete tief den vertrauten Erdgeruch. Fester Boden unter den Füßen! Markus zog mich hoch, öffnete den Reißverschluss meines Overalls und schälte mich aus dem grässlichen Ding.

»Na, meine Schöne, war es so schlimm, wie du es dir vorgestellt hast?«

Was für eine Frage. Irgendwo in mir brach ein Damm. Ich rastete total aus. Die ganze zivilisierte Tünche meiner Erziehung und Kultur brach auf wie eine Gipsschale und ich war nur noch primitive Kreatur. Eine *wütende* primitive Kreatur. Meine Hände fuhren krallenartig in sein Gesicht. Als er sie in einer instinktiven Abwehrreaktion abfing und festhielt, biss ich ihn kräftig in den Unterarm, trat gegen seine Schienbeine. Es war mir egal, wo ich ihn traf. In meiner rauschhaften Wut hätte ich auch ein Messer benutzt, wenn ich eines gehabt hätte.

»Na schön, wenn du es so willst!«

Mit einem geschickten Beinhebel brachte Markus mich zu Fall und ich knallte unsanft ins Gras. Während ich noch nach Atem rang, öffnete er meine Jeans und zog sie mir bis zu den Knien herunter. Ich versuchte, mich wegzurollen, aber er war schneller, kniete sich über mich und riss mit einem brutalen Ruck mein Hemd auseinander. Die Knöpfe sprangen in alle Richtungen. Den BH schob er nur hoch, setzte sich auf meine Oberschenkel und atmete heftig aus. Seine Augen wurden dunkel, als er mich so musterte.

»Gibst du auf?«

Meine Antwort konnte er gerade noch abfangen. Ich hatte mit meinen Fingernägeln auf seine Augen gezielt. Diesmal wurde er echt wütend. Seine Wolfsaugen wurden zu schmalen Schlitzen, seine zurückgezogenen Lippen gaben die bleckenden Eckzähne frei. Er packte meine Handgelenke, ohne darauf zu achten, ob er mir wehtat, und zog sie mir weit über den Kopf. Sein schwerer Körper quetschte mich flach auf den harten Erdboden und sein Mund presste sich so stark auf meinen, dass seine Zähne sich in meine Lippen gruben. Seine Zunge drang in mich ein, füllte meine Mundhöhle, ließ mir kaum Atem. Ich schmeckte Blut, süßlich und salzig zugleich.

Ein Schauer überlief mich und ich drückte meinen Unterleib gegen sein Becken. Ich wollte ausgefüllt werden, ihn ganz in mir haben, einfach nur primitiv genommen werden, hemmungslos und ohne Rücksicht. Mein Körper bäumte sich fordernd unter seinem auf. Der Kuss wurde eine Spur sanfter. Seine Hüften begannen, sich an meinen zu reiben. Er hatte meine Hände losgelassen und sie glitten in fiebernder Gier über seine Flanken und den Rücken, frustriert, weil sie nur abweisenden Stoff fanden. Seine Finger fuhren zwischen meine Schenkel. Er grunzte zufrieden, als sie durch die Feuchtigkeit glitten. Zwei Finger fanden den Weg in meine heiße Höhle und ich wand mich stöhnend, jeden Kontakt auskostend. Ich bettelte um mehr. Meine Hosen hingen mir inzwischen um die Fußknöchel, ich konnte die Beine zwar hochziehen, war aber in meiner Bewegungsfreiheit eingeschränkt. Er wandte sich kurz ab und streifte ein Kondom über seinen riesigen Schwanz. Er warf sich auf mich und drang ohne Zögern, ohne zärtliche Vorbereitung mit einem tiefen Stoß, mit seiner ganzen Länge, in mich ein. Ich stieß einen kehligen Laut aus. Er biss mich in den Hals und begann, mit geschlossenen Augen zu hämmern. War es das Animalische oder die ungewohnte Beinfessel? Der Orgasmus überfiel mich unerwartet. Mein ganzer Körper spannte sich fast unerträglich an und die Spasmen waren so heftig, dass sie Markus mitrissen. Er kam mit einem heiseren Schrei, den Kopf zurückgebogen in einer Agonie der Lust.

In gesättigtem Zustand wurde sein Gewicht zu einer Last. Er schien es zu spüren, rollte sich auf den Rücken und zog mich auf sich. Wir schwiegen beide. Die Sonne schien warm auf meine Hinterbacken. Markus hielt mich fest umschlungen, mein Gesicht an seinem Hals. Wir dösten vor Erschöpfung ein.

Leider entdeckte irgendwann eine hartnäckige Fliege meine Kehrseite als Sonnenplatz und riss uns mit ihrer Impertinenz aus unserer Trägheit.

»Wenn du keine Einwände tierschützerischer Art hast, dann erschlage ich das Vieh.«

Markus' Augen blieben zwar geschlossen, doch ich spürte seine Muskelanspannung, als er langsam beide Hände hob, um laut klatschend auf meinen Pobacken zu landen.

»Aua! Ich hoffe für dich, dass du sie erwischt hast.«

Als Antwort hielt er mir die zerquetschte Fliege unter die Nase. Ich schüttelte mich.

»Sei nicht so lächerlich empfindlich, meine Schöne. Das ist alles Natur. Ekel liegt ganz allein im Auge des Betrachters. Unsere Ahnen haben sich noch mit den Raubtieren ums Aas gestritten.«

Plötzliches Motorengeräusch riss ihn aus seinem Naturkunde-Vortrag.

»Mist, den habe ich ganz vergessen. Wenn du meinen Freund Heinz nicht mit dem Anblick deines nackten Prachthinterns erfreuen willst, ziehst du dich besser an.«

Er hatte gut reden. Erst riss er mir auf freiem Feld die Kleider vom Leibe und dann sollte ich sie genauso schnell wieder in Ordnung bringen. Er rollte sich geschickt unter mir hervor und hockte sich vor mich hin, um seine Stiefel neu zu binden. Ich schaffte es gerade noch, die Hosen hochzuziehen. Das Hemd musste ich – in Ermangelung von Knöpfen – vorne provisorisch zusammenhalten.

Heinz grinste und zwinkerte mir zu, als er mit quietschenden Reifen vor uns stoppte und aus dem Wagen sprang. Es war klar, was er dachte.

»Habt ihr euch gut die Zeit vertrieben? Da hätte ich mich ja gar nicht so beeilen brauchen, was?«

Es erwies sich als nicht so einfach, in einigermaßen würdevoller Pose meine Frontseite bedeckt zu halten. Kurz entschlossen drehte ich den ungeniert glotzenden Herren den Rücken zu und verknotete mein Hemd unter der Brust. Jetzt hatte ich wenigstens die Hände frei. Heinz grinste immer noch anzüglich, wandte sich dann aber an Markus.

»Wenn du willst, könnt ihr noch einen Sprung machen. Ich fahre euch schnell zum Flugplatz und …«

»Nein!«

Mein Schrei ließ ihn mitten im Satz innehalten.

»Aber das ist eine tolle Gelegenheit. Normalerweise muss man …«

»Nein.«

Meine Augen versenkten sich in seine und wir fochten einen stummen Zweikampf aus. Ich war entschlossen, unter keinen Umständen noch einmal solch ein grässliches Flugzeug zu betreten. Gut, wir hatten den wildesten Sex gehabt, den ich je erlebt hatte. Es war unglaublich gewesen, diese Wildheit, diese primitive Explosion. Mir zitterten immer noch die Beinmuskeln und in meinem Inneren pochte es triumphierend. Aber genug war genug.

»Danke, Heinz«, sagte Markus. »Ich schätze, für eine Anfängerin genügt die Erfahrung erst einmal.«

Als ich erleichtert den angehaltenen Atem ausstieß, merkte ich erst, wie sehr ich mich verkrampft hatte. Angst als Aphrodisiakum mochte ja durchaus wirksam sein. Aber das Adrenalin, das derzeit durch meine Adern strömte, würde mich noch für Stunden unter Strom setzen. Mein kräftiger Herzschlag und eine ausgeprägte Nervosität versicherten mir das.

»Wie ihr meint. Dann packen wir hier ein und ich fahre euch zu eurem Wagen.«

Mühsam verkniff sich Heinz eine anzügliche Bemerkung, aber ich konnte sie in seinem Gesicht ablesen, als er sich bückte, um unsere in größter Hast abgestreiften Overalls einzusammeln. Ich überließ die Logistik den Herren und sah mich noch ein letztes Mal ganz bewusst um. Diesen Platz wollte ich im Gedächtnis behalten. Ein harmlos-idyllisches Tal an einem Bilderbuch-Sommertag. Kopfschüttelnd nahm ich das Grillengezirpe, das Summen der umherschwirrenden Insekten, das Durcheinander der Vogelstimmen in mich auf. Ich konzentrierte mich auf das Wärmegefühl der Sonne auf den nackten Hautpartien. Ein Hauch von Wind, gerade stark genug, um einzelne Haare zu bewegen. Für einige Momente war ich ein Teil der Natur gewesen – nicht mehr denkender Mensch, sondern nur noch Nerven und Muskeln, die auf ein einziges Ziel zustrebten. Instinktgetrieben. Ich schüttelte den Anflug von Unbehagen ab und rieb mir über die Oberarme, auf denen sich der Hitze zum Trotz eine Gänsehaut gebildet hatte.

Später, als ich auf dem Beifahrersitz von Markus' Wagen saß, lehnte ich mich zurück und schloss die Augen.

»Bist du erschöpft oder sauer?«, fragte er vorsichtig nach.

Ich betrachtete sein Gesicht. War da eine Spur Sorge in seinem forschenden Blick? Sollte er sich doch ruhig ein paar Gedanken machen. Auf einmal packte mich eine unwiderstehliche Müdigkeit. Ich gähnte ihn löwenmäßig an – zu kaputt, um mir die Hand vor den Mund zu halten. Er lachte.

»Es soll ja vorkommen, dass man auf große Aufregungen mit Müdigkeit reagiert, aber deine Reaktionsgeschwindigkeit stellt alles in den Schatten. Halte noch ein bisschen durch, dann kannst du dich bei mir ausruhen.«

Seine große Hand tätschelte zärtlich mein Knie. Ich schlief nicht ein, verharrte aber in einem Kokon aus geistiger Abwesenheit, körperlichem Wohlbehagen und gedankenverlorener Sinnlichkeit. Von dem Parkplatz vor seiner Fabrik bis ins Atelier hinein ließ ich mich nahezu tragen. Ich sank auf die kühle, nach Waschmittel duftende Bettdecke. Im Halbschlaf registrierte ich, dass er mich aus meinen Kleidern schälte und meine schlaffen Glieder unter die Decke schob.

Dr. Medicus

Als ich am nächsten Morgen erwachte, hatte Markus bereits begonnen, im Atelier zu arbeiten. Davon wollte ich ihn nicht abhalten. Wir verabredeten, dass er mich gegen Nachmittag bei mir zu Hause abholen sollte. Er rief mir ein Taxi und ich bat den Fahrer wohlweislich, mich ein paar Straßenecken vor unserem Hause abzusetzen. Ich freute mich auf ein herzhaftes Frühstück, aber ich hatte vergessen, Brot zu kaufen und die Milch hatte einen Stich. Derart in den Alltag zurückgezwungen, marschierte ich widerwillig zum Einkaufen. Im Supermarkt erinnerte ich mich daran, dass Rüdiger in fünf Tagen heimkommen würde.

Fünf Tage noch, Annette, handelte ich mit mir. Fünf Tage, in denen ich nur an mich denken wollte. Dann musste die Sache ein Ende haben. Solange ich sie noch beenden konnte – denn ich musste mir eingestehen, dass ich allmählich süchtig nach Markus und seinen Spielchen wurde. Ich fühlte mich so lebendig wie seit Jahren nicht mehr. Jünger, mutiger, sinnlicher – es wurde gefährlich. Das Phantom Amanda war auf dem besten Wege, die vernünftige, praktische Annette zu einer Randfigur verblassen zu lassen. Wollte sie das? *Später*, vertröstete ich mich und verwies die leisen Stimmen in die hinterste Schublade meines Gewissens. *Später* würde ich alles in Ruhe überdenken und eine Lösung finden. Ich wollte das Geschenk dieser Tage bis auf den letzten Moment auskosten.

Beschwingt kramte ich ein gewagtes T-Shirt aus den Schranktiefen, das zu tragen ich noch nie gewagt hatte. Der spitze Ausschnitt endete ein paar Zentimeter über dem Nabel. Ich würde darauf achten müssen, mich auf keinen Fall zu weit nach vorne zu beugen.

Als ich zu Markus ins Auto stieg und er mich verschwörerisch anlächelte, trübten keinerlei Bedenken mehr meine Vorfreude. Was hatte er sich wohl heute ausgedacht? Neugierig fragte ich nach seinen Plänen. Ein Schatten huschte so kurz über seine Züge, dass ich glaubte, ich habe ihn mir eingebildet. Da blitzte schon wieder das wölfische Grinsen auf.

»Geduld, Geduld. Du wirst auf deine Kosten kommen. Zunächst muss ich allerdings noch einen kurzen Krankenbesuch machen. Es wird nicht lange dauern. Du kannst mitkommen und auf mich warten.«

Wir fuhren einige Zeit über Land, eine ruhige, von Verkehr kaum frequentierte Gegend. Schließlich bremste Markus an einer nach rechts abbiegenden Kiesspur. Auf dieser knirschenden Unterlage holperte der Wagen zwischen hohen Hecken langsam auf eine große Villa zu. Ich erhaschte einen Blick auf eine unauffällig angebrachte Bronzetafel, konnte auf die Schnelle aber nur das Wort »Klinik« entziffern. So ähnlich hatte ich mir immer die Sanatorien für alkoholabhängige Mitglieder der High Society vorgestellt.

»Du kannst in der Empfangshalle auf mich warten, wenn du möchtest. Das ist doch angenehmer als im Wagen, oder?«

Ich ließ mich nicht lange bitten, denn das vornehme Gebäude weckte meine Neugier. Markus strebte durch die kleine Parkanlage mit langen Schritten voran, wies im Foyer auf eine Sitzgruppe und wandte sich an eine streng wirkende Dame hinter einem Mahagoni-Tresen. Sie sprachen so leise, dass ich nur einzelne Worte verstehen konnte: Offenbar fragte sie ihn, ob er mit dem und dem Patienten verwandt sei. Der Wortwechsel ging zwischen den beiden hin und her. Sie höflich, aber unnachgiebig, er immer ungehaltener. Schließlich nahm sie einige Papiere aus einer Schublade und führte ihn durch eine Tür mit Milchglasscheibe hindurch, in einen angrenzenden Raum. Absolute Stille. Ich saß auf einem hübschen Samtsofa hinter einem

Sichtschirm aus Grünpflanzen und fühlte mich unsicher. Die Atmosphäre atmete vornehmen Scheintod. Um mich abzulenken, inspizierte ich den Zeitschriftenstapel auf dem niedrigen Couchtischchen vor meinen Knien. Keine Exemplare vom Lesezirkel, statt dessen die *Vogue*, die *Madame*, Golf-Magazine und einige Lifestyle-Blätter über Reisen, Zweit- und Dritthaus-Ausstattungen sowie Gourmettempel. Gerade informierte ich mich staunend über die Ferien-»Angebote« einer Ayurveda-Farm in Sri Lanka, als jemand zielsicher auf mein Refugium zustrebte.

»Da sind Sie ja. Kommen Sie bitte mit, Sie werden bereits erwartet.«

Die Bestimmtheit der zierlichen Schwester mit osteuropäischem Akzent schien mir eine ausreichende Erklärung für die etwas unpassende Nachricht. Sie trug eine strahlend weiße Kittelschürze und ein ebensolches flottes Häubchen auf den künstlich blondierten Locken. Markus hatte sie sicher geschickt, um mich zu holen. Ich legte die Hochglanzbroschüre auf den Tisch zurück und folgte dem Mädchen durch menschenleere Korridore. Entweder lief die Klinik nicht besonders oder alles lag hier in einer Art Dornröschenschlaf. Nicht eine der elegant-abweisenden Türen ließ einen Laut durchdringen, der auf einen Patienten hätte schließen lassen. Sämtliche Fenster an den Enden der langen Gänge standen offen und der warme Geruch eines Sommernachmittags überlagerte den Mix aus Desinfektionsmitteln, frisch gestärkter Wäsche und einem Hauch Kaffee.

Nach mehreren Richtungswechseln hatte ich die Orientierung verloren. So viele finanziell potente Klienten konnte es doch gar nicht geben, dass sich diese weitläufige Anlage rentierte! Fast wäre ich in die Schwester hineingerannt, als sie unvermittelt stehen blieb, eine Tür aufmachte und mich hindurchschob.

»Bitte sehr, Sie werden erwartet.«

Ich blieb stockstelf stehen, während sich die Tür hinter mir geräuschlos schloss.

»Schönen guten Tag. Ich bin Dr. Medicus, sagen Sie einfach ›Doktor‹ zu mir. Und jetzt machen Sie sich erst mal unten frei ...«

Er wies einladend auf einen stoffbespannten Paravent neben mir. Ich rührte mich nicht, verblüfft wie ich war. Endlich fand ich meine Sprache wieder.

»Guten Tag, Dr. Medicus. Hier liegt ein Irrtum vor. Ich bin keine Patientin, ich habe lediglich auf einen Bekannten gewartet. Tut mir Leid, die richtige Dame sitzt jetzt wahrscheinlich unten.«

Das Willkommenslächeln blieb maskenartig in des Doktors Gesicht kleben. Er erhob sich aus seinem Ledersessel hinter dem eindrucksvollen, aber leeren Schreibtisch und machte Anstalten, sich mir zu nähern.

»Schon wieder eine kleine Widerspenstige. Nun gut, das haben wir gleich. Schwester!«

Die Blondierte musste hinter der Tür gewartet haben. Ich spürte ihre Gegenwart, noch bevor Dr. Medicus' Ruf verklungen war.

»Hören Sie, die Schwester hat mich verwechselt«, versuchte ich erneut zu erklären. »Ich *kann* gar nicht Ihre Patientin sein, ich kenne Sie überhaupt nicht.« Langsam ging mir seine Begriffsstutzigkeit auf die Nerven. Wie konnte man nur so blöde sein?

Dr. Medicus schüttelte betrübt den Kopf.

»Es ist doch immer das Gleiche. Wenn es an die Behandlung geht, versuchen sie, sich zu drücken. Haben Sie den Gurt, Schwester? Wir werden die Patientin ruhig stellen müssen.«

War das hier ein Irrenhaus und hielt er mich für eine widerspenstige Verrückte? Besser, ich sah zu, schleunigst an die Rezeption zurückzukommen. Ich wich zurück, stieß aber mit der Schwester hinter mir zusammen. Dann ging alles blitzschnell: Ehe ich begriff, was geschah, hatte sie mir einen Gurt mit Klettverschluss um die Taille geschlungen und ein Handgelenk mit einer Armbandmanschette daran fixiert. Ich versuchte, mich loszureißen und mit der freien Hand an die Türklinke zu gelangen. Aber gegen das offenbar eingespielte Paar hatte ich keine Chance. Im Nu stand ich, beide Hände am Taillengurt fixiert, hilflos da.

»Sind Sie sich darüber im Klaren, was Sie hier tun?«, schrie ich wütend. »Ich sage Ihnen, ich bin keine Patientin. Das ist Freiheitsberaubung! Wollen Sie eine Anzeige riskieren? Machen Sie mich sofort los.«

Der Doktor seufzte gelangweilt und holte aus seiner Kitteltasche einen Gummiriemen mit einer daran befestigten, walnussgroßen Kugel. Als ich in wachsender Angst den Mund öffnete, um laut zu schreien, schob er mir geschickt die Kugel in den Mund und tätschelte mir aufmunternd die Wange. Er hatte mich geknebelt!

»Ich weiß, Gegenwehr macht das Ganze noch *viel* besser, aber wir wollen doch keine unangemessene Aufmerksamkeit erregen, nicht wahr?«

Ich würgte in akuter Panik. Der Ball in meinem Mund kam mir riesig vor und schmeckte widerlich nach Gummi und künstlichem Fruchtaroma. Der Kerl war ja wohl wahnsinnig! Warum tat die Schwester, was er sagte?

Flinke Hände hatten den Riemen hinten am Kopf zugeschnallt, so dass meine Zunge gegen den Knebel chancenlos war. Meiner Stimme und meiner Bewegungsfreiheit beraubt, fühlte ich, durch eine leichte Brise vom Fenster, den Angstschweiß auf meiner Haut erkalten. Ich erschauerte und riss unbeherrscht an den Handfesseln. Es war zwecklos.

»Ruhig. Atmen Sie ganz normal weiter. Der Knebel stört nur, wenn man sich gegen ihn wehrt.« Der irre Doktor musterte mich amüsiert. »Ja, verschling mich nur mit deinen wilden Augen. Das hilft dir auch nichts mehr. Schwester, machen Sie die Patientin frei. Wir wollen einmal schauen, was ihr solche Probleme bereitet.«

Die Schwester zog mir Rock und Slip herunter. Als ich stocksteif stehen blieb, packte der Doktor mich, schob mich durch den Raum und drückte mich auf einem Gynäkologenstuhl nieder. Das Rückenteil kippte nach hinten, mein Oberkörper mit. Während ich noch nach Atem rang, schnallten die beiden meine Beine an zwei Fußstützen fest. Flach auf dem Rücken liegend, konnte ich gerade noch einen Teil meiner weit auseinander gespreizten Oberschenkel sehen. Ich versuchte, mich zu verschließen, aber in dieser Position war es so unmöglich wie schmerzhaft.

»So, so«, inspizierte Dr. Medicus meine Scham. »Ja, da müssen wir *wirklich* etwas machen. Schwester, meine Handschuhe, bitte.«

Geschickte Hände betasteten mein Geschlecht, drückten prüfend auf den Venusberg, zogen meine Falten auseinander. Ein eiskaltes Speculum drängte sich unerbittlich hinein, spreizte meine Scheide, die sich vergeblich gegen die Zwangsmaßnahmen zu wehren versuchte. Finger glitten hinein, strichen über die gedehnte Haut. Ein weiterer kalter Gegenstand schob sich hinein.

»Du siehst einfach wunderbar aus. Rosig, gut durchblutet. Alles schön zu sehen.«

Ich war im falschen Film. Sicher träumte ich nur. Der Doktor schüttelte tadelnd den Kopf.

»Innen so schön und außen so ungepflegt. Schwester, Sie übernehmen die Epilation. Ich schau mir nachher das Ergebnis an.«

Er entschwand mit einem kurzen Türenklappen. Ich versuchte, mit der folgsamen Schwester Augenkontakt aufzunehmen, sie mied aber beharrlich meinen Blick. Sie traf, etwas weiter hinten im Raum, ihre Vorbereitungen. Dann legte sie heiße Tücher zwischen meine Beine. Im ersten Moment zuckte ich zusammen, aber die Haut gewöhnte sich schnell an die durchdringende Wärme. Sie zog sich einen Hocker heran und begann, mir die nachgewachsenen Schamhaarstoppeln einzeln auszureißen! Ich versuchte um Hilfe zu rufen. Hörte mich denn keiner? Inzwischen musste Markus mich doch suchen. Oder steckte *er* etwa hinter dieser Verrücktheit?

Die Blondierte bemühte sich, beim Zupfen die Haut gespannt zu halten, was die Schmerzen einigermaßen erträglich machte. Als sie mit dem Schamhügel fertig war, legte sie mir eine eiskalte Kompresse auf die brennende Haut. Sie ließ sie dort liegen, während sie sich weiter nach unten arbeitete. Die Schamlippen reagierten auf die schmerzhafte Reizung mit einem starken Anschwellen. Ich spürte es in meinem Unterleib pulsieren und merkte, wie die Haut sich von selbst zu spannen begann. Ich legte mich zurück – es gab ja doch kein Entkommen. Die Schwester kicherte und machte sich einen Spaß daraus, in unregelmäßigen Abständen meine Klitoris zu stimulieren. Sie zupfte mit den Fingern an ihr, schnippte dagegen oder rollte sie zwischen Daumen und Zeigefinger. Meine irritierte Spalte bekam keine Kompresse zur Kühlung. Sie glühte und brannte.

Die Schwester verstellte den Stuhl so, dass meine Beine höher gehoben wurden. Warum, bekam ich ein paar Momente später zu spüren: Jetzt machte sie sich an der Region um meinen Anus herum zu schaffen. Das war mir besonders peinlich. Das Gefühl, ihn im hellen Tageslicht, auch noch gut ausgeleuchtet, den kritischen Blicken einer wildfremden Person auszusetzen, verursachte, dass sich mein Schließmuskel verschämt zusammenzog. Ungerührt strich die Blonde mit einem Wattebausch eine kühle Flüssigkeit über das kleine Loch und die angrenzenden Bezirke und fuhr mit ihrer Arbeit fort. Als sie mich auch hier komplett enthaart hatte, tropfte sie erneut etwas in meine Pospalte – diesmal war es ölig – und begann, den Anus sanft zu massieren. Allmählich reagierte er auf die Massage und lockerte sich. Ohne mit den Bewegungen auszusetzen, führte sie schnell einen Finger ein. Sofort krampfte mein Schließmuskel sich wieder zusammen. Sie rührte sich nicht, ließ den Finger einfach an Ort und Stelle und wartete. Nach einiger Zeit gab der Muskel nach und sie begann, leichte, kreisende Bewegungen zu machen. Irgendwann empfand ich sie nicht mehr als unangenehm. Das Öl verlieh den Berührungen eine gewisse Leichtigkeit. So dehnte sie beharrlich meinen Hintereingang, der inzwischen durchaus Gefallen daran fand. Er nahm auch das kleine Speculum willig auf, das sie schließlich einführte und langsam spreizte. Als die Tür geöffnet wurde, merkte ich es zunächst am Luftzug. Geräuschlos trat der Doktor ein. Automatisch verkrampfte ich mich wieder. Aber das Speculum saß bereits fest. Schon hatte Dr. Medicus zwischen meinen Beinen den Platz der Schwester eingenommen.

»Na, *das* sieht ja schon ganz anders aus. Wie fühlen wir uns jetzt?«

Auf diese, unter den gegebenen Umständen, rein rhetorische Frage knurrte ich wie ein Hund, der sich seiner Hilflosigkeit und Unterlegenheit voll bewusst ist. Der Doktor kicherte zufrieden.

»Ach richtig, wir waren ja unartig. Deshalb lassen wir den Maulkorb auch lieber um, nicht wahr?«

Er drehte sich zu seiner Assistentin um und tuschelte kurz mit ihr. Sie verschwand, offenbar, um seine Anweisung auszuführen und er wandte sich wieder mir zu.

»Keine Angst, es wird nicht weh tun. Ich führe jetzt einen Gummitrichter ein, damit wir die Spülung nachher besser wieder auffangen können. Entspannen Sie sich einfach. Dann haben wir's beide leichter.«

Blitzschnell wurde etwas Sperriges durch das Speculum hindurchgeschoben und entfaltete sich in meinem After. Ich konnte drücken, soviel ich wollte, um es wieder los zu werden – es saß bombenfest. Mit sich zufrieden zog der Doktor das Speculum heraus. Der Trichter in meiner Körperöffnung fühlte sich nachgiebig an. An seinem herausstehenden Ende befestigte der Doktor einen Gummischlauch.

»Das ist der Ablaufschlauch«, erklärte er mir.

Ich wand mich entsetzt. Ein bedrohlicher Fremdkörper hatte sich zäh in mir festgesetzt – auch wenn er elastisch war. So war ein offener Zugang zu einem Bereich entstanden, der normalerweise fest nach außen hin verschlossen blieb. Geschäftig schob der Arzt – war er überhaupt einer? – seine Gerätschaften hin und her. Ich hörte es klappern und klirren. Die Geräusche ließen eine erneute Panikwelle in mir hochsteigen. Was, zum Teufel, würden die hier noch alles mit mir anstellen? Das konnte doch unmöglich von Markus inszeniert worden sein!

»Keine Angst, das Schlimmste haben Sie bereits hinter sich.« Dabei strich der Doktor liebkosend und Besitz ergreifend über meine absolute Nacktheit. »Zart wie ein Babypopo. Sie werden uns noch dankbar sein.«

Meine protestierenden Laute wurden von der Rückkehr der Schwester übertönt. Sie rollte etwas an den Stuhl heran, das wie ein Tropf aussah. Ich blickte hoch: Ein Beutel mit Flüssigkeit hing an einem Gestänge über mir. Mit geübten Handgriffen stellten sie die beweglichen Stuhlteile, an die meine Beine gegurtet waren, noch höher, so dass meine Hinterbacken steil in die Luft gereckt waren. Ich lag also wie ein Käfer auf dem Rücken. Dann stöpselte die Schwester einen weiteren Verbindungsschlauch in den herausstehenden Teil des Trichters in meinem Anus ein.

»Nicht erschrecken«, sagte sie. »Wenn es drückt, einfach ruhig weiter atmen und immer schön locker bleiben.«

Sehr witzig! Dann schoss eine warme Flüssigkeit in meine Eingeweide. Ich keuchte überrascht auf. Auf einmal spürte ich einen unangenehmen Druck und stöhnte.

»Gleich …, einen Moment halten …«, wies mich der Doktor an und sagte dann zur Schwester: »Für den ersten Durchgang dürfte es reichen. Wo haben Sie die Klemme? Danke. Jetzt ablaufen lassen.«

Sie ließen den Sitz ein Stück herunter und ich spürte, wie es nur so aus mir heraussprudelte. Eine Hand legte sich auf meinen Bauch und massierte kräftig meine Bauchdecke. Der Druck ließ wohltuend nach.

»Das ist doch gar nicht schlimm, oder? Jetzt machen wir einen zweiten Durchgang mit doppelt so viel Wasser. Schwester, bitte hängen Sie den Behälter einen halben Meter höher.«

Dieses Mal wusste ich, was auf mich zukam und konzentrierte mich von Anfang an darauf, mich zu entspannen. Die Wucht, mit der das Wasser jetzt in mich hineinschoss, war bedeutend stärker. Ich hatte das Gefühl, meine Eingeweide würden gleich überspült. Es war kälter als beim ersten Mal und ich konnte deshalb seinen Weg in meinem Darm nachspüren. Der Kältereiz und die Wucht des hereinschießenden Wassers waren widerwärtig. Ich zwang mich, weiterzuatmen, sog flach die Luft ein und versuchte, den Wassermassen möglichst wenig Widerstand entgegenzusetzen. Schließlich spannte die Haut sich straff über meinem prall gefüllten Bauch. Ich bekam Angst, dass etwas in mir platzen könnte. Ich musste restlos voll gefüllt sein. Der jetzt einsetzende Druck war schmerzhaft stark. Der Doktor beobachtete mich scharf, kontrollierte zwischendurch den Wasserstand und legte eine Hand auf meinen Bauch.

»Gleich haben Sie es überstanden, meine Liebe. Mit ein wenig Glück reichen zwei Spüldurchgänge.«

Er nickte der Schwester zu, den Zulauf abzustellen, erlöste mich aber nicht gleich von meinem Drang. Stattdessen befestigte er eine Klemme an dem Ablaufschlauch, was verhinderte, dass ich mich erleichtern konnte. Die Verzögerung, die er mir dadurch auferlegte, begann, mein gesamtes Denken und Fühlen zu infiltrieren. Das Bedürfnis, alles wieder herauszupressen, war kaum auszuhalten. Endlich löste der Doktor die Klemme und der aufgestaute Druck löste sich mit einem ersten Schwall, der aus mir herausschoss. Welche Erleichterung! Es folgte ein Schwall nach dem anderen. Als der letzte Krampf verebbte, fühlte ich mich leer gepumpt und leicht wie eine Feder. Die beiden entfernten all ihre medizinischen Gerätschaften von mir, ließen mich aber angebunden. Die Schwester wusch mich mit heißen, feuchten Tüchern und verschwand dann auf Nimmerwiedersehen.

Dr. Medicus schien mit seinem Werk zufrieden. »Wenn Sie schon so schön hier liegen, könnten wir eigentlich auch gleich noch den Dehntest machen. Schadet ja nichts, diesbezüglich Bescheid zu wissen.« Mit einer altmodischen Klistierspritze füllte er eine cremeähnliche Substanz in meinen Anus ein, die sofort höllisch zu jucken begann. »Das ist gut für die Durchblutung und macht die Schleimhäute elastischer.«

Ich war direkt dankbar für den Finger, mit dem er für die Verteilung der Creme in meinem Inneren sorgte. Das Jucken trieb mir die Tränen in die Augen. Alles stand in Flammen da unten. Dr. Medicus führte eine zapfenförmige Konstruktion ein und schob und zog so lange, bis er mit deren Sitz zufrieden war. Dann griff er nach einer Art Handpumpe.

»Mit diesem Test kann man sehen, wie dehnbar Ihr After ist. Das sollten Sie wissen, um unangenehme Überraschungen und Verletzungen zu vermeiden.«

Er begann zu pumpen. Ich spürte, wie der Zapfen in meinem Loch dicker wurde. Ich versuchte, mich zu lockern. Der Doktor hielt regelmäßig inne, um mir Gelegenheit zur Entspannung zu geben. Als mein Anus bis zum Äußersten gedehnt war, stoppte er, legte die Ballpumpe beiseite und griff nach einem Maßband.

»So, meine Liebe, Sie sollten Ihre Grenze bei fünfzehn Zentimeter Umfang ziehen. Mehr würde ich Ihnen nicht empfehlen.« Neckisch drohte er mir mit dem Finger.

Wenn nicht mein gesamter Schoß in Flammen gestanden

hätte, wäre ich in Gelächter ausgebrochen. Was für ein absurdes Theater: Da sah dieses verrückte Mondgesicht zwischen meinen hochgestreckten Beinen auf mich herab, lächelte milde und gab mir Ratschläge für mein Liebesleben, um die ich ihn weder gebeten hatte noch beabsichtigte, sie in die Tat umzusetzen. Ich schnaufte gequält und schloss die Augen, um ihn wenigstens nicht mehr anschauen zu müssen. Ob er mich jemals wieder frei lassen würde? Der Doktor entfernte sich – den Zapfen ließ er in mir stecken. Ein paar Momente später klopfte es an der Tür. Dr. Medicus, der sich eben die Hände in einem kleinen Waschbecken wusch, rief: »Ja bitte.«

Es war Markus, der da lächelnd eintrat! Der Doktor begrüßte ihn freudestrahlend, bot ihm einen Platz vor dem Schreibtisch an und setzte sich selbst dahinter. Er zog eine Schreibtischschublade auf und sagte zu Markus:

»Hier, bitte – was wir vereinbart hatten. Sie ist übrigens klasse. Genau mein Geschmack.«

»Ich habe dir nicht zu viel versprochen, nicht wahr?«, fragte Markus.

Mit einem Schlag war das Brennen zwischen meinen Schenkeln zweitrangig. Es war also genau so, wie ich es vermutet hatte. Der Schweinehund hatte das Ganze nicht nur von langer Hand geplant, er hatte mich auch noch verkauft! Ein geradezu mordgieriges Knurren entstieg meiner Kehle. Meine gefesselten Hände verzogen sich zu Krallen, bereit, jeden Moment zuzuschlagen. Wäre der Knebel nicht gewesen, hätte ich wohl die Zähne gebleckt. Der falsche Doktor blickte erst mich, dann Markus überrascht an.

»Nein! Sag bloß, du hast ihr nichts gesagt. Sie wusste nicht, was hier gespielt wird? Und ich dachte schon: was für eine fantastische Schauspielerin!« Ein Grinsen breitete sich auf seinem Gesicht aus. Dann brach er in schallendes Gelächter aus. »Also, in deiner Haut möchte ich nicht stecken. Ich würde sie erst einmal gefesselt lassen, bis sie sich beruhigt hat. Du hast ja Nerven ...«

Er stand auf, wischte sich kopfschüttelnd ein paar Lachtränen aus den Augenwinkeln, klopfte Markus auf die Schulter, winkte mir zum Abschied entschuldigend zu und verließ den Raum mit den Worten: »Ich hoffe, ich habe Ihnen nicht zu große Unannehmlichkeiten bereitet, meine Dame. Dann mal nichts für ungut.«

Markus kam zu mir herüber, blieb vor dem Gynäkologenstuhl stehen, stellte sich zwischen meine Beine und blickte wölfisch auf mich herunter.

»Weißt du, was für einen aufregenden Anblick du bietest?«

Meine glühende, nackte, pochende Spalte lag halb geöffnet vor ihm. Mit einer Hand strich er tastend über die weiche, gereizte Haut. Mit der anderen kniff er mich zärtlich in die Brustwarzen. Die charakterlosen Dinger stellten sich augenblicklich steil auf. Der Finger, der meine Klitoris gefunden hatte, tippte sie nur zart an, um gleich wieder an den geschwollenen Falten hinabzugleiten. Ich stöhnte, wollte meine Schenkel um seine Hand schließen, mich an ihr reiben, aber in dieser Lage war ich an jeder Bewegung gehindert, die mir Lust verschafft hätte – hilflos seinen Quälereien ausgeliefert. Neckend zupfte er an meinen Schamlippen.

»Lass mal sehen, was hat der Herr Doktor denn da benutzt?« Markus nahm die Tube mit der Höllencreme, drückte etwas heraus, schnupperte daran und pfiff leise durch die Zähne. »Starkes Zeug. Wenn wir damit nicht aufpassen, kannst du heute Abend nicht mehr sitzen.«

Ich zuckte heftig zusammen, als ich seinen Finger auf meiner Perle spürte. Es brannte und juckte augenblicklich und brachte mir die Erinnerung an die Kostprobe in meinem Anus wieder. Prompt loderten die Flammen dort wieder auf, züngelten bis zum Damm hinauf, um sich mit dem Feuer an meiner Spalte zu vereinen. Trotz des Knebels stöhnte ich laut und heiser auf. Meine Wut auf Markus' gemeines Spiel wurde verdrängt von einem einzigen elementaren Drang: Erleichterung zu finden. Ich schloss die Augen, überließ mich schließlich der Dunkelheit und dem Fühlen.

Ich hörte Markus' Reißverschluss und spürte, wie sein Schwanz in mich eindrang. Durch den dicken Zapfen, der meinen Anus bis zum Äußersten dehnte, wurde die Dammhaut straff gespannt. Wegen des in mir steckenden Fremdkörpers erreichte die Penetration bisher ungeahnte Nervenenden, die auf die Stimulation mit einer erschreckenden Heftigkeit reagierten. Meine Scheide wurde so nach oben gepresst, dass sie, trotz meiner Erregtheit, wie ein zu enger Handschuh sein pralles Glied umklammerte. Markus stöhnte genussvoll und stieß, meinen festen Griff bewusst auskostend, tief in mich hinein. Er hielt inne und ich zog mich um ihn zusammen, unfähig, länger zu warten. Mein Kopf warf sich von selbst hin und her, mein Blut hämmerte in den Ohren. Leise und zärtlich murmelnd zog er sich ein Stück zurück, sank wieder in meine heiße Schlüpfrigkeit. Der Kontakt machte mich wild. Als sich sein Finger auf den Brandherd meines Lustzentrums zubewegte und er mit subtiler Zielsicherheit die Flammen kanalisierte, brach ich durch. Kein Fliegen, kein Zerfließen – ich brach durch eine Wand und in meinem Kopf drehte sich nur noch eine Spirale aus Lust, Wärme und schierer Körperlichkeit.

Aus meinem Halbdämmern tauchte ich erst wieder auf, als Hände behutsam meinen Kopf zur Seite drehten, um mir die Schnalle des Knebelbandes zu lösen. Erleichtert spuckte ich die Kugel aus, war aber zu erschöpft, um die Augen zu öffnen. Sanfte Hände wischten mit feuchten Tüchern über mein ausgebranntes Geschlecht, löschten die letzten Reste der Glut und entfernten die Asche. Dieselben Hände schnallten meine Beine los, hoben sie von den Fußstützen und lösten die Klettverschlüsse um meine Handgelenke. Ich ließ alles mit mir geschehen wie eine Puppe, wehrte mich auch nicht, als Markus mich auf die Arme nahm wie ein Kind und sich, mit mir auf dem Schoß, in den Sessel hinterm Schreibtisch setzte. Er zog meinen Kopf an seine Brust und begann, mir Schultern und Rücken zu streicheln.

Keiner von uns sprach. Es ist schwer, jemandem Vorwürfe ins Gesicht zu schleudern, wenn er einen so liebevoll im Arm hält. Ich sog den Geruch seines Hemdes ein, vermischt mit seinem moschuswarmen Körperduft und einem Hauch Rasierwasser.

»Warum hast du das getan?«, murmelte ich mehr fragend als anklagend in seine Haut.

»Was meinst du? Dich Dr. Medicus zugespielt, dich hierher gebracht oder sein Geld genommen zu haben?«

»Alles.«

Er seufzte.

»Zuerst dachte ich, es wäre eine interessante Erfahrung für dich, Dr. Medicus kennen zu lernen. Er ist natürlich nicht wirklich Arzt. Aber er lebt die Rolle mit Leidenschaft. Normalerweise bringe ich ihn mit Frauen zusammen, die ihren Part kennen und bloß Theater spielen. Aber in deinem Fall – wieso sollte ich da nicht zwei Fliegen mit einer Klappe schlagen? So konnte ich *dir* ich ein echtes Abenteuer verschaffen und *ihm* eine Traumpartnerin zuspielen. Es war doch nicht schlimm? Er hat dir doch nicht wehgetan?«

Die Besorgnis in seiner Stimme klang echt und so schüttelte ich den Kopf. Ich hatte scheußliche Angst ausgestanden, die Manipulationen an meinen intimsten Körperstellen waren mir peinlich gewesen. Das Beschämendste aber war, dass es mich trotz allem so erregt hatte, dass ich, kaum dass Markus mich berührt hatte – explodiert war.

Er grinste. Plötzlich schoss mir ein furchtbarer Gedanke durch den Kopf und ich rief:

»Du hast doch nicht etwa zugesehen?«

Ich erinnerte mich mit beklemmender Deutlichkeit an jeden einzelnen Übergriff in und an meinem Körper und spürte, wie sich die Hitze über meine Wangen, bis tief ins Dekolleté ausbreitete. Das Grinsen verschwand schlagartig. Er sah mich ernsthaft an.

»Das würdest du mir echt übel nehmen, was? Nein, ich habe nicht zugeschaut. Ich schwöre. Das gehörte nicht zum Deal.«

Ich rutschte von seinem Schoß, klaubte meine Sachen zusammen und zog mich an. So glatt hatte sich meine Haut zwischen den Beinen seit meiner Kindheit nicht angefühlt. Ich presste meine Oberschenkel zusammen, um meinen neuen, samtweichen Schoß zu fühlen und genoss den Kontakt der empfindsamen Hautflächen.

»Weil du gerade von Geld sprichst: Wie viel war ich dem falschen Arzt denn wert?«

Ich hatte Markus bisher noch nicht erröten gesehen. Der Anblick tat mir ausgesprochen wohl. Diesen Moment seiner Unaufmerksamkeit ausnutzend, schnellte meine Hand vor und griff das Kuvert, das immer noch auf dem Schreibtisch lag. Darinnen lagen zehn Fünfzig-Euro-Scheine. Ich pfiff anerkennend.

»Das ist ja ein Bombengeschäft für dich. Und am Schluss darfst du sogar noch die Früchte von des Doktors Arbeit ernten.«

Ich zählte mit spitzen Fingern fünf Scheine ab und blätterte sie ihm auf den Tisch.

»Du hast ja sicher nichts dagegen, wenn ich mir meinen Anteil nehme.« Mit diesen Worten steckte ich den Umschlag in meine Handtasche, verließ das merkwürdige Praxiszimmer und trat, ohne ihn eines weiteren Blickes zu würdigen, in den Korridor hinaus.

Auf dem Flur herrschte immer noch gähnende Leere – wie auf einer Behörde am Freitagnachmittag.

»Sei nicht sauer, meine Schöne. Ich wollte dich wirklich nicht kränken. Bitte verzeih mir.«

Markus lief in den Krankenhausgängen hektisch neben mir her. Ich blieb abrupt stehen und packte ihn wie ein unartiges Kind bei den Ohren. Wir starrten uns ins Gesicht wie Asterix und Obelix bei einer ihrer Auseinandersetzungen.

»Das sind *unsere* Spielchen, verstanden? Wenn du andere Leute mit einbeziehst, dann bring mich *nie wieder* in eine so wehrlose Lage. Sonst ist es unser letztes Spiel gewesen. Ich will *nein* sagen können und erwarte, dass es von dir akzeptiert wird. Versprich mir, dass du mich nie mehr anderen auslieferst!«

Seine Schultern sackten ab und er kapitulierte vor meiner Forderung.

»In Ordnung, keine Dominierung durch Dritte. Komisch, ich hatte das Gefühl, dass du dafür eine gewisse Schwäche hast ...«

»Halt die Klappe.«

Wir mussten lachen.

»Was ist das hier eigentlich für eine Klinik?«, wollte ich wissen.

»Ein privates Sanatorium. Aber es läuft zurzeit schlecht, deshalb haben sie diese Etage für *besondere* Patienten eingerichtet. Du würdest es nicht für möglich halten, wie viele Menschen von Doktorspielen besessen sind. Außerdem wird hier ganz offiziell die biologische Darmentgiftung angeboten ...« Er hielt vor einer Zimmertür inne, fasste nach meinem Oberarm und sagte: »Mensch, vielleicht können wir hier einen kurzen Blick hineinwerfen.« Er schaute durch schmale, an der Tür angebrachte Sehschlitze auf Augenhöhe. »Hab ich mir doch gedacht, dass der wieder da ist. Schau mal.«

Wir spähten mit zusammengesteckten Köpfen wie ungezogene Kinder auf die Szenerie im Raum. Auf einer mit dunkelgrünem Wachstuch bezogenen Liege kniete ein korpulenter Mann – sein fleischiges, weißes Hinterteil in die Luft gestreckt.

Die Speckfalten um Bauch und Hüften wabbelten bei jedem Atemzug. Ein ähnliches Speculum wie bei mir steckte in seinem Po. Ich schüttelte mich. Eine im Vergleich zu ihm gertenschlanke junge Schwester im OP-Outfit versuchte, ihm einen Trichter einzuführen. Sie hatte dabei mit seinen hektischen Gegenbewegungen zu kämpfen. Offenbar konnte er es kaum noch erwarten. Schließlich hatte die Schwester das Gerät drinnen, griff nach einem Schlauch und drehte einen Wasserzulauf auf. Die Hand des Mannes verschwand unter seinen Bauchfalten. Der Arm bewegte sich rhythmisch. Fasziniert beobachtete ich, wie der madenweiße Elefantenhintern kreiste und zuckte. Sein Blick bekam einen verzückten Ausdruck. Die Bewegungen beschleunigten sich und plötzlich verharrte er starr. Mit großer Selbstverständlichkeit schloss die junge Frau den Hahn, reichte ihm ein Tuch, damit er sein Sperma, das bis an den Rand der Liege gespritzt war, abwischen konnte und klemmte seinen Trichterschlauch ab.

»Mir reicht's.« Ich riss mich von meinem Spannerposten los.

Markus lachte. »Siehst du, andere Leute zahlen sogar noch dafür. Übrigens: Im Kellergeschoss gibt es ein paar Räume für ganz spezielle Wünsche. Auch Wanda hat ihre Grenzen. Bei manchen Spielarten ist es wohl auch besser, einen Arzt in unmittelbarer Nähe zu haben.«

Ungläubig starrte ich ihn an. Drei Minuten später waren wir mit dem Aufzug im Keller gelandet. Es herrschte eine düstere Atmosphäre. Das grelle Neonlicht verlieh auch uns einen vampirhaften Teint. Markus steuerte auf eine bestimmte Tür zu – gruselig, wie er sich hier auskannte! – und warf einen vorsichtigen Blick durch einen Sehschlitz.

»Wenn sie mit dem fertig ist, braucht er ein paar Wochen, bis er wieder auf die Straße kann. Die Gucklöcher sind übrigens eine lukrative Einnahmequelle. Es gibt viele Leute, die fürs Zuschauen ordentlich bezahlen.«

Ich schluckte, stellte mich aber aus unwiderstehlicher Neugier dennoch neben ihn. Mein erster Blick fiel auf eine glänzende, schwarze Maske. Sie schmiegte sich so eng an den Kopf des Trägers, dass man die Ohrmuscheln und Augenlider erkennen konnte. Die einzige Öffnung war ein schmaler Atemschlitz über seinem Mund. Ich warf Markus einen fragenden Blick zu.

»Du kannst normal sprechen. Die Türen sind schalldicht.«

Der Typ stand vor einer Eisenstange, um seinen Hals ein Würgehalsband, mit dem er angebunden war. Er trug weder an den Händen noch an den Fußgelenken Fesseln. Seine Bewegungsfreiheit wurde allein durch den Würger eingeschränkt, der sich tief in seinen Hals gegraben hatte. Sein Folterknecht war eine Frau in gefährlich aussehenden Stöckelschuhen – mir fielen auf Anhieb drei Bekannte ein, die sie damit nicht in ihr Wohnzimmer gelassen hätten! Sie nestelte an seinen Geschlechtsteilen herum.

Als ich auf seinen Unterleib blickte, entfuhr mir ein Stöhnen: Sowohl die Leistenhaut als auch der gesamte Penis war eine einzige Landschaft kreisrunder Narbenkrater. Als hätte er die Pocken gehabt. Er war total rasiert. Kein Haar verbarg auch nur eine Spur früherer Misshandlungen. Ich habe genug Krimis gelesen und gesehen, um zu wissen, dass glühende Zigaretten beliebte Folterwerkzeuge sind. Aber solche Spuren *live* zu sehen, und dann auch noch an dieser Stelle, war ziemlich erschreckend. Die Hoden steckten in einem Lederbehälter, der durch Bänder, die tief ins Fleisch schnitten, in seinen Schritt gepresst wurde. Um den Penis, nahe der Wurzel, hatte sie eine Art Metallring angelegt. Zu meinem Erstaunen beobachtete ich, wie sein Schwanz sich verdickte und langsam, in zitternden Schüben, aufrichtete.

»Himmel«, entfuhr es mir. Ich versuchte, den Rest des Raumes zu erspähen. Neben den beiden standen und hingen imposante Geräte. Eines davon schien mir ein Elektroschocker zu sein. Mein Blick fiel auf eine Art elektrischen Stuhl. Über der Lehne hingen zwei Kabelklemmen, verbunden durch eine dünne Leitung. Ich schätzte, dass man sich die Dinger an die Brustwarzen klemmen sollte. Mir wurde flau. In anderen Teilen der Welt folterten Menschen mit solchen Geräten – und hier zu Lande benutzte man sie als ultimativen Lustkick.

»Ob's dir gefällt oder nicht – du musst akzeptieren, dass es anderen zusagt«, sagte Markus, als erriete er meine Gedanken. »Diese Spezialitäten haben sich eben noch nicht in den deutschen Mittelstands-Schlafzimmern durchgesetzt.«

»Zum Glück. Ich kann mir aber trotzdem vorstellen, dass es für die Anhänger dieser Methoden schwierig geworden ist, exklusiv zu bleiben – in einer Zeit, in der sogar Neckermann Domina-Komplett-Sets anbietet.«

Markus grinste.

»Da hast du Recht. Solltest mal Wanda hören, wie sie über S/M-*Light*-Versionen herzieht. Das Geschäft ist schwieriger geworden. Hat früher schon ihr Outfit den Kunden einen Schauer über den Rücken gejagt, ringt ihnen das heute nur ein müdes Lächeln ab. Das können sie zu Hause an ihrer Tochter sehen, wenn die sich für die Disco zurechtmacht. Schwarzes Leder, Lack, Ketten – geschenkt. Glücklicherweise hat sie ihren Kundenstamm und ist schon im Aussteigen begriffen, denn sie beneidet die Jüngeren nicht. Der Trend geht zu immer mehr Brutalität ...«

Plötzlich riss die Frau in dem Kerker vor uns an der Kette. Der Typ stürzte zu Boden. Noch während er, sich windend, um Luft rang, grub sie eine metallene Absatzspitze in seine Rippen und drehte sie, als drücke sie eine Zigarette aus. Dunkle Blutstropfen sickerten hervor und rannen an seiner Flanke entlang, auf den Kellerboden.

Ich spürte Übelkeit aufsteigen, schluckte krampfhaft und wandte mich ab. Markus lehnte an der gegenüberliegenden Seite an der Wand und beobachtete mich mit der Aufmerksamkeit eines Laborleiters.

»Genug?«

Absolut. Ich hegte keinerlei Neugier zu erfahren, was in diesem Raum weiterhin vor sich gehen würde. Als wir ins Erdgeschoss fuhren, war es wie ein Aufstieg ans Licht. Ich atmete erleichtert auf, als wir von der strengen Dame an der Rezeption mit einem »Schönen guten Abend« verabschiedet wurden. Das Vogelkonzert im Park vor dem Sanatorium schien mir lauter, die Abendsonne intensiver als sonst.

»Und jetzt lass uns ein Eis essen gehen!« Markus hüpfte geradezu über den Kies.

»Eine wunderbare Idee.«

»Sag mal, würdest du mir Morgen Modell stehen?«

Überrascht sah ich ihn an. Seine Augen wanderten mit einem sinnlichen Lächeln auf meinen Kurven umher.

»Ich möchte gerne deinen Körper verewigen. Hättest du etwas dagegen?«

Ich lächelte zurück. Nein, ich hatte nichts dagegen. Das klang »normal«.

Und normal wäre eine nette Abwechslung.

An jenem Abend waren wir beide ziemlich schweigsam. Ich brauchte einige Zeit, um das Erlebte und Gesehene verdauen zu können und Markus hing offenbar düsteren Gedanken nach. Ich fragte ihn, ob ihm irgendetwas Sorgen bereitete, aber er wich mir aus. Im Auto, kurz vor meinem Wohnviertel, fiel mir siedend heiß ein, was mich die ganze Zeit unterschwellig beschäftigt hatte.

»Hast du tatsächlich jemanden in der Klinik besucht oder war das nur ein Vorwand?«

Er zuckte zusammen.

»Wie kommst du darauf?«

»Ich hatte den Eindruck, dass du ziemlich nervös warst. Wie vor einem unangenehmen Besuch bei der Erbtante.«

Erst nach einer Weile räusperte er sich und holte Luft.

»Eigentlich geht es dich ja nichts an, aber vielleicht schulde ich dir doch eine Antwort. Erinnerst du dich an den Nachmittag am See bei Wassilij?«

»O ja.«

»Das dachte ich mir. Der junge Mann, mit dem du mich da beobachtet hast ... Er hatte mich überrumpelt.«

Im dunklen Auto konnte er mein Erröten sicher nicht sehen.

»Ich bin seit vielen Jahren mit seinen Eltern befreundet. Ich kenne den Jungen, seit er in die Grundschule kam und hatte immer das Gefühl, dass er mich als eine Art Onkel betrachtet – mehr als Kumpel. Viel Kontakt hatten wir nie. Letzten Sommer muss es passiert sein, als ich für ein paar Tage in seinem Elternhaus war. Da hat er sich in mich verliebt.«

Ich musste lachen.

»Du hast gut lachen! Ich dachte damals auch, dass es eine pubertäre Verwirrung wäre. Bald würde er wieder Mädchen hinterherrennen.«

»Was hast du gemacht?«

»Am Anfang habe ich ihm verständnisvoll zugehört und ihm erklärt, es wäre sicher nur vorübergehend. Ein Vierteljahr später hat er mir gesagt, er sei sich jetzt sicher, schwul zu sein und ebenso sicher, mich zu lieben. Ich sagte ihm, dass ich Frauen vorzöge. Er behauptete, das störe ihn nicht, solange ich mich von ihm lieben ließe.«

»Hast du mit den Eltern gesprochen?«

»Unmöglich. Wenn herauskommt, dass ihr einziger Liebling homosexuell ist ... Egal, jedenfalls rennt er mir nach wie ein Hund. Stell dir vor: Er hat sich, angeblich mir zum Gefallen, ein Penis-Piercing bei irgendeinem Pfuscher machen lassen. Das hatte sich stark entzündet und ich hatte ihn gedrängt, die Klinik aufzusuchen. Heute wollte ich schauen, wie es ihm geht. Das ist die ganze Geschichte.«

Dann hatte ich also Ganymed meine Bekanntschaft mit Dr. Medicus zu verdanken. Blöde Teenager ...

Dünnes Eis

In Gedanken an unsere Unterhaltung vom Vorabend fuhr ich am nächsten Tag mit dem Auto zum Atelier. Schließlich hatte ich einen offiziellen Termin zum Modellstehen. Beschwingt tänzelte ich die immer noch dunkle, aber nicht mehr unbekannte Treppe hinauf und rauschte ins Atelier.

»Hallo Markus! Schläfst du etwa …?«

Der Rest des Satzes wurde von einer großen, schwieligen Hand erstickt, die sich mir über Mund und Nase legte und mich zu ersticken drohte. Verzweifelt rang ich nach Luft und sog dabei ein Gemisch von Schweiß, Maschinenöl, Leder und Nikotin ein. Ich bäumte mich auf und meine Hände zerrten an speckigem Leder. Es dauerte ein paar Schrecksekunden, bis ich mich an das Selbstverteidigungstraining erinnerte und dass uns eingebläut worden war, nicht am Arm zu zerren, sondern nach hinten zu treten und die Ellenbogen einzusetzen. Leider verschwamm da bereits alles vor meinen Augen und waberte wie in einem Alkoholrausch. Mit letzter Kraft trat ich gegen ein so gut geschütztes Schienbein, dass der Typ von meinem Versuch vermutlich gar nichts mitbekam. Dann versuchte ich mich noch an der Parodie eines Ellenbogenstoßes. Ein Arm drückte fester gegen meine Rippen und die Masse hinter mir bebte kurz. Er fand meine Gegenwehr offenbar unterhaltsam. Das Bild vor meinen Augen waberte nicht mehr, sondern schien in einem dunklen Tunnel zu verschwinden. Ich begann, mich leicht zu fühlen, federleicht …

Mit einer für die Masse erstaunlichen Geschwindigkeit ließ mein Widersacher mich plötzlich los, packte meine Arme und riss sie nach hinten. Etwas schnappte kalt und hart um meine Handgelenke. Ich schnappte nach Luft. Zwei, drei tiefe Atemzüge und die Welt hatte mich wieder. Auch wenn ich nicht ganz sicher war, ob meine Wahrnehmung korrekt funktionierte: Die halbfertigen Plastiken im Atelier schienen mich hämisch zu beobachten.

»Wieder klar, Tussi?«

Sein heißer Atem umhüllte meinen Kopf mit Ekel erregenden Dünsten. Mir wurde übel.

»Musst du kotzen?«

Unzeremoniell, aber effektiv klemmte er mich unter den Arm und schleppte mich zur Toilette, wo er mich über der Kloschüssel niederdrückte. Doch zu meinem Bedauern blieb das Frühstück unten. Riesige Pranken zogen mich hoch und zerrten mich quer durchs Studio zum Bett.

»Dann wollen wir doch mal sehen, was du so zu bieten hast, Puppe.«

Mit einem Schwung, der mir schon wieder die Luft herauspresste, flog ich auf die Matratze. Dummerweise aufs Gesicht, denn die Handschellen ließen mir keine Chance, mich abzufangen. Er klatschte mir schmerzhaft auf den Hintern.

»Nicht übel. Lass mal sehen, wie du vorne ausschaust!«

Ich wurde grob umgedreht und blickte in ein Gesicht, das einem Albträume verursachen konnte: Vom unteren Teil sah man nicht allzu viel, denn es wurde bedeckt von einem verfilzten Vollbart in Mausbraun. Das Haupthaar hing in fettigen Strähnen herunter. Rot unterlaufene Schweinsäuglein musterten mich scharf, eingebettet zwischen buschigen Brauen. Zahlreiche Adern durchzogen die Fettwülste seiner Backen. Mit einem Jammerlaut kniff ich die Augen zu, um nicht mehr in dieses Antlitz blicken zu müssen.

»Magst du mich etwa nicht, du blöde Kuh? Das wird dir *Old Wild Bill* schon noch austreiben. Wenn er mit dir fertig ist, leckst du ihm die Füße vor Dankbarkeit!«

Bestimmt würde ich gleich schweißgebadet aufwachen und

wissen, dass ich dieses Grauen nur geträumt hatte. Stattdessen klirrte es und ich fühlte seine Pratzen rau an meinem Knöchel. Entsetzt riss ich die Augen auf. Er war gerade dabei, meinen Fuß mit einer Handschelle an das Gitter am Fußende zu ketten. Ich schrie, warf mich wild hin und her und versuchte, mich vom Bett zu wälzen. Zwecklos.

In meiner Panik trat ich einbeinig um mich, in der vagen Hoffnung, etwas Empfindliches bei ihm zu treffen. Er zog ohne wesentliche Kraftanstrengung mein freies Bein zu sich, ließ die Schellen zuschnappen und gab mir ein paar schallende Ohrfeigen. Mein Kopf wirbelte herum. Ich schmeckte Blut. Tränen traten mir in die Augen. Meine Wangen brannten wie Feuer und mein ganzer Kopf dröhnte von der Gewalt der Erschütterung.

»Versuch das noch mal, du Schlampe und ich schlag dich windelweich!«

Meine Kehle zog sich zusammen und ich spürte die Tränen an meinen Schläfen entlangrinnen. Alle meine Alarmglocken schellten, aber ich konnte einfach nicht glauben, dass Markus mir diese Situation eingebrockt hatte. Wo war er? Die rissigen Hände des Widerlings strichen genießerisch über meine Schenkel. Er grunzte:

»Hübsche, weiche Haut. So etwas hab ich lange nicht mehr unter mir gehabt. Na, sowas, kein Schlüpfer. Hast es wohl nicht erwarten können, was?«

Er lachte dreckig und befingerte grob meine durch die Enthaarung besonders empfindliche Scham. Ich stieß einen Schmerzenslaut aus und versuchte, mich zu entwinden. Sofort richtete er sich grinsend auf, sah mir in die Augen und schlug mich erneut ins Gesicht.

»Das Spielchen kannste nicht gewinnen. Ich geb dir einen guten Rat: Halte still!«

Ich biss mir auf die blutende Unterlippe und bemühte mich,

mein Zittern zu unterdrücken. Er befingerte interessiert meine trockene Spalte.

»Scheiße, auch noch frigide. Mit den feinen Weibern hat man doch nichts als Ärger.«

Er schob mir T-Shirt und Büstenhalter hoch. Der Anblick seiner Hände – abgebrochene, schwarze Fingernägel – auf meinen Brüsten drehte mir den Magen um. Er tat mir weh, als er meine Brüste knetete wie Vollgummibälle. Ich versuchte, den Schmerz zu ignorieren. Er kniff so stark in meine Brustwarzen, dass ich aufschrie.

»Dämliches Weibsbild. Stellste dich auch so an, wenn du deinen Macker ranlässt?«

Ich musste feststellen, dass sich der Albtraum mühelos steigern ließ. Das Schwein versuchte, mich zu küssen. Sollte er mich lieber wieder schlagen. Ich schrie wie am Spieß. Er begann, seine dreckstarrenden Jeans so langsam aufzuknöpfen, als bereite es ihm Spaß, die Sache möglichst in die Länge zu ziehen. Er ließ sie auf die Knie herunterrutschen und zog nicht einmal die abgewetzten Cowboystiefel aus, bevor er sich nahe an mich heranrobbte. Er nahm seinen Penis in die Hand und präsentierte mit unangebrachtem Stolz ein Mitleid erregendes, halb schlaffes Würstchen. Es stank nach altem Urin. Halb enttäuscht, halb hoffnungsvoll bedachte er ihn mit einem nachdenklichen Blick.

»Er mag keine feinen Weiber. Aber wart's ab – der wird's dir noch besorgen, dass du die Englein singen hörst. Los, mach den Mund auf, du blöde Schlampe und lutsch ihn!«

Ich hielt Mund und Augen verzweifelt geschlossen. Wieso wird man nicht ohnmächtig, wenn es angebracht wäre? Stumm und verbissen kämpfte ich gegen einen fast übermächtigen Brechreiz.

»Du bist auch zu nichts zu gebrauchen, was?«

An den Bewegungen auf der Matratze merkte ich, dass er aufgestanden war. Ich vernahm schabende Geräusche, wagte einen

Blick und sah, wie er sich hingebungsvoll im Schritt kratzte. Zu meiner großen Erleichterung zog er sich die Hosen wieder hoch. Er kramte in seiner Hemdtasche nach Zigaretten. Bilder von gestern, im Kellergeschoss der Klinik, schossen mir ins Gedächtnis: der von Brandnarben übersäte Körper des Maskenmanns.

Mit dem Rascheln des Zellophans, dem Klicken des Feuerzeugs und dem ersten Atemzug stieg Panik in mir hoch. Der Möchtegern-Cowboy wandte sich mir wieder zu; mein Körper versteifte sich augenblicklich zu einem gespannten Bogen. Seine Hand packte mein Kinn und drehte mein Gesicht zu ihm herum.

»Kuck mich gefälligst an! Also, noch mal im Guten, weil du so schwer von Begriff bist: Du tust genau das, was ich sage, oder es tut dir Leid, klar?« Dabei blies er mir seinen Rauch ins Gesicht. Er brannte in meinen Augen und ich musste husten. »Klar, du Schlampe?«

Ich nickte stumm und resigniert. Mit sich zufrieden, schob er sich wieder über meinen Oberkörper und zog genüsslich an seiner Zigarette. Etwas Asche fiel von der Spitze direkt auf meine Brust. Sie glühte nicht, war nur warm. Aber das reichte. Ich schrie gellend, konnte nicht mehr aufhören. Erst das unvermittelte Verschwinden des schwerlastigen Albdrucks auf mir brachte mich zur Besinnung. Ich sah meinen Peiniger mit einer schnellen Bewegung vom Bett gleiten. Die bullige Figur nahm die Position eines Straßenkämpfers ein – in den Knien gebeugt, sprungbereit, beide Arme baumelten locker, bereit zur Abwehr. Er strahlte eine sonderbare Form von Gefährlichkeit aus: gemein, bösartig, primitiv. Ein Tier, das keine Regeln achtet, das nur zwischen Fressen und Gefressenwerden unterscheidet.

Markus stand in der Tür und erfasste die Lage schnell. Ein kurzer Blick in meine Richtung.

»Bist du okay?«

Ich nickte.

Die beiden Kontrahenten umschlichen sich wie Kater, den

Gegner einschätzend, auf Schwächen abtastend. Ich konnte nur hoffen, dass Markus sich darüber im Klaren war, worauf er sich mit diesem Koloss einließ – und dass er irgendetwas in Reserve hatte, denn der Fleischberg war ihm überlegen. Aber Markus schien zu wissen, was er tat.

»Ziemlich lahmer Fick, deine Tussi. Hat sie bei dir mehr drauf, Kumpel?«

Markus blieb stumm, pirschte sich heran, hatte den Cowboy blitzschnell zu Boden geworfen und kniete halb auf dessen Rücken. Den rechten Arm riss er nach hinten und zog ihn zwischen den Schulterblättern hoch. Das Brüllen, das der Kerl ausstieß, drückte Schreck und Schmerz aus.

»Hör auf«, winselte er. »Du brichst mir den Arm.«

Markus beugte sich zu seinem Ohr hinunter und fragte ihn so leise nach etwas, dass ich es nicht verstehen konnte. »Old Wild Billy« schüttelte eigensinnig den Kopf. Doch lange hielt er die Verweigerungshaltung nicht durch. Dann keuchte er abgehackte einzelne Worte – Namen? Markus nickte zufrieden, fuhr mit seiner freien Hand in die Gesäßtasche des Unterlegenen und zog mit spitzen Fingern die Schlüssel zu den Handschellen heraus. Mit einem elastischen Sprung entließ er sein Opfer und brachte sich gleichzeitig außer Reichweite.

Ächzend und schnaufend rappelte sich der Kerl vom Boden hoch und betastete seinen malträtierten Arm.

»Und das alles wegen 'nem Weib. Du tickst ja nicht mehr richtig.«

Er warf mir einen verächtlichen Blick zu und suchte das Weite. Kurz bevor er zur Tür hinausgerannt war, hielt ihn Markus' gefährlich klingende Stimme auf.

»Wenn mir zu Ohren kommt, dass du ihr zu nahe gekommen bist, wird es dir Leid tun, verstanden?«

Der Kotzbrocken nickte und verschwand. Markus lauschte in angespannter Haltung. Wir hörten, wie unten die Tür zuschlug und gleich darauf ein Motorrad mit dröhnendem Motor startete. Er wandte sich mir zu.

»Geht's wieder?«

Ich war zu keiner Antwort fähig. Mir liefen nur die Tränen herunter. Er probierte die Schlüssel zuerst an den Handschellen über meinem Kopf. Es klickte zweimal und mit einem erleichterten Seufzer streckte ich meine schmerzenden Arme. Die Metallringe um meine Fußknöchel hatten sehr eng gesessen und Markus massierte mit zusammengepressten Lippen die roten Abdrücke.

»Ich hätte dem Schwein doch die Schulter ausrenken sollen.«

Ich setzte mich auf und begutachtete den Schaden. Es sah schlimmer aus, als es war.

»Wo warst du bloß? Ich dachte, der Kerl bringt mich um.«

»Tut mir Leid, ich wurde aufgehalten.«

Nachdem er sich versichert hatte, dass der Koloss mir nichts wirklich Schlimmes angetan hatte, strich er behutsam über die immer noch brennende Haut in meinem Gesicht. Ich schauderte unwillkürlich bei der Erinnerung an die heftigen Schläge, die er damit unwissentlich erneuerte.

»Bleib ganz still liegen, ich hole dir ein paar Eiskompressen. Sonst kannst du in den nächsten Tagen nicht unter Menschen.«

Ich ließ mir dankbar die Eisbeutel auf die Wangen drücken, die er aus der Küche geholt hatte. Er kümmerte sich liebevoll um mich, nahm mich in den Arm und tröstete mich wie ein kleines Kind. Nach einer Weile sagte er:

»Ich muss unbedingt jemanden anrufen.«

Seinem Gesichtsausdruck nach zu urteilen, würde dieser Jemand nicht gerade seine helle Freude an dem Telefonat haben. Falls er auch nur ein wenig an meinem Erlebnis beteiligt war, gönnte ich ihm jede Kostprobe von Markus' Zorn. Ich versuchte, etwas von dem Gespräch mitzuhören, doch leider verstand ich kein einziges Wort. Markus hatte sich in den hintersten Winkel des Ateliers zurückgezogen und redete sehr leise. Aus seiner Körperhaltung und Stimmlage sprach unterdrückte Wut. Mit einer *Basta*-Geste und einem wütenden Zischen brach er das Gespräch ab. Meine Ahnung wuchs sich zu einem Verdacht aus.

»Hat dieser Junge, der so unsterblich in dich verliebt ist, irgendetwas hiermit zu tun?«

Markus runzelte die Stirn und zögerte mit einer Antwort.

»Du hast doch eben mit ihm gesprochen, oder? Sag mir endlich, was hier gespielt wird.«

Sein Ausdruck finsteren Brütens wich langsam, als er sich neben mich auf die Bettkante setzte und mir eine Haarsträhne von der Schläfe löste, die von Tränen und Eiswasser getränkt dort festgeklebt war.

»Ja. Er hat etwas damit zu tun. Du brauchst dir aber keine Gedanken zu machen, dass so etwas noch einmal vorkommen könnte. Wie fühlst du dich?«

»Dreckig. Er war so widerlich. Ich habe das Gefühl, sein Dreck klebt überall an mir.«

»Möchtest du baden?«

»Ja, am liebsten mit einer Wurzelbürste.«

Die Aussicht auf ein duftendes Bad belebte mich wie die Essensglocke den pawlowschen Hund. Ich ließ die Kompressen neben das Bett fallen und schälte mich aus meinen Kleidern. In dem kleinen Bad hatte Markus mir eine Wanne einlaufen lassen – ein hübsches, antikes Stück mit vergoldeten Löwenfüßen. Dampfschwaden waberten über dem türkisblauen Wasser, von dem ein orientalischer Blütenduft aufstieg. In Griffweite daneben befand sich ein Ständer mit einem flauschigen Badetuch. In einer daran befestigten Porzellanschale lag ein Naturschwamm.

»Champagner habe ich leider keinen da, nimmst du auch ein Glas Frascati?«

Natürlich. Ich ließ mich ins seidige Wasser sinken und nahm das kühle Glas mit dem Wein entgegen. Markus ließ mich einen

Moment allein. Der erste Schluck rann belebend meine Kehle hinunter. Dann tat der Alkohol seine Wirkung: Wärme breitete sich in meinem Inneren aus. Das heiße Wasser umspülte mich ölig, fühlte sich an wie flüssige Seide, streichelte mich beruhigend. Ich entspannte mich und seufzte zufrieden auf.

Ich musste weggedämmert sein. Als ich die Augen aufschlug, saß Markus am Wannenrand. Als sich unsere Blicke trafen, wich sein besorgter Ausdruck einer milden Erleichterung. Er strahlte mich mit einem charmanten Lächeln an und griff nach dem Schwamm. Er tauchte ihn ins Wasser und strich damit liebkosend über meinen Bauch. Ich lehnte mich zurück und schloss die Augen wieder. Die federleichte Berührung glitt höher, umkreiste meine Brüste, rubbelte über meine Nippel. Die reagierten, als hätten sie nur darauf gewartet. Das Schwammgewebe schmiegte sich an, streifte die Brustwarzen wie beiläufig, strich zärtlich und doch fordernd über sie hinweg. Mein Rücken drückte sich ganz von selber durch, präsentierte meine beiden weißen Hügel, die mehr verlangten. Die sanfte, aber beharrliche Stimulation brachte sie zum Prickeln. Ich umklammerte mit beiden Händen den Wannenrand. Der elastische Ball wanderte tiefer, tanzte um meinen Bauchnabel. Die löchrige Textur seiner Oberfläche reizte die Muskeln unter der Haut, sie zitterten in Wellen, die sich fortsetzten und zwischen meinen Beinen ausliefen. Ich öffnete die Beine, so weit die Wanne es mir erlaubte und hob mich dem Wohlgefühl entgegen. Der Schwamm mied meine sehnsüchtige Spalte und strich stattdessen die ganze Länge meines Beines hinunter, um auf der Innenseite Zentimeter für Zentimeter zurückzuwandern.

Ich erschauderte und presste die Schenkel zusammen, als er wieder oben in meinem Schritt ankam. Enttäuscht fühlte ich die weiche Nachgiebigkeit des Schwamms. Die harten Knöchel der Faust waren zu weit entfernt, um mir von Nutzen zu sein. Hätte ich meine Schambehaarung noch, wäre der Effekt vermutlich noch unbefriedigender gewesen. So spürte meine haarlose Haut den subtilen Kontakt, gierte aber nach mehr. Meine Hüften wanden sich auf der Suche nach diesem Mehr. Markus lachte leise. Im gleichen Moment spürte ich lange, schlanke Finger in mich hineingleiten. Ich keuchte auf und umspannte sie, so fest ich konnte. Sein Daumen suchte meine Klitoris und begann, sie behutsam zu massieren. Er hatte sofort die richtige Stelle gefunden. Ich stemmte beide Füße auf den Wannenboden und bog mich nach oben, der Hand entgegen.

»Sachte, sachte. Lass uns im Trockenen weitermachen, sonst bist du nachher total aufgeweicht.«

Meine unartikulierten Proteste ignorierend, zog er seine Hand zurück, richtete sich auf und hielt mir auffordernd das Badetuch entgegen.

»Na, komm schon. Später wirst du mir dankbar sein.«

Frustriert vor mich hin grummelnd, kletterte ich vorsichtig aus der Badewanne. Markus legte mir das dicke Tuch um und begann, mich abzutrocknen. Er rieb mir über den Rücken, tupfte meine Vorderseite trocken und rubbelte energisch über meine Beine. Besonders hingebungsvoll widmete er sich meinen Hinterbacken und meiner Pofalte. Auch die Schamlippen und die Hautfalte zum Beinansatz wurden mit Sorgfalt behandelt. Allmählich wurde ich ungeduldig. Würde er nie fertig werden? Er warf mir einen verschmitzten Blick zu.

»Eigentlich müsste man dich noch gründlich einpudern. Dummerweise habe ich keinen Körperpuder da.«

Ich prustete los und entwand mich ihm.

»Es reicht! So aufgeweicht kann ich gar nicht sein.«

Ich hielt ihm meine Arme hin, auf denen ein schimmernder Film glänzte. Prüfend fuhr er mit einem einzelnen Finger gegen meinen Haarstrich. Ich reagierte mit einer Gänsehaut. Der Finger strich beiläufig höher, streichelte meine Achselhöhle und weiter über meine Brust. Am Warzenhof stoppte er. Er schaute mir in die Augen und plötzlich war mein Mund so trocken, dass ich mühsam schluckte. Seine Pupillen waren extrem geweitet. Unter den Lidern sah ich nur noch hypnotisierende Dunkelheit. Ich hielt dem Blick stand und fühlte, wie ich von ihm angezogen wurde, bis unsere Gesichter auf einmal so nah waren, dass ich nur noch diese Augen mit dem hungrigen Ausdruck des Begehrens sah. Unsere Lippen trafen sich – seine fragend, meine weich, feucht und nachgiebig unter seiner heißen Zunge. Sie schlüpfte spielerisch zwischen meine Zähne, wand sich tiefer hinein, suchte und fand ihren Gegenspieler. Ich erforschte seine glatten Zahnreihen, die besonders weiche Haut an der Lippenrückseite und unter der Zunge, bohrte meine Zungenspitze in alle Höhlungen.

Ich war so in unseren endlosen Kuss vertieft, dass mich erst die frische Glätte des Lakens unter meinem Rücken aus meiner Benommenheit riss. Für einen Moment tauchten Ekel und Widerwille aus ihrem abgelegenen Winkel wieder auf. Ich versteifte mich. So unauffällig diese Regung auch gewesen war, Markus schien sie zu spüren. Er löste seinen Mund von meinem, hauchte mir federleichte Küsse auf Schläfen, Ohren und Hals und murmelte zärtliche Koseworte. Dabei fuhr seine Hand elektrisierend über meinen Bauch und die Oberschenkel. Auch dieses Mal überraschte es mich wieder, wie sensibel die Nerven meiner Bauchhaut auf seine Berührungen reagierten. Schon leichter Fingerkontakt ließ sie zittern wie Gelee. Und wenn seine warme, feste Hand leicht kreiste, sich endlich auf meinen Venushügel zu presste, seine Finger sich in meine Spalte schoben, war ich bereits heiß und nass. Ich stöhnte wollüstig und ohne mein Verlangen zu bemänteln. Der leichte Schweißgeruch seiner glatten Haut, unter der ich die Muskeln spielen spürte, löste etwas Animalisches in mir aus: Plötzlich biss ich ihn unbeherrscht in die Schulter. Der Salzgeschmack, vermischt mit seinem Duft, schoss wie ein Rauschmittel durch meine Adern. Markus zuckte mit einem Schmerzenslaut zurück, genauso erschrocken wie ich. Wir starrten uns gegenseitig in die Augen, ich entsetzt, er verwirrt. Die Verwirrung wich einem plötzlichen Verstehen. Ohne seinen Blick aus meinem zu lösen, aber auch ohne Lächeln, griff er unter die Matratze. Ein leises, metallisches Klirren neben meinem Kopf. Er drehte sich neben mir auf den Rücken und hielt sich mit beiden Hände an den Messingstäben des Kopfteils fest.

Verunsichert setzte ich mich auf. Das kalte, höhnische Glänzen der Handschellen ließ mich zusammenzucken. Verdammt. Würde ich fortan immer an diese erschreckende Hilflosigkeit erinnert werden? Da dämmerte mir, was Markus so viel schneller begriffen hatte: Das war ein Angebot. Auch wenn es mich Überwindung kostete, packte ich das erste Paar Handschellen. Ich beugte mich über Markus und ließ das eine Schloss einschnappen. Markus' Lider flatterten und seine Wangenmuskeln traten am Unterkiefer hervor. Machtgefühle durchströmten mich wohltuend und tröstlich. Ich ließ das zweite Paar Handschellen genüsslich über seinen Körper hinuntergleiten, ließ ihn den kalten Stahl auf der Haut fühlen. Die dunklen Haare auf seinen Schenkeln stellten sich auf. Suchend schweifte mein Blick neben das Bett und fiel auf den schwarzseidenen Kimono, der nachlässig über den einen Pfosten geworfen worden war. Die Handschellen waren als Fußfesseln zu eng – der Gürtel war lang genug und genau das Richtige. Ich zog ihn aus den Schlaufen, schlang ihn erst um Markus einen, dann um den anderen Knöchel und zurrte beides an den Metallstäben fest. Der Seidengürtel war sogar lang genug, dass ich seine Beine hatte spreizen können. Er blieb dabei passiv. Dann lag er vor mir.

Ich kniete mich auf die Fersen und betrachtete ihn in aller Ruhe. Trotz seiner Größe wies Markus perfekte Proportionen auf. Jedem antiken Bildhauer wäre das Wasser im Munde zusammengelaufen. Brust und Schultern waren gerade so muskulös, dass die Haut sich straff spannte und das Muskelspiel gut sichtbar war. Bei einem so dunkelhaarigen Mann erstaunlich, bedeckte kein dichter Haarfilz seinen Oberkörper. Ein paar schwarze Haare bezeugten, dass er sich nicht die Brust rasierte. Erst unterhalb des Nabels begann ein dunkler Haarstrich, der sich verbreitete, um dicht und schwarz glänzend den Penis zu umwuchern und sich zwischen den Beinen und auf seinen Oberschenkeln auszubreiten. Der flache Bauch wies im entspannten Zustand keine Waschbrettriffeln auf, aber ich wusste, dass ich sie jederzeit herausmodellieren konnte. Der Penis stand bereits. Er war glänzend, die Adern waren geschwollen; sie traten plastisch und blauviolett am Schaft hervor. Sein Schwanz zitterte leicht hin und her. Ich beugte mich über ihn und blies die Eichel an. Der Penis schlug regelrecht aus. Das gefiel mir. Ich leckte schnell und nass darüber und wiederholte das Anpusten. Die Adern verfärbten sich ein wenig stärker ins Violette. Mit Bedauern riss ich mich von dem wunderbaren Anblick los und wandte mich Markus' massivem Oberkörper zu.

Ich schwang mich rittlings auf ihn und ließ meine Brüste neben seinem Gesicht baumeln, während ich mich reckte und begann, sanft in seiner Armbeuge zu saugen und zu knabbern. Die Haut war hier so zart, dass sich meine Zungenspitze dagegen rau anfühlte. Seine Haut schmeckte köstlich. Ich spürte, wie sich die Härchen aufrichteten und er erschauderte. Ich ließ nicht von dem Arm ab, ehe nicht der letzte Rest Salz und Schweiß abgeleckt war. Dann widmete ich mich seinem Zwilling mit der gleichen Gründlichkeit. Die schwellenden Armmuskeln der Oberarme verleiteten mich zu immer kräftigeren Bissen. Meine Zähne gruben sich hinein und ich konnte durch die Hautschicht die Bewegungen der Muskeln spüren. Stück für Stück ließ ich mich langsam auf seiner Brust hinuntergleiten, rutschte auf meiner schlüpfrigen Scham über seinen harten Bauch, fühlte ihn unter mir vibrieren. Der Moschusgeruch verstärkte sich zu den

Achseln hin. Ich bohrte meine Nase in sein dunkles Haarbüschel und blies kräftig. Aus den Augenwinkeln sah ich seine kleine Brustwarze, eine rosenholzfarbene Perle. Ich nahm sie zwischen Zeigefinger und Daumen und zupfte daran. Sie versteifte sich. Sie reagierte wie meine Nippel, nur als Miniaturausgabe. Ich ließ sie los und nahm sie zwischen die Lippen, umspielte sie mit der Zunge und fing an zu saugen. Die breite Brust unter mir hob und senkte sich und aus ihren Tiefen drang ein unterdrücktes Stöhnen. Ich versenkte meine Zähne ein letztes Mal behutsam in den elastischen Brustmuskel und wanderte in Zungenschnörkeln zum zweiten Nippel. Ich bearbeitete ihn so lange, bis Markus ächzte und sein Becken hin und her zu werfen begann. Sein stahlharter Schwanz schlug bei jeder seiner Bewegungen an meine Pobacken. Mit einer fließenden Bewegung erhob ich mich von ihm und fing seinen Schwanz mit meiner heißen Spalte ein, hielt ihn fest und drückte ihn gegen seinen Bauch. Meine prallen Schamlippen waren so gespannt, dass ich seinen Puls in den dicken Adersträngen an der Seite pochen spürte. Ich rutschte an ihm herunter, bis sein Hodensack gegen meinen Damm drückte und rieb meine Klitoris an dem strammen Stück Fleisch. Sofort bäumte er sich auf und verfiel in rhythmische Bewegungen. Da es nicht in meiner Absicht lag, die Prozedur dermaßen abzukürzen, entzog ich mich dem lustvollen Kontakt.

Ich drehte mich mit dem Kopf zum Fußende, so dass mein feucht glänzendes Geschlecht direkt vor seiner Nase zu liegen kam, unerreichbar, jedoch gut sichtbar. Er konnte jede Muskelzuckung verfolgen und den Duft meines Saftes, der reichlich aus mir sickerte, aufnehmen – aber es war ihm unmöglich, ihn zu kosten oder mit seiner Zunge die seidige Glätte meines Schoßes zu erkunden. Derweil umspielte meine Zungenspitze seinen Bauchnabel, umtanzte ihn, lotete seine Tiefe aus. Meine Lippen saugten sich fest, ließen los. Ich setzte kleine Bisse über seinen Unterbauch, nahm die zarte Haut der Leiste zwischen die Zähne und zog daran. Das Büschel Schamhaar kitzelte mich dabei an der Wange. Meine Zunge wanderte in seine Leistenbeuge, bis hinter den Hodensack, in dem sich die Hoden wie Murmeln hin und her schieben ließen. Die leicht faltige Haut war spärlich behaart. Erst an der Unterseite, zum Damm hin, wurde der Wuchs dichter. Ich legte meine Handfläche auf die Stelle direkt unterm Sack und tastete vorsichtig mit dem Zeigefinger nach seinem Anus. Ich hatte den Finger mit meinem Saft benetzt und nutzte ihn nun, seine Pospalte schlüpfrig zu machen.

Der Schließmuskel hatte sich fest zusammengezogen. Ich umkreiste und massierte ihn so lange, bis ich ein Nachgeben spürte und ließ meinen Zeigefinger hineingleiten. Mit gekrümmtem Finger begann ich eine zarte Massage. Dann, durch sein genussvolles Stöhnen ermutigt, bewegte ich den Finger fester und energischer, wobei mein Handballen Gegendruck ausübte. Meine andere Hand legte sich um seinen Penisschaft und ich fuhr, wie ein Hauch, mit der Zungenspitze am Schaft entlang, umspielte den Eichelrand und tippte neckend gegen die Spitze. Er ächzte jetzt laut und drängte sich mir entgegen. Lange konnte ich ihn nicht mehr hinhalten.

Ich richtete mich auf und angelte nach einem Präservativ in der Kimonotasche, fummelte etwas ungeschickt damit herum, schaffte es aber, das Ding darüberzurollen, und schob mich auf den zuckenden Phallus zu. Ich führte die zum Platzen pralle Eichel in mich ein, spannte mich an und zog sie wieder heraus, streichelte mit ihr meine steil aufgerichtete Lustperle. Der Schwanz unter mir wurde wild, also ließ ich ihn eintauchen und musste selber nach Atem ringen, als er mich gänzlich ausfüllte, heiße Härte voller Leben. Mit aller Kraft hielt ich Markus unten, presste sein Becken gegen die Matratze, unterband seine frenetischen Beckenstöße. Ich brauchte noch ein paar Minuten – so lange musste er es noch irgendwie aushalten. Der rechte Zeigefinger verharrte immer noch in seinem Anus. Ich führte meinen linken Zeige- und Mittelfinger zum oberen Rand meiner Spalte und drückte sie in das weiche Fleisch, bis ich meinen Knopf spürte und ein erstes Zucken. Ich war so geschwollen, dass ich stärkere Reize brauchte. Während ich mich zurücklehnte, um den Druck auf die vordere Scheidenwand zu verstärken, massierte ich wild und ungeduldig meine Knospe. Der Orgasmus überkam mich so heftig, dass ich aufschrie. Die Zuckungen in meinem Inneren lösten ein Echo bei Markus aus. Er explodierte heftig. Sobald unsere Nachzuckungen verklungen waren, beeilte ich mich, abzusteigen und ihn loszumachen. Als ich mich den Handschellen zuwandte, erschrak ich. Er musste ziemlich an ihnen gerissen haben, denn dicke, rote Abdrücke zogen sich um seine Handgelenke. Ich suchte auf dem Fußboden hektisch nach den Schlüsseln, fand sie schließlich und befreite ihn.

»Wieso hast du nichts gesagt? Das muss doch höllisch wehgetan haben.«

Er besah sich den Schaden, tat ihn mit einem Achselzucken ab und grinste mich anzüglich an.

»Das war jede einzelne Schramme wert. Mit der Nummer könntest du reich werden.«

Ich schnaubte durch die Nase, streckte meinen Rücken durch und ließ mich neben ihm aufs Bett fallen.

»Danke für die Blumen.«

Ich gähnte entspannt. Markus hatte mit seiner »Behandlung« Recht gehabt: Die unangenehmen Momente waren zwar nicht völlig vergessen, aber dieser Old Wild Billy würde mich wohl spurlos gestreift haben.

»Meinst du, du fühlst dich gut genug, ein paar Schnappschüsse zu machen?«, fragte Markus, während er mich zärtlich streichelte.

»Natürlich. Wenn ich bisher keinen hysterischen Anfall bekommen habe, dürfte jetzt keiner mehr zu erwarten sein.«

Er gab mir einen Klaps und sprang vom Bett.

»Gut. Ich hatte nämlich alles vorbereitet. Komm mit.«

Und damit wurde ich in Richtung Atelier gezerrt und in den nächsten Stunden in allen erdenklichen Posen fotografiert – von oben, von unten, von der Seite und von hinten. Am Ende unserer anstrengenden Arbeit bestellte Markus den Pizzaservice. Während wir aßen, erzählte er mir beiläufig:

»Für Freitag habe ich eine hochinteressante Einladung. Du wirst überrascht sein, was unsere biedere Gegend alles zu bieten hat. Die verrücktesten Blüten gedeihen im Verborgenen. Hast du eine Maske? Am besten eine venezianische?«

Hatte ich leider nicht. Auf dem Dachboden lagen zwar noch ein paar Faschingsmasken, aber die waren wohl eher nicht das, was Markus vorschwebte.

»Dann kümmere ich mich darum. Zieh etwas Elegantes an, ein Kleines Schwarzes oder so etwas. Es ist eine ziemlich feine Gesellschaft. Nun, jedenfalls, was das Outfit anbelangt ...«

Karibischer Karneval

Diese Worte im Ohr, stand ich Freitagnachmittag verzweifelt vor meinem Kleiderschrank. Mein schwarzes Strickkleid aus Wolle war zu warm. Das T-Shirt-Kleid saß zwar gut und hatte einen aufregenden Ausschnitt, kam mir aber billig vor. Zum Samtrock fehlte mir ein passendes Oberteil und das dunkelrote, knöchellange *Tally-Weill*-Kleid saß so hauteng, dass Rüdiger es »die Wurstpelle« getauft hatte. So angetan ich von meinem Bild im Kabinenspiegel gewesen war, so feige hatte ich bisher alle möglichen Entschuldigungen gefunden, es nicht anzuziehen. Als mein Blick zum dritten Mal daran hängen blieb, riss ich es kurz entschlossen vom Bügel. Eine Eigenschaft der Wurstpelle war, dass jeder Hauch von Unterwäsche sich erbarmungslos abzeichnete. Ein BH erübrigte sich, da der elastische Stoff so geschickt geschnitten war, dass er sogar meine üppigen Brüste gut genug stützte. Sie quollen oben aus dem Ausschnitt heraus. Bis auf ein schmales Goldband, das sich um meinen Nacken schlang, hielt dieses Kleid allein durch die Kraft seines elastischen Materials. Da der Gehschlitz vorne bis über die Knie reichte, musste ich riskieren, dass sich das Silikonband der halterlosen Strümpfe abzeichnete. Aber ich war nicht bereit, mich in eine Strumpfhose zu zwängen. Italienische Lackpumps, oberarmlange, schwarze Satinhandschuhe und der Spitzenschal meiner Urgroßmutter, der mir in letzter Minute noch einfiel, komplettierten meine Erscheinung. Gespannt beobachtete ich Markus' Reaktion, seinen Blick, der an mir herabwanderte. Anerkennend schnalzte er mit der Zunge, leckte sich über die Unterlippe und räusperte sich.

»Wow. Sei bloß vorsichtig heute Abend. Mit dem Outfit wirst du die anwesenden Damen nicht gerade entzücken.«

Ich schloss die Haustür ab, stopfte den Schlüssel in mein Handtäschchen und takste die Eingangsstufen hinunter.

»Ganget Se heut'obed us?«

Um ein Haar hätte ich eine Stufe verfehlt und mein sorgfältig komponiertes Outfit hautnah dem Vorgarten vorgeführt. Die unermüdliche Frau Stegmaier spähte mit inquisitorischer Schärfe durch die dichte Forsythien-Hecke, die wir aus gutem Grund zwischen unsere Grundstücke gesetzt hatten. Ihren neugierigen Eichhörnchenaugen entging kein noch so winziges Detail meiner Aufmachung. Sie huschten zwischen Markus und mir hin und her.

»Ja, unser Bekannter hat sich netterweise bereit erklärt, mich auf eine Vernissage zu begleiten. Mein Mann ist ja nicht da«, erklärte ich.

Frau Stegmaier neigte die Dauerwellen und wechselte die erbsengrüne Plastikgießkanne in die andere Hand. Sie hatte schon länger auf der Lauer gelegen: breite dunkle Streifen auf dem gefegten Asphalt vor ihrer mit Gipsgänsen dekorierten Blumenschale zeugten von gärtnerischer Sorgfalt.

»Ha jo, warum solltet die Fraue immer daheim hocke. En schöne Obed allerseits.«

Eine solch ketzerisch-feministische Einstellung hätte ich der Guten gar nicht zugetraut. Ich wünschte ihr ebenfalls einen schönen Abend, bemüht, jede Spur von Ironie zu vermeiden. Markus hielt mir, ganz Kavalier, die Beifahrertür auf. Mein langes Kleid raffend, ließ ich mich möglichst anmutig auf den Autositz sinken und rettete gerade noch ein Stück Saum, ehe Markus die Tür zuschlug. Als wir losfuhren, winkte meine Nachbarin mir doch tatsächlich nach. Etwas gerührt schob ich Frau Stegmaier samt ihrer unerwarteten Toleranz in den Hintergrund und nahm Markus genauer unter die Lupe. Konzentriert blinzelte er gegen die tief stehende Sonne. Er trug ein weißes Seidenhemd, dessen weit geschnittene Ärmel in schmalen Bündchen endeten. Über der Brust war es locker mit einer schwarzen Kordel verschnürt. Der lässige Spalt ließ einen breiten Streifen Haut bis fast zum Nabel sehen. Er trug geradezu unanständig eng sitzende, schwarze Lederhosen. Sie schmiegten sich um seine festen Hinterbacken und überließen auch vorne so gut wie nichts der Fantasie des Betrachters. Unwillkürlich zuckten meine Finger in die Richtung seines Schritts. Die obszöne Schwellung zog mich magisch an. Zu fühlen, wie das Fleisch als Antwort auf meine Berührung fest wurde, nach oben drängte ... Ich biss mir auf die Unterlippe und faltete entschlossen meine Hände auf meinem Schoß. Seine Wirkung auf mich war ihm nicht entgangen.

»Gefällt dir, was du siehst?«, grinste er. »Dein Kleid passt übrigens perfekt. Du siehst ganz wunderbar aus. Greif doch mal hinter deinen Sitz – da liegt eine Plastiktüte. Vorsicht, die Federn an der Maske sind empfindlich.«

Mit spitzen Fingern zog ich eine sorgsam gearbeitete venezianische Maske aus der Tüte. Von dem mit farbigen Glassteinen und Federn besetzten Augenteil mit der typischen, übertriebenen Nasen- und Jochbeinpartie hing ein breiter Streifen Satin. Er verhüllte mein Gesicht bis unters Kinn. Essen und Trinken dürften vielleicht etwas schwierig werden.

»Sitzt sie bequem? Du wirst sie den ganzen Abend über tragen müssen.«

»Ich denke, das wird gehen. Kannst du mir mehr über diesen Maskenball sagen?«

Markus wählte seine Worte mit Bedacht aus.

»Es handelt sich um einen exklusiven Kreis von Leuten, die viel zu verlieren haben: Ansehen, Leumund, Posten. Sie treffen sich ein paar Mal im Jahr zu solchen ›Maskenbällen‹. Wenn man nicht aus ihren Kreisen kommt, hat man keine Chance, daran teilzuhaben. Ich habe Wanda ganz schön bearbeiten müssen, damit sie mir diese Einladung verschafft. War wohl nicht einfach für sie – obwohl sie die meisten gut kennt. Beruflich.«

Das konnte ja spannend werden! Markus warf mir ein wissendes Grinsen zu und hob eine Hand, um die Sonnenblende wieder hochzuklappen. In spätestens zwanzig Minuten würde es dunkel sein.

»Wenn du meinst, jemanden an der Stimme zu erkennen, frag bloß nicht nach. Es ist ein ungeschriebenes Gesetz, keine Klarnamen zu benutzen. In der Tüte muss auch dein Namensschild sein. Das zweite ist für mich.«

Ich zog zwei ovale, zartgelbe Pappschilder heraus. Auf einem stand in altmodischer Frakturschrift *Amanda*, auf dem zweiten prangte in schwungvollen Lettern *Errol Flynn*.

»Warum nicht *Zorro*?«

Meine Erheiterung, die ich hilflos hinausprustete, schien ihn zu kränken. Ich konnte sie leider nicht unterdrücken. Wie ein kleiner Junge zur Karnevalszeit ...

»Das schien mir ein bisschen zu fastnachtsmäßig.«

Wider Willen ließ er sich anstecken und kicherte mit. Vor seinem inneren Auge drängten sich wahrscheinlich Prinzessinnen, Haremsdamen und Indianerinnen um ihn als einsamen, schwarzen Zorro – ja, ich verstand, dass er diese Assoziation lieber mied.

Wir verließen die Straße und bogen auf einen Schotterweg ein, der vor einem antiken Portal in einer Mauer endete. Markus hupte zweimal und beide Torflügel glitten automatisch zur Seite. Wir fuhren auf das Grundstück und wurden von einer gebieterischen Hand in weißem Handschuh aufgehalten.

»Guten Abend. Darf ich um Ihre Einladungen bitten? Parken Sie bitte am Ende der Allee gleich rechts und legen Sie vor dem Aussteigen Ihre Masken an.«

Die Hand deutete auf eine lange Doppelreihe gut zwanzig Meter hoher Bäume. Eichen? Ich konnte im unruhigen

Licht der Scheinwerfer nicht viel erkennen. Die Allee führte auf eine klassizistische Fassade aus hellem Stein zu. Der Aufgang einer grandiosen Freitreppe wurde von einer Reihe Lorbeerkugelbäumchen in Versailles-Kübeln gesäumt. Mein neiderfüllter Blick hing an ihnen, während Markus, leise vor sich hin schimpfend, zwischen den Nobelkarossen rangierte. Der Anzahl der Schlitten nach zu urteilen, kamen wir nicht zu früh. Markus setzte geschickt seine Maske auf, ordnete die Gesichtsgardine und befestigte das *Errol-Flynn*-Schild an seiner Brust.

»Am besten bleibst du in meiner Nähe, aber falls wir in dem Gedränge getrennt werden, sei vorsichtig. Zügele deine Neugier ausnahmsweise etwas. Auf in den Kampf!«

Vielleicht hätte er mir doch etwas mehr erzählen sollen, aber jetzt war es zu spät. Trotz seines Arms wackelte ich auf meinen hohen Absätzen bedenklich über den Kies. Markus geleitete mich die Steintreppe hoch und sah mich ermutigend an. Genau war sein Ausdruck nicht zu interpretieren, denn die Maske ließ nur die Augen hinter der unbewegten Fratze funkeln. Wie unheimlich diese Maskierung war. Wenn man der Möglichkeit beraubt wird, das Mienenspiel seines Gegenübers zu verfolgen, wird einem erst bewusst, wie viel Information man ganz selbstverständlich daraus zieht. Unwillkürlich hielt ich die Luft an, als die Türflügel aufschwangen. Falls ich ein buckliges Faktotum erwartet hatte, wurde ich enttäuscht. Ein Bodybuilder-Typ in Butler-Uniform verbeugte sich tief und hieß uns förmlich willkommen. Seine Hand griff nach den Einladungen und nahm sie entgegen. Er entschwand in einen angrenzenden Büroraum. Den Tastaturgeräuschen nach zu urteilen, überprüfte er uns in einem Computer.

»Sie sind zum ersten Mal da. Haben Sie Vorlieben?«

Markus zögerte sichtlich.

»Verstehe. Sie möchten sich erst mal umsehen. Sie sind darüber informiert, dass sie den ›V-Status‹ nur für den ersten Besuch in Anspruch nehmen dürfen?«

Ich stutzte. Natürlich: V wie Voyeurs-Status. Wir nahmen die zwei Anstecknadeln in Form eines geschwungenen ›V‹ entgegen und befestigten sie über unseren Namensschildern. Damit kam ich mir vor wie ein Führerscheinneuling mit einem »A« auf der Heckscheibe.

»Bitte dort entlang.«

Wir folgten dem Korridor und ich hörte, wie der Empfangschef das nachfolgende Paar begrüßte. Hinter einer weiß lackierten Tür war Stimmengewirr zu hören, Gläserklirren – die Geräuschkulisse eines größeren gesellschaftlichen Ereignisses. Wir betraten einen Saal. Mindestens die Hälfte der Köpfe drehte sich in unsere Richtung. Alle Anwesenden trugen ebenfalls Masken. Es hätte mich nicht gewundert, wenn ein Zeremonienmeister laut klopfend unsere Namen verkündet hätte. Wir schritten über helles Parkett in unbezahlbarem Fischgrätmuster. Darauf, wie Inseln im Indischen Ozean verteilt: Orientteppiche und Sitzgrüppchen im Biedermeierstil. An der gegenüberliegenden Saalwand dominierte ein prächtiger Kamin, in dessen Tiefe Birkenstämme loderten. An den Längsseiten prangten luxuriöse Büfetts. Von weitem sprang mir ein Hummer, auf einem Berg Austern liegend, ins Auge. Doch die Anwesenden aßen höchstens hier und da ein Kanapee – zum Essen waren diese Masken eben unpraktisch. Die Getränke konnte man bequem per Trinkröhrchen zu sich nehmen. Aus diesem Grunde sah ich wohl überwiegend bunte Longdrink-Gläser auf den herumgereichten Tabletts.

Eine Matrone mit königlicher Ausstrahlung nahm Kurs auf uns. Sie trug ein Kostüm mit geschnürtem Leibchen und raschelnden Röcken in Pfauenblau und Türkis sowie ein Namensschild mit der Aufschrift *Lisette*. Berücksichtigte man eine gewisse künstlerische Freiheit, konnte man ihr Kostüm, so wie

Markus' Verkleidung, im achtzehnten Jahrhundert ansiedeln. Diesem Stil war die Mehrzahl der Gäste gefolgt. Den Frauen standen die geschnürten Mieder, aus denen mehr oder weniger viel Busen quoll, zumeist wundervoll. Die Männer waren eher benachteiligt, denn die hautengen Hosen und weit geschnittenen Hemden schmeichelten den wenigsten: zu klein, zu dick, zu unproportioniert. Einige hatten sich in eine Art Morgenrock gehüllt, was die Diskrepanz zwischen Bauch und Streichholzbeinchen wenigstens optisch minimierte. Andere schienen der Maxime zu folgen: *»Einen schönen Menschen kann nichts entstellen.«*

Ich wandte meine Aufmerksamkeit Madame Lisette zu, die uns als routinierte Gastgeberin herzlich beide Hände entgegenstreckte und uns begrüßte.

»Herzlich willkommen, Amanda und Errol. Wie schön, dass ihr kommen konntet. Ihr habt noch Zeit, vor der Auktion eine Kleinigkeit zu euch zu nehmen. Wir warten nur noch auf – Kapitän Hornblower und Gouverneur Lafitte.«

Sie nahm es wohl ziemlich ernst mit ihren Fantasiegestalten. Markus verneigte sich tief und übertrieben höflich. Ich begnügte mich mit einem angedeuteten Knicks, den ich in meiner frühen Jugend noch hatte praktizieren müssen und den ich entsprechend beherrschte. Dann packte ich Markus' Ärmel, zog ihn zum Büfett und flüsterte:

»Was ist eigentlich das Motto dieses Balls? Und was meint sie mit ›Auktion‹?«

Markus reichte mir einen Teller.

»Die Veranstaltung heißt ›Glücksritter in der Karibik‹. Vermutlich handelt es sich um eine Sklavenauktion. Lass dich einfach überraschen.«

Sklavenauktion? Du meine Güte! Wir nahmen ein, zwei Häppchen, schlürften im Gehen einen exotischen Cocktail und suchten uns einen freien Platz. Eine Dame im Witwenkostüm lehnte, vornehm gelangweilt, in einer Sofaecke. Sie lächelte einladend, rückte mit vor Ringen starrenden und von Altersrunzeln überzogenen Händen ihren leeren Teller zur Seite und starrte sehnsüchtig auf Markus' Männlichkeit unterhalb seiner Gürtellinie. Ihre Mimik blieb dabei hinter einer Harlekin-Maske verborgen.

»Wie ich sehe, sind Sie neu. Nun, Sie sind wohl nicht auf die Auktionen angewiesen. Wissen Sie, früher war ich immer mit meinem Erwin hier. Als er dann starb, habe ich mich das erste Jahr nicht alleine hierher getraut. Aber dann habe ich es nicht mehr ausgehalten. Ich freue mich schon seit Wochen auf diese Auktion. Die Kerle sind ihr Geld mehr als wert. Das letzte Mal hatte ich einen Araber, der war der Wahnsinn.«

Wir wechselten einen Blick und Markus blinzelte mir zu.

»Was meinst du, Amanda, sollten wir uns nach einem Hausmädchen umsehen?«, fragte er mich verschwörerisch.

Die Witwe zog mich näher zu sich heran. Ich roch ihr starkes Parfüm.

»Einen Rat, meine Liebe, lassen sie ihm sein Hausmädchen. Bestehen Sie aber auch auf Ihr Vergnügen – einen Kutscher oder so was. Ich habe mir sagen lassen, die Auswahl sei heute superb. Gönnen Sie sich was Besonderes. Ihr Mann ist ja nicht schlecht gebaut, aber diese Schwarzen ...« Sie zwinkerte mir fröhlich und unbefangen zu. »Günstig ist der Spaß natürlich nicht. Aber denken Sie doch, was Sie damit Gutes tun: Mit Ihrem kleinen Obolus kann er sich bei sich daheim eine anständige Existenz aufbauen. Erwin meinte immer, man müsste es eigentlich absetzen dürfen – als private Entwicklungshilfe sozusagen. Und das Risiko ist minimal. Sie sind besser durchgecheckt als die meisten hier. Schließlich müssen sie ein Vierteljahr in Quarantäne.«

Das wurde ja immer verrückter. Offenbar gab die Mehrzahl der Anwesenden also Unsummen für einen exotischen Sexualpartner aus. Ich bohrte nach. Meine Neugier war geweckt.

»Und wie findet man diese so genannten Sklaven? Wo leben sie denn während ihrer ›Quarantäne‹? Gibt das nicht Probleme mit den Behörden?«

»Ehrlich gesagt, weiß ich das auch nicht so genau. Aber sie finden immer die Richtigen.« Sie wich meinem Blick aus und spielte mit einem Amethystring. »Ich glaube, sie führen Buch über unsere persönlichen Vorlieben. Wenn ich meinen Sklaven ersteigert habe, weiß er jedenfalls immer genau Bescheid, was ich mag und was nicht. Ich habe läuten hören, sie werden in der Quarantänezeit speziell darauf trainiert. Inzwischen könnte ich in dem Augenblick, in dem der Sklave das Podest besteigt, sagen, für wen er gedacht ist. Ein paar flexible ›Joker‹ sind natürlich immer dabei. Aber Sie werden es ja selbst sehen.«

Ich konnte kaum glauben, in was ich da hineingeraten war. Ich betrachtete die Anwesenden mit anderen Augen. Kannte ich wohl jemanden von ihnen? Hier war offensichtlich viel Geld im Umlauf. Es steckte schon eine perverse Logik dahinter, Sexspiele auf diese Weise mit Machtspielen zu kombinieren. Die perfekte Kulisse und der Rückhalt einer Gruppe Gleichgesinnter bestärkte den Einzelnen, der alleine diese Grenze wohl nicht überschreiten würde. Gleichzeitig vermittelte diese Show eine künstliche Szenerie von erschreckender Wirklichkeit. Würden diese Menschen auch so freudig erregt reagieren, wann das Ganze echt wäre? Und was war mit den Sklaven? Ob und wie sie wohl von diesem Geschäft profitierten?

In meine Überlegungen dröhnte ein Tempelgong und allerorten machte sich eine mühsam unterdrückte Erregung breit. Teller wurden abgestellt, Gläser rasch ausgetrunken. Die ersten Grüppchen strebten zielsicher durch eine versteckte Tapetentür ins Freie. Auch die Witwe erhob sich, schüttelte ihre weiten Röcke zurecht und griff mit zittriger Hand nach einem Pompadour. Markus bot jeder von uns einen Arm. Flankiert von einer schwarzen Witwe und einem Mae-West-Verschnitt spazierte er dem Strom nach. Der Grad der Erregung nahm zu. Bei einigen Männern war er am Ausmaß ihrer Schwellung in der Hose direkt ablesbar. Bei den Frauen äußerte er sich in einer Unzahl flattriger, überflüssiger Bewegungen.

Es war eine herrlich warme Sommernacht. Draußen duftete es nach satter Blütenpracht und Seeluft. Unser Weg führte uns über einen Schotterpfad durch einen großen Garten. In regelmäßigen Abständen brannten Fackeln am Wegesrand und verliehen dem Menschenstrom die Atmosphäre einer Prozession. In einiger Entfernung sah ich zwischen den Büschen das Wasser des Bodensees aufblitzen. Wir gingen aufs Wasser zu und ich überlegte schon, ob die Auktion etwa am Strand des Seegrundstücks stattfinden sollte. Das schien mir doch sehr öffentlich.

Plötzlich ragte vor uns eine dunkle Wand auf. Wir folgten unseren Vordermännern um das Gebäude herum. Es war ein Bootshaus. Dahinter, von üppig bewachsenen Bäumen und Büschen geschützt, beleuchteten eine Unmenge rauchender Fackeln ein Holzpodest, ähnlich dem Siegertreppchen bei Sportwettbewerben. Davor standen, auf einer Terrasse aus Holzplanken, einige Bänke, auf denen bereits die Ersten Platz genommen hatten. Unsichtbare Helfer stellten neue Holzbänke hinzu. Da unsere Witwe keinerlei Anstalten unternommen hatte, uns abzuschütteln, blieben wir als Trio zusammen auf einer der hinteren Bankreihen. Mit einem Gongschlag eröffnete ein Auktionator, der am Fuße des Podests Platz bezogen hatte, die Veranstaltung. Er hätte in jedem Casting für Historienschinken als Bösewicht gute Chancen gehabt. Vermutlich hatte er seinen momentanen Job genau diesem Umstand zu verdanken. Dann begann die Versteigerung auch schon.

»Der erste Kandidat heute Abend: männlich, sehr kräftig, aber einfühlsam ...«

Ich reckte meinen Hals, um besser sehen zu können. Der Auktionator, ein bulliger Kerl, trug ein ähnliches Kostüm wie die anderen Männer, allerdings mit einer langen Lederweste. In der Hand hielt er eine zusammengerollte Peitsche und einen Rohrstock. Um ihn herum sprangen zahlreiche Gehilfen. Eine zierliche Frau in einem formlosen Kittel stand neben ihm. Die kleine Sekretärin trug einen Stapel Papiere, in denen sie hastig blätterte. Im Bootshaus öffnete sich eine Tür und der Angekündigte wurde von zwei Helfern ruppig auf die unterste Stufe des Podests geführt. Dort blieb er stehen und die Menge gaffte ihn an. Es handelte sich um einen baumlangen, glänzend gebauten Schwarzen im Lendenschurz. Seine Muskeln schimmerten unter der eingeölten Haut. Um den Hals trug er einen nietenverstärkten Lederstreifen und seine Hände steckten in Metallreifen, die mit einer Kette verbunden waren. Seine Gesichtszüge waren karibisch-afrikanisch geprägt, tiefschwarz seine Haut, die Lippen wulstig und die Statur mächtig. Eine geradezu überwältigende Menge Mann. Ich schluckte. Peinlich berührt wandte ich den Blick ab. Die Witwe neben mir rutschte unruhig auf der Vorderkante der Bank hin und her. Aus den Augenwinkeln sah ich, wie sie sich abwesend die Lippen leckte. Ihr ganzer Körper schien sich magnetisch auf den Vorgeführten auszurichten. Ich erwartete jeden Moment ihr Gebot. Doch obwohl sie nervös ihre Finger verschränkte und wieder löste, rührte sie sich nicht.

»Ein wahres Prachtexemplar, meine Damen, wie für Ihre exotischsten Fantasien geschaffen.«

Schmierig grinsend tippte die Lederweste mit dem Rohrstock an den Mundwinkel des Schwarzen. Augenblicklich öffnete der gehorsam den Mund. Wie auf dem Pferdemarkt. Perfekte, elfenbeinfarbene Zahnreihen blitzten auf. Weder den Augen noch der Mimik des Schwarzen war auch nur eine Spur Gefühlsregung anzumerken. Wie mochte er sich fühlen? Verachtung war für seine Rolle nicht vorgesehen. Hinter der Maske der Gleichgültigkeit konnte sich alles verbergen. Gelang es ihm, sich von seiner Rolle innerlich zu distanzieren, sie als Part in einem

Theaterstück zu sehen? Hatte er gewusst, worauf er sich einlassen würde, als er den Vertrag unterzeichnete? Alles lief so routiniert ab, als sei es zig-mal geprobt worden. Ich hoffte für ihn, dass seine Gage hoch genug war, um ihn für diesen Auftritt zu entschädigen.

»Ehe Sie sich um ihn reißen, meine Damen, noch eine kleine Demonstration zu Ihrer Anregung ...«, kündigte der Auktionator an.

Ein Wink – und zwei kleine Gehilfen kletterten affenartig flink auf das oberste Podest. Dahinter stand ein Gerüst, an dessen Spitze eine Seilwinde befestigt war. Ein Gehilfe griff nach einem am Seil hängenden Karabinerhaken und hakte ihn in die Armfesseln des Schwarzen ein. Sein Kollege betätigte die Winde. Langsam wurden die Arme hochgezogen, bis sie ganz nach oben gestreckt waren. Jeder Quadratzentimeter auf der Haut des Schwarzen glänzte. Meine Nachbarin sog leise zischend die Luft ein und jauchzte förmlich auf, als einer der Helfer mit einem Ruck den Lendenschurz des Schwarzen entfernte. Darunter hatten wir es – wie es das Klischee verlangte – mit einem echten Prachtexemplar zu tun. Mit einem Fingerschnippen brachte der Auktionator die kleine Sekretärin dazu, vor dem Sklaven niederzuknien. Sie umfasste den Penis mit beiden Händen und senkte den Kopf. Er gab keinen Laut von sich, aber die Wangenmuskeln zitterten und über der gespannten Oberlippe und an den Schläfen bildete sich ein Schweißfilm. Als die Dame den Kopf wieder hob, reckte ein fantastischer Phallus seine feucht schimmernde Eichel in den sternenklaren Nachthimmel.

»Nun, meine Damen, habe ich zu viel versprochen? Lassen Sie uns mit zweitausend Dukaten beginnen. Ihre Gebote, bitte.«

Sollte ich so unfein sein und meine Banknachbarin nach dem Wechselkurs fragen? Nein, das schien mir geschmacklos. Es wurde verhältnismäßig lustlos geboten, bis die Witwe alle Zurückhaltung aufgab und mit vor Aufregung quietschender Stimme der Sache ein Ende bereitete:

»Achttausend.«

Der Auktionator verbeugte sich in ihre Richtung, warf einen Blick in die Runde und sprach ihr den Sklaven zu.

»... und zum Dritten! Er gehört Ihnen, gnädige Frau. Möchten Sie ihn gleich zeichnen?«

Sie trippelte triumphierend nach vorne und setzte in aller Ruhe ihre Unterschrift unter ein Papier, das die vielseitige Sekretärin ihr hinhielt. Dann kramte die Witwe in ihrem Pompadour und reichte ihr einen Stempel. Wenig zimperlich klatschte der Auktionator das Ding schwungvoll auf eine Hinterbacke des Schwarzen. Die Witwe nahm mit etwas altjüngferlicher Anmut einen altmodisch gearbeiteten Schlüssel entgegen und, nach einem letzten Blick auf ihre Neuerwerbung, ließ sie der Veranstaltung ihren Lauf. Sie nahm wieder neben mir Platz und wurde zunehmend entspannter. Vielleicht würde ihr rudimentäres Interesse am weiteren Geschehen mir ein gewisses Maß an Auskunftsfreude bescheren. Während sie an den Schnüren ihres Beutels nestelte, streckte ich die Hand nach dem Stempel aus.

»Darf ich mal?«

Nach kurzem Zögern hielt sie ihn mir hin. Er wirkte wie ein Petschaft, aber in den Ranken versteckte sich kein Buchstabe, sondern ein Schwan mit sanft geschwungenem Hals und aufgestellten Flügeln.

»Wie hübsch. Wo haben Sie den denn her?«

»Ich habe ihn bekommen, als ich mir meinen Namen aussuchte«, erklärte sie.

Ich musste mich etwas drehen, um ihr Namensschild lesen zu können. Dort stand *Odile*.

»Schauen Sie, da kommt schon der Nächste – ach nein, es ist eine Frau.«

Sie nahm mir den Stempel aus der Hand und reckte ihren

Hals. Die nun feilgebotene splitternackte Schwarze hätte gut die Schwester ihres Vorgängers sein können. Sie war sehr groß, und wo bei ihm Muskelpakete gespielt hatten, wies sie üppige Fülle auf. Auch ihre Haut schimmerte wie poliert und haarlos glatt. Die spitzen Brüste hatten riesige Nippel und ihre Arme waren so hinter ihrem Rücken zusammengebunden, dass ihr Busen noch spitzer vorstand. Sie hielt sich steif und aufrecht und man sah einen Hauch von Verachtung in ihren halb geschlossenen Augen aufblitzen.

»Meine Herren, aufgemerkt«, brachte sich der Auktionator wieder ins Spiel. »Sind das nicht ein Paar stramme Schenkel? Zum Anbeißen, nicht wahr? Die Dame ist vielseitig, gesund und belastbar. Sie können sie ordentlich rannehmen. Wer traut sich?«

Aus der ersten Reihe entspann sich ein kurzer Wortwechsel. Offenbar meldete jemand Sonderwünsche an.

»Gut«, gestattete der Auktionator, »Sie dürfen das Mädchen kurz anfassen.«

Ein mickriges Männchen, das der Schönen nur bis kurz unter die Schulter reichte, stolzierte zum Podest, stellte sich in Positur und kniff die Frau roh in die Brustwarzen. Ihre Lippen pressten sich zusammen, aber sie blieb stumm. Mir blieb die Spucke weg. Was für ein Kotzbrocken! Ich rutschte nervös auf der Bank herum – allmählich ging mir diese Veranstaltung an die Nieren. Der Zwerg murmelte missmutig etwas Unverständliches und ging kopfschüttelnd zu seinem Platz zurück. Dort lehnte er sich mit ostentativ verschränkten Armen zurück. Es war offensichtlich – er gedachte nicht zu bieten. Auch kein anderer aus dem Plenum bot für die Frau. Der Auktionator ließ sie wieder abführen.

An ihrer Stelle schubsten die Helfer eine zierliche Mulattin mit langen, schwarz schimmernden Locken aus dem Bootshaus auf die Bühne. Sie bewegte sich mit herausfordernder Sinnlichkeit und wogenden Hüften. Sie war wunderbar proportioniert. Die Brüste so klein und so fest, dass sie bestimmt keinen BH benötigte. Ihr Hautton tendierte zu goldenem Beige und wirkte aus der Entfernung weich wie Samt. Sie war ungefesselt und hob auf dem Podest von sich aus ihre Arme. Dabei hielt sie ihre Haarpracht hoch. Bewundernde Zustimmung im Publikum.

»Eine zärtliche, verspielte Geliebte, meine Herrschaften. Sie wird Sie verwöhnen, wie Sie es sich immer erträumt haben.«

Die war natürlich ein Selbstläufer. Der Auktionator musste nur die Gebote ausrufen, schon wurden sie überboten. Sieger wurde ein kleiner Dicker, der mit stolzgeschwellter Brust und geradezu ehrfurchtsvoll seinen Stempel auf den schön geschwungenen Po des Mädchens drücken durfte. Die Witwe kicherte in sich hinein.

»Da hat sie Glück gehabt, das ist ein ganz reizender Mann. Wenn sie sich ein wenig anstrengt, legt er ihr noch ein schönes Sümmchen drauf.«

»Und der eben?«

»Ein echter Widerling, das können sie glauben. Der hat schon ein paar Mal Ärger bekommen, weil er zu grob mit den Leuten umgegangen ist. Er ist ein ekliger Sadist. Außerdem hat er versucht, sich um die übliche Zulage für die Spezialsklaven zu drücken.«

»Was sind Spezialsklaven?«

Sie senkte ihr Haupt und ihre Stimme.

»Die kommen ganz zum Schluss. Sie sind etwa doppelt so teuer. Sie sind ... nun, sagen wir, für die ungewöhnlicheren Bedürfnisse. Natürlich dürfen sie nicht ernsthaft verletzt werden, aber ...«

Vorne kündete eine gewisse Unruhe von einem Neuankömmling. Beide richteten wir unsere Aufmerksamkeit wieder auf die Szene, die sich da abspielte. Ein Pendant zu der Mulattin tänzelte wie ein Boxer beim Training herein, ein kleiner und sehr jung wirkender Bursche. Fast rührten seine Einlagen, bei denen er seine Bizepsmuskeln spielen ließ. Auf dem Podest drehte er uns unvermittelt seine Rückseite zu und bückte sich nach vorne, so dass sein Po in die Luft ragte. Gekicher breitete sich aus und auch der Auktionator wirkte erheitert, als er die Spitze seines Rohrstocks spielerisch durch dessen Pospalte zog und ihm damit die Hinterbacken tätschelte.

»Ein kleiner Gespiele, Herrschaften. Recht unerfahren, wie man sieht, aber das macht ja gerade seinen Reiz aus. Wer möchte da nicht ein Lehrer sein?«

Unter anzüglichem Hüsteln fingen die Ersten an zu bieten.

»Wie ist das eigentlich«, wollte ich wissen, »wenn sich zwei um den Gleichen streiten? So wie's in diesem Fall aussieht, müssten mindestens noch drei solche Jungs angeboten werden. Gibt es so viele?«

»So einseitig sind wir hier nicht. Wenn man die erste Wahl nicht haben kann, nimmt man eben die zweite. Später, ganz zum Schluss, werden noch die Joker und die Übriggebliebenen versteigert – zum Sonderpreis.«

Markus knuffte mich in die Seite. Ich spürte seinen heißen Atem an meinem Ohr und seine Lippen durch den Stoff seiner Gesichtsgardine.

»Vielleicht solltest du da mal nachhaken, meine Schöne. Überleg's dir …«

»Spinnst du?« Ich trat ihm kräftig auf den Fuß. »Glaubst du, ich mach hier mit?«

Selbstverständlich hatte ich mir meine Gedanken gemacht. Jede Frau aus Fleisch und Blut hätte mit der Vorstellung gespielt, eines dieser heißen Muskelpakete in und über sich zu fühlen. Aber die Art der Veranstaltung war einfach nicht nach meinem Geschmack.

Es folgten noch einige Gespielinnen und Gespielen – es musste wirklich für jeden Gusto etwas dabei sein. Dann veränderte sich plötzlich die Atmosphäre. Das erste Anzeichen für einen Wechsel ging von der Lederweste aus, die den Rohrstock beiseite legte und mit theatralischer Geste eine Peitsche entrollte. Er ließ sie ein-, zweimal auf den Boden knallen. Die Witwe erhob sich hastig und flüsterte mir zu:

»Was jetzt kommt, mag ich nicht – und wenn sie noch so gut für ihre Dienste bezahlt werden. Vielleicht sehen wir uns ja bei der nächsten Auktion wieder?«

Ich schüttelte den Kopf und stand auf.

»Ich fürchte, nein. Das ist wohl ein einmaliges Vergnügen für mich.«

Wir schüttelten uns zum Abschied die Hand.

»Wie schade, meine Liebe. Ich wünsche Ihnen noch einen schönen Abend.«

»Ihnen auch. Es war nett, Ihre Bekanntschaft gemacht zu haben.«

Ich sah ihre Augen hinter der Maske lächeln, dann verschwand sie. Ihre Gedanken eilten ihr sichtlich voraus. Ein lautstarkes Peitschenknallen lenkte meine Aufmerksamkeit wieder auf die Bühne. Dort zerrten die beiden Schergen gerade eine sich heftig zur Wehr setzende Mulattin vor den Auktionator. Ihre Hände waren in einem Ledersack eingeschnürt und mittels einer kurzen Kette so an ihren Hals hochgezogen, dass die angewinkelten Unterarme ihre spitzen Brüste teilten und obszön anhoben. Irgendwie schaffte sie es, einen der Gehilfen zu beißen. Er stieß einen Schrei aus, mehr überrascht als verletzt und schleuderte sie zu Boden. Sofort sprang sie geschmeidig auf die Füße und begann unverständliche Schmähungen auszustoßen. Der Auktionator schien sich nicht weiter daran zu stören, hob nur seine Stimme.

»Wie Sie selbst sehen, meine Damen und Herren, eine noch ungezähmte Blume des Urwalds. Aber ihre Schönheit macht das wohl mehr als wett. Sie ist etwas für Männer, die eine

Herausforderung lieben: Diese Stute muss noch zugeritten werden.«

Was für eine schmierige Type. Sein dreckiges Lachen stieß auf ein mehrstimmiges Echo und zahlreiche anzügliche Bemerkungen aus dem Publikum. Unsicher wechselten wir einen Blick und einigten uns rasch – dank der Witwe vorgewarnt – auf unauffälligen Rückzug. Wir hatten genug gesehen. Markus nahm meine Hand und zog mich von der bietenden Menge weg, in den Garten hinein. Ich trippelte vorsichtig hinter ihm, der einen Trampelpfad durch den Gebüschsaum ausgemacht hatte, her. Im Gehen zog er sich die Maske ab und fuhr mit der freien Hand durch seine zerdrückten Haare. Erleichtert tat ich es ihm nach. Wir hatten das Ende des Pfads erreicht und fanden uns auf einem Stück Strand wieder – im gespenstisch fahlen Mondlicht. Eine frische Brise vom See strich kühl und sanft über mein Gesicht. Markus hüpfte kurz auf einem Bein, dann auf dem anderen und warf seine Schuhe und Strümpfe in den Sand. Er ging in die Hocke, schöpfte Wasser in beiden Händen und tauchte prustend sein Gesicht hinein.

»Das tut gut. Komm her, du solltest auch versuchen, wieder klar zu werden.«

Ich zögerte. Da sprang er auf, und ehe ich mich versah, hatten seine nassen Hände mich umfangen. Das Wasser tropfte von seinem Gesicht auf meines, den Hals, rann mir in den Ausschnitt und zwischen den Brüsten hindurch. Es kitzelte und ein Frösteln überlief mich.

»Ist dir etwa kalt, meine Schöne?«

»Eigentlich nicht. Es ist nur jemand über mein Grab gelaufen …«

Er schnitt mir weitere Erklärungen mit einem hungrigen Kuss ab. Seine eben noch lachenden Lippen drängten sich zwischen meine, seine Zunge schnellte gegen meine und ich spürte, wie geschickte Finger meinen Kleidersaum hochzogen. Zwei kühle, noch feuchte Hände schlüpften unter den Stoff, schmiegten sich an meinen heißen Po, streichelten sich ihren Weg zu meiner Spalte, teilten sanft die weichen Falten. Meine Lider senkten sich, die Füße schienen in Treibsand zu versinken und ich stöhnte sehnsüchtig auf. Er spielte auf meinem Körper wie ein genialer Musiker. Jede Bewegung weckte in mir neues Verlangen und ich drückte meinen Schamhügel auffordernd gegen seine Lenden. An meiner Hüfte fühlte ich die vertraute, steinharte Wölbung und rieb mich instinktiv dagegen. Er schob ein Bein nach vorne, zwischen meine nachgiebigen Schenkel und zog mich fest an sich. Hektisch angelte ich nach dem Saum, um seine Männlichkeit an meiner nackten Haut spüren zu können. Das Leder seiner Hose glitt zwischen meine Beine, massierte meine geschwollenen, feuchten Lippen. Ich wollte schon zu Boden sinken, aber ausgerechnet da mahnte mich ein natürliches Bedürfnis. Mühsam sammelte ich meine Gedanken.

»Warte einen Moment, ich muss kurz in die Büsche.«

Mit Bedauern löste er sich von mir, stützte mich, bis ich mein Gleichgewicht wieder im Griff hatte.

»Du musst nicht in die Büsche. Beim Bootshaus sind Toiletten, gleich neben der Eingangstür.«

Eilig stolperte ich den Weg wieder zurück. Die Fackeln waren zum Teil niedergebrannt. Die Grillen zirpten und gelegentlich zischte es auf, wenn ein Nachtfalter in den Flammen verbrannte. Von den Aktivitäten hinter dem Bootshaus war kaum etwas zu hören. Ich fand die Toiletten. In dem trüben Licht der einen Leuchtstoffröhre neben dem Spiegel sah ich mich: Unnormal schwarze, riesige Pupillen ließen meine Augen im hellen Gesicht dominieren. Meinem Spiegelbild nach zu urteilen, wirkte ich genauso unheimlich und makaber wie alle anderen. Den Anflug von Beklemmung abschüttelnd, stieß ich die Tür wieder auf und strebte so rasch wie möglich zurück zu Markus.

Auf dem Weg hörte ich plötzlich einen dumpfen, erstickten

Schrei. Er drang praktisch aus dem Erdboden. Entsetzt sprang ich ein Stück zur Seite. Was sollte ich tun? Konnte ich etwas tun? Sobald mir klar wurde, dass das Geräusch aus den Kellerräumen unterm Bootshaus kommen musste, nahm ich mich zusammen und versuchte, in dem spärlichen Licht etwas auszumachen. Die Wand neben mir schien undurchdringlich dicht zu sein. Erst als ich um die Ecke bog, fiel mir ein schießschartengroßes Loch in der Holzverschalung auf. Normalerweise wurde es wohl von einer Luke verdeckt – doch die stand jetzt offen. Ich musste mich etwas recken, um hineinschauen zu können. Was ich sah, überraschte und schockierte mich:

Einer der Schwarzen, der ganz offensichtlich ersteigert worden war, hing mit wild verzerrtem Gesicht an einem Schaukelgestell. Seine Handgelenke lagen in Ketten, die wiederum verbunden waren mit einem Fleischerhaken in der Decke. Er war mit etlichen, breiten Lederriemen an dem Gestell festgezurrt. Er hing dort, in gekrümmter Haltung, wie ein Paket verschnürt. Er hielt die Lippen fest zusammengepresst und eine steile Furche zog sich von der Nasenwurzel bis fast zum Haaransatz. Ich blinzelte ein paar Mal, als ich auf den bulligen Nackten hinter ihm aufmerksam wurde. Der schmiegte sich hingebungsvoll wie ein Liebhaber an dessen Rücken. Sein entrückter Gesichtsausdruck verriet, dass er sich voll und ganz seiner Lust hingegeben hatte. Ich erkannte erst beim zweiten Hinsehen, das es ein überaus fotogenes und mir wohlbekannte Gesicht war. Seine schmalen, aristokratischen Lippen verzerrten sich zu einem Strich, ein dünner Speichelfaden rann aus einem Mundwinkel, lief seitwärts am Kinn entlang und tropfte schließlich zu Boden. Plötzlich schlang er beide Arme fest um die Taille vor sich, drückte sich noch tiefer hinein und biss unbeherrscht in die Schulter, die sich ihm darbot. Ungläubig schüttelte ich den Kopf: Hier fickte der Platzhirsch der bürgerlichen Mehrheitspartei einen gefesselten Schwarzen in den Hintern. Das durfte einfach nicht wahr sein!

Und dieser Mensch mokierte sich öffentlich über die zu lässige Erziehung der Jugend – das »Grundübel« der Gegenwart. Zum ersten Mal in meinem Leben bedauerte ich aufrichtig, kein Sensationsfotograf zu sein.

Eine schwere Hand auf meiner Schulter katapultierte mich senkrecht in die Luft. Mein Herzschlag beschleunigte sich galoppartig und ich musste nach Luft schnappen.

»Sind Sie ein Gast, meine Dame?«, herrschte mich eine Stimme an.

Die Hand klappte geräuschlos den Laden vor die Luke. Im Halbdunkel ragte vor mir eine baumlange Gestalt auf: kurz geschnittene Haare, militärisches Outfit und ein stummer, aber zappeliger Dobermann an einer kurzen Leine. Einer vom Wachpersonal auf Streife. Ich schüttelte die Peinlichkeit, beim Spannen ertappt worden zu sein, ab und räusperte mich, bevor ich antwortete.

»Ich bin mit …«, hatte ich das Gefühl, erklären zu müssen.

»Keine Namen«, fiel er mir ins Wort. »Ich sehe schon, Sie sind zum ersten Mal da.«

Erleichtert, keine langwierigen Erklärungen abgeben zu müssen, schwieg ich. Er zog kurz an der Leine, an deren Ende die Hundekreatur hechelnd weiterstrebte.

»Sie sollten hier lieber nicht alleine rumgeistern! Wo ist Ihr Begleiter?«

Ich wedelte in Richtung Strand.

»Ich war nur schnell auf der Toilette. Ich hörte einen Schrei und ging ihm nach. Was machen Sie denn in einem solchen Fall?«

»Sehe ich aus wie Mutter Teresa?«, fragte er kalt zurück. »Seien Sie froh, dass Sie keinem frei laufenden Hund über den Weg gelaufen sind. Kommen Sie, ich bringe Sie hinunter zum Strand.«

Ich folgte Hund und Herrn auf meinen Highheels den

schmalen Trampelpfad hinunter zum See. Als wir durchs Gebüsch am Rande des Ufers gingen, verharrte der Tierkörper plötzlich bewegungslos. Ein grollendes Knurren stieg aus seinem Brustkorb. Ich stolperte in den Rücken des Wachmanns und musste mich in sein Popelinehemd krallen, um nicht das Gleichgewicht zu verlieren. Es waren unverkennbar zwei Stimmen zu vernehmen. Markus schien am Strand in ein angeregtes Gespräch, nein, in einen Streit verstrickt zu sein! Die Stimme seines Gegenübers überschlug sich in dramatischen Stimmhöhen. Vor mir fluchte der genervte Wachmann:

»Wer ist denn das schon wieder? Wo kommt denn der Typ auf einmal her?«

Ich hob nur ahnungslos die Schultern.

»Ich weiß nicht. Als ich zur Toilette ging, war mein Begleiter noch allein.«

Wer war das bloß? Der Hund stellte seine winzigen Ohrstummel auf und hechelte wie verrückt. Trotz fester Leine und kräftigem Führer gierte er nach Jagd und Kampf. Der Wächter hielt den Hund kurz und setzte sich wieder in Bewegung. Ich blieb beiden dicht auf den Fersen. Langsam konnte ich einzelne Worte verstehen. Die aufgeregte Stimme kam mir bekannt vor, ich konnte sie aber noch nicht einordnen. Der Sandstreifen war nun in gleißendes Mondlicht getaucht.

»Warum verstehst du mich denn nicht? Du musst doch einfach ...«

Die anklagend erhobene Stimme ging in Gemurmel über, auf das Markus betont ruhig antwortete. Die beiden Männer standen sich gegenüber wie Kontrahenten in einem Kampf. Ich musste unwillkürlich an den ekligen Cowboy denken. Markus, die Hände in den Taschen, den Kopf ablehnend nach hinten gebogen – vor ihm, in demütiger Haltung, mit flehentlich nach ihm ausgestreckten Händen, eine etwas kleinere Gestalt: Ganymed.

Der Wachmann schnaubte verächtlich durch die Nase und sagte zu mir:

»Das ist dieses Jahr schon zum Volkssport geworden. Die jungen Kerle versuchen, übers Wasser auf das Gelände zu kommen. Deshalb haben wir jetzt die Hunde.«

Er straffte sich, rückte sein Koppel zurecht und wappnete sich für sein Ordnungshüteramt. Seine breiten Schultern versperrten mir die Sicht auf das Paar, aber ich konnte der Unterhaltung inzwischen akustisch folgen.

»Wenn du es doch nur versuchen würdest ...«, flehte Ganymed.

»Verdammt, ich habe lange genug Geduld mit dir gehabt. Kapier es endlich – ich *will* nicht«, schnauzte Markus. »Du bist ja krank. Mach, dass du wegkommst, verschwinde, ehe sie wiederkommt. Schluss jetzt mit dem Kinderkram!«

Ich hatte schon den Mund geöffnet, um die Streithähne zu warnen, als ein irres Wutgebrüll jeden Laut erstickte. Ich hörte, wie morsches Holz knackte. Fast zeitgleich knackte noch etwas anderes. Der Wachmann keuchte entsetzt auf und stürzte vorwärts. Zu jeder Bewegung unfähig, starrte ich auf die Akteure und begriff nichts. Ich registrierte Markus' Körper, der regungslos auf dem Bauch lag, halb vom Wasser umspült. Kleine, neckische Wellen spielten mit seinem Ärmel, blähten den zarten Stoff ballonartig auf und ließen ihn dann wieder zusammenfallen.

Ganymed hielt immer noch den Ast Schwemmholz, mit dem er Markus eben niedergeschlagen hatte, in seiner Rechten. Mit aufgerissenen Augen und halb offenem Mund stierte er gelähmt vor Entsetzen. Der Wachmann sank neben Markus auf die Knie, fasste ihn an der Schulter und drehte ihn auf den Rücken. Mit seinem Hals war etwas nicht in Ordnung. *Irgendetwas* stimmte nicht mit seinem Hals. Sein Kopf schlenkerte zur Seite.

»Scheiße!«, rief der Wächter, zwei Finger an Markus' Halsschlagader.

Langsam stützte er sich mit einer Hand ab und richtete sich auf. Er sah mit einem sonderbaren Ausdruck auf Ganymed. Eine Mischung aus Ungläubigkeit, Schrecken und Unsicherheit. Meine Starre brach und ich setzte mich in Bewegung.

»Was ist mit ihm? Soll ich Hilfe holen, einen Arzt?«

Die Hilflosigkeit, mit der mir der Uniformierte in die Augen sah, das unterschwellige Mitleid, machte mich stutzig. Hier stimmte etwas nicht. Bewusst uneinsichtig warf ich mich neben dem Liegenden auf die Knie und fasste nach seiner Hand. Sie fühlte sich sonderbar schlaff an. Knochenloses Gummi, aber warm. Das Gewicht des Armes zog schwer an ihr.

»Markus, lass das Theater. Keine Spielchen mehr! Hörst du, keine Spielchen …«

Ich ließ die Hand fallen und packte in den flatternden Hemdenstoff. Die Haut glühte auf der trockenen Seite unter meinen verkrampften Fingern, auf der Wasserseite war die Tiefenwärme unter der kühlen, feuchten Haut nur noch zu ahnen. Ich blickte ihm ins Gesicht – und erstarrte. Keine Film- und Fernseh-Kunstleiche hatte mich auf den Anblick dieser Augen vorbereitet. Was seine Reglosigkeit, das dünne Blutrinnsal aus seiner Nase, das kaum der Rede wert schien, nicht vermochten – das bewirkten die Augen. Ich sah, was mit der Redensart vom »gebrochenen Blick« nur annähernd beschrieben wird. Über seine wunderschönen, grauen Augen schien sich eine Silberfolie geschoben zu haben. Noch hauchfein. Das Schwarz der Pupillen zog sich hinter den Schleier zurück. Die Tür schloss sich unwiderruflich. Unbeherrschtes Schluchzen hinter mir erinnerte mich an Ganymed. Ich wandte den Kopf.

»Schaut mich nicht so an! Ich wollte ihm doch nichts Böses tun. Er ist doch nicht etwa tot?«

Plötzlich näherten sich Stimmen und gelbliche Lichtfinger – Taschenlampen. Der Wachmann atmete erleichtert auf.

»Hierher! Es hat einen Unfall gegeben ... He, Bürschchen, hier geblieben!«

Eben noch am Boden zerstört, kauerte Ganymed plötzlich in einem kleinen Schlauchboot und zerrte hastig am Anlasser des Motors. Er hatte unsere kurze Abgelenktheit geschickt genutzt. Zwar hechtete der Hund wie ein Unheil bringender Blitz hinterher, aber die Wassertiefe zwang ihn bald zum Paddeln und damit hatte er keine Chance mehr. Mit lautem Geheul verschwand das Schlauchboot, verschwamm mit dem undurchdringlichen Dunkel der Nacht und löste sich auf. Der Hund trottete erschöpft aus dem Wasser, schüttelte sich, dass die Tropfen bis zu uns stoben und schickte Ganymed ein wütendes Bellen hinterher.

Dann verschwamm meine Wahrnehmung. Ich registrierte nur noch, dass einige Menschen hektisch um uns herumliefen und aufgeregt die Lage debattierten.

»Verdammt. Was machen wir jetzt mit ihm?«
»Und was soll mit ihr passieren?«
»Bringt sie erst mal ins Haus.«

Jemand griff nach meinem Handgelenk und tastete nach meinem Puls. Ich fühlte mich wie unter einer Glasglocke, erstarrt und von dem allgemeinen Geschehen ausgenommen. Gleichgültig ließ ich die Reflexprüfungen über mich ergehen. Mein Körper zuckte von selbst an den richtigen Stellen. Jemand hob mich hoch und trug mich ins Haus. Ich achtete nicht auf meine Umgebung. Glas drängte sich an meine Lippen, ein scharfes Aroma stieg mir in die Nase und ich schluckte das Zeug, weil es mir zu mühsam schien, mich zu weigern. Ich schloss die Augen, um sie gleich darauf wieder aufzureißen. Graue Augen, in denen die einzige Veränderung ein immer undurchsichtiger werdender Silberschleier war, starrten mich an. Es überraschte mich nicht, plötzlich Wandas Gesicht über mir zu sehen. Sie strich mir mit mütterlicher Fürsorge über Stirn und Wange und sah bedrückt aus. In beschwörendem Tonfall redete sie auf mich ein:

»Wenn ich das geahnt hätte, dann wäre meine Warnung energischer ausgefallen. Das kannst du mir glauben. Es sah doch nur nach einer kleinen Affäre aus, nichts Aufregendes. Er hätte dich nicht so tief hineinziehen dürfen. Das alles hier hat niemals stattgefunden, verstehst du? Es wird keine Polizei geben. Sei vernünftig und spiele dieses Spiel mit. Bitte. Es ist auch für dich am besten. Es würde dir doch sowieso niemand ein Wort glauben. Denk an deinen Mann. Und an deine Familie. Markus wird davon nicht mehr lebendig. Niemand hat mehr etwas davon. Versuche, alles als Traum zu sehen. Meinst du, du schaffst das?«

Irre. Noch mehr Spiele. Wir waren alle nur Figuren in einem verrückten Traum. Deshalb redete sie so wirres Zeug. Was wollte sie überhaupt von mir? Schniefend und mit dem Handrücken über ihre verschmierten Augen fahrend, lächelte Wanda mich ganz zauberhaft an. Sie rückte beiseite und machte jemandem Platz, der sich auf meinen Unterarm konzentrierte. Vene stauen, desinfizieren, Kanüle einführen. Er war geschickt, ich spürte nichts von dem Stich.

»Braves Mädchen. Wirst sehen, es funktioniert. Nicht sofort, aber schneller, als du denkst.«

Wer sagte das? Der Arzt? Wanda? Eine Krankenschwester? Der Auktionator? Die Witwe?

»So. In ein paar Tagen sind die letzten vierundzwanzig Stunden für Sie nicht mehr vorhanden. Rückwirkend wird Ihre Erinnerung erst schwächer, dann werden Einzelheiten verschwinden. Machen Sie sich keine Sorgen. Die Amnesie beschränkt sich auf einen festen Zeitraum ...«

Die Stimme entfernte sich und plötzlich wurde es dunkel.

Kehraus

Als ich aufwachte, fiel mein Blick als Erstes auf meinen Radiowecker auf dem Nachttisch: 9.37 Uhr. Ich rekelte mich genüsslich. Der Duft von frisch gemähtem Gras in Verbindung mit dem Knattern eines Rasenmähers kündete davon, dass Herr Stegmaier seinen Urlaub genoss. Mein Mund öffnete sich zu einem herzhaften Gähnen – und klappte zu, weil beunruhigende Bilder wie Filmausschnitte vor meinem inneren Auge abliefen. Dieser Blödsinn, den ich in letzter Zeit zu träumen pflegte, nahm allmählich überhand. Vielleicht sollte ich mal mit meiner Ärztin reden. Wechseljahre? War ja eigentlich noch zu früh. Aber letzte Nacht …

Ich bemühte mich verzweifelt, die Flut der irrwitzigen Bilder zu ordnen. Was war passiert? Ich war auf einem merkwürdigen Ball gewesen. Irgendwie wusste ich nicht zu unterscheiden, was Traum war und was Wirklichkeit. Es wurde Zeit, dass Rüdiger zurückkam. Ich vermisste ihn. Sein beruhigend fester Griff, mit dem er mich tröstend in den Arm zu nehmen pflegte, wann immer ich es brauchte. Ich griff nach seinem Kissen und vergrub mein Gesicht darin. Sein Geruch umfing mich und verankerte mich in beruhigender Normalität. Irgendetwas beunruhigte mich dennoch.

Ich hatte nackt geschlafen. Das war im Sommer völlig normal. Ich sprang so hastig aus dem Bett, dass mir schwindelig wurde und ging in das Bad. Hier lagen keine Wurstpelle, keine italienischen Pumps – nur die Shorts und das rosarote Trägerhemd von gestern Nachmittag. Aus dem Spiegel blickte mir ein ordentlich abgeschminktes Gesicht entgegen. Hatte ich gestern so viel getrunken, dass ich mich nicht mehr erinnern konnte? Ich fühlte mich eigentlich gut – keine Spur von Kopfschmerzen oder Kater. Verzweifelt versuchte ich, mich zu erinnern. Hatte Markus mich gestern abgeholt oder hatte ich bloß wild geträumt? Eigentlich war ich mir sicher, dass er mich abgeholt hatte. Wir waren doch zu diesem versteckten Schloss gefahren ...

Wurde ich verrückt? Um mich zu »erden«, beschloss ich, den Tag endlich wieder einmal im Garten zu verbringen. Herr Stegmaier würde bald erschöpft auf seiner Terrasse in Ruhestellung gehen. Dann würde ich freie Bahn haben. Mit einem Anflug schlechten Gewissens musste ich mir eingestehen, meine Pflanzen ganz schön vernachlässigt zu haben. Das Nötigste hatte ich meist vor dem Zubettgehen im Dunkeln gegossen. Die neue Dahlie *Pink Giraffe*, auf die ich so gespannt gewartet hatte, müsste inzwischen in voller Blüte stehen. Wie ich Dahlien liebe! Nicht nur wegen ihrer enormen Blütenfülle und der imposanten Vitalität, mit der sie jedes Jahr aus diesen mickrigen, trockenen Knollen brechen. Unprätentiös, mit einer Art naivem Stolz auf ihre prächtige Erscheinung. Eine Zeit lang begeisterte ich mich für dunkellaubige Sorten: Der *Bishop of Llandaff* mit seinem leuchtenden Rot sowie die gewöhnungsbedürftige *Faszination* mit ihrem ordinären Pink kündeten noch davon. Dies Frühjahr hatte ich meinen Schwerpunkt auf ausgefallenere Blütenformen gelegt. Und die *Giraffe* schien zwar nicht die schönste, aber dafür die interessanteste meiner Neupflanzungen zu sein. Ich freute mich darauf, sie heute alle zu inspizieren, festzubinden, anzuhäufeln ...

Ich zog mich an und suchte im Kühlschrank nach etwas Essbarem für meinen knurrenden Magen. Er knurrte wie ein Dobermann. Wo hatte ich erst neulich so ein Vieh gehört? An einem Bissen Schinkenbrötchen kauend, holte ich die Zeitung aus dem Briefkasten. Bei einer Tasse Kaffee blätterte ich – wie immer – als Erstes den Lokalteil auf, obwohl sich einem hier meist ein langweiliges Konglomerat aus Generalversammlungen, Sportvereins-Meldungen und lokalen Kalamitäten bot. Normalerweise las ich hier etwas über Schnupfer- und Kaninchenzüchter-Vereine oder langweilige Gemeinderatssitzungen. Heute sprang mir allerdings sofort eine dicke Schlagzeile entgegen. Ich überflog den kurzen Bericht:

Zwei Tote bei Badeunfall

Einmal mehr scheint Leichtsinn die Ursache für den Ertrinkungstod zweier Männer im See gewesen zu sein. Jüngsten Ermittlungen zufolge befanden sich der 36 Jahre alte Künstler Markus P. und der 17-jährige Sebastian Z., Sohn eines in der Umgebung bekannten Kunstmäzens, in der vergangenen Nacht mit einem Motorboot auf Höhe der Ortschaft G. Nach übereinstimmenden Zeugenaussagen wollten die Freunde vom Wasser aus den Sonnenaufgang betrachten. Als sie in den Morgenstunden vermisst wurden, alarmierte der Vater von Sebastian Z. die Wasserschutzpolizei. Der jüngere der beiden Männer konnte am Unglücksort nur noch tot geborgen werden. Markus P. wird weiterhin vermisst. Die Polizei geht davon aus, dass die starke Uferströmung seinen Körper abgetrieben hat. Polizeisprecher Oliver Neidhart nimmt den Ausgang dieser Bootsfahrt zum Anlass, auf die immer wieder unterschätzten Gefahren des Sees hinzuweisen: »Schwimmwesten müssen so selbstverständlich werden wie Sicherheitsgurte. Auch für die Ortskundigen. Wir fordern das seit Jahren.«

Ich las den Artikel, als handele es sich um einen entfernten Bekannten. Markus ertrunken? Bilder stiegen in mir auf, die zu dieser Nachricht nicht passen wollten. Krampfhaft bemühte ich mich, sie zu fixieren, ehe sie wieder verschwanden. Im Moment des Aufwachens war ich überzeugt gewesen, mich an meinen ganzen Traum erinnern zu können – und stolperte doch sofort wieder über merkwürdige Löcher, Ungereimtheiten, Lücken. Jedes bewusste Zögern hatte die Bildergeschichte geschwächt, bis wieder einmal nur die Essenz übrig geblieben war: Ich war auf einer Sklavenauktion gewesen, so authentisch, dass ich mich noch in der Erinnerung daran schüttelte. Das kam davon, wenn man sich so intensiv in Historienschmöker vergrub! Und doch: Da war Markus' Gesicht. Es schaukelte losgelöst vom übrigen Körper auf unsichtbaren Wellen wie ein Foto, das auf dem Wasser treibt. Seine Augen sahen durch mich hindurch – große, silbergraue Spiegel. Dann versank das Gesicht.

Abwesend umfasste ich mit den Händen meine Oberarme und fühlte Gänsehaut. Markus war wie eine Imagination meiner uneingestandenen Wünsche aufgetaucht. Es passte, dass er aus meinem Leben verschwand, als habe ein Zauberer seinen Umhang über ihn geworfen. Beim Wegziehen war niemand mehr da. Hatte ich mir alles nur eingebildet? Langsam und zögerlich stieg ich die Treppe ins Obergeschoss hinauf, ließ mich auf meine Bettkante fallen und zog die Nachttischschublade auf. Da lag es, in meiner dunkelblauen Samtschachtel, die noch nach der Seife roch, die ursprünglich darin gewesen war: das Ei mit seiner Fernbedienung. Ich schloss den Deckel wieder, schob die Schachtel ganz nach hinten und stopfte Taschentücher und Seidenschals darüber.

Draußen stotterte der Rasenmäher ein paar Mal und verstummte. Ich trat ans Fenster. Unter mir, in dem farbigen Kaleidoskop der Terrassenrabatte, zog ein dunkler Fleck wie ein Loch in eine andere Dimension die Aufmerksamkeit auf sich. Da wuchs Wandas schwarzes Gras, *Ophiopogon planiscapus Nigrescens*, zwischen meinen glühend roten Lieblingsdahlien, den Scharlachlobelien und der *Zwergcanna Lucifer*.

*Ein prickelnder Reigen lustvoller Geschichten voller
Sinnlichkeit und Spannung, voller geheimer
Wünsche und ihrer Erfüllung – Erotische
Anthologien bei Knaur:*

Tobsha Learner
*Quiver –
Erotische Phantasien*

Nora Dechant (Hrsg.)
*Das süße Fleisch der Feigen –
Erotische Geschichten mit Biss*

Nora Dechant (Hrsg.)
*Die Geheimnisse der Aphrodite –
Erotische Geschichten*

Nora Dechant (Hrsg.)
*Übernachtung mit Frühstück –
Erotische Geschichten*

Mitch Robertson / Julia Dubner (Hrsg.)
*Roll ihn rüber –
Gefühlsechte Geschichten vom Gummi*

Knaur

*Weitere erotische Anthologien
bei Knaur:*

Marie Sahr (Hrsg.)
*Love for Sale –
Erotische Fantasien*

Michael Menzel (Hrsg.)
*Schamlos –
Erotische Phantasien*

Crestina di Raimondi (Hrsg.)
*Höhepunkte –
Ein erotisches Lesebuch*

Crestina di Raimondi (Hrsg.)
*Liebhabereien –
Ein erotisches Lesebuch*

Marie-Sophie Bollacher (Hrsg.)
*Zungenküsse –
Unmoralische Angebote und andere
Lippenbekenntnisse*

Knaur